La
Mestiza
de Pizarro

Álvaro
Vargas Llosa

LA
MESTIZA
DE PIZARRO

UNA PRINCESA ENTRE DOS MUNDOS

© 2003, Álvaro Vargas Llosa

© De esta edición:
2003, Santillana Ediciones Generales, S. L.
Torrelaguna, 60. 28043 Madrid
Teléfono 91 744 90 60
Telefax 91 744 90 93

• Aguilar, Altea, Taurus, Alfaguara, S. A.
Beazley 3860. 1437 Buenos Aires
• Aguilar, Altea, Taurus, Alfaguara, S. A. de C. V.
Avda. Universidad, 767, Col. del Valle,
México, D.F. C. P. 03100
• Ediciones Santillana, S. A.
Calle 80 Nº 10-23
Bogotá, Colombia

Diseño de cubierta: Mª Jesús Gutiérrez y Beatriz Rodríguez

Segunda edición: febrero de 2003

ISBN: 84-03-09342-X
Depósito legal: M-4.666-2003
Impreso en España por Anzos S. L. (Fuenlabrada, Madrid)
Printed in Spain

A Francisca Pizarro, heredera mestiza del Conquistador, la Historia le pasó por el costado. No existe una biografía como Dios manda; apenas una monografía, iluminadora y rigurosa, de María Rostworowski de Díez Canseco. También pueden rastrearse migajas de información dispersas en textos que ponen la puntería sobre otros personajes. Es un despiste histórico que merece cadena perpetua.

No ofrezco aquí revelaciones, sino la perspectiva de la mestiza acerca de hechos que nunca se nos cuentan a través de la protagonista y una intuición sobre los porqués de sus actos sorprendentes. Una vez reunida la información disponible en las fuentes que figuran en la bibliografía, reconstruyo su historia respetando lo que dicen los estudiosos, pero, como éstos nunca se ponen de acuerdo en todo, y a veces casi en nada, en ocasiones he tenido que optar entre distintas versiones posibles. El discernimiento ha seguido los dictados de la lógica y del instinto, en dosis no equiparables. También he modernizado los diálogos y las cartas, y el nombre de la ciudad de su infancia. No es necesario haber sido confidente de Francisca para palpar el latido caliente de su corazón y comprender lo mucho que pasaba por dentro mientras sucedía por fuera lo que cuentan los historiadores. El final de su vida —paciencia, lector— lo explica casi todo. Y lo que deja sin resolver conviene que perdure como enigma sentimental, al que tiene derecho cada alma humana.

A. V. Ll.

Índice

El cerco de Lima

I

Jauja nació entre guanacos, zorros y vicuñas, y murió entre las piernas de la ñusta Inés Huaylas el día preciso en que Francisco Pizarro descubrió la ternura. Sólo ocho meses transcurrieron entre la fundación de Jauja, en abril de 1534, bajo las pompas de la gran caza real que Manco II organizó para los nuevos amos del imperio, y el nacimiento de la mestiza. Cuando su hija se abría paso desde las entrañas de la princesa inca Inés Huaylas, en diciembre de ese mismo año, el Conquistador ya había decidido mudar la capital a la costa, en un viaje de sentido contrario a la expedición que lo había llevado, a paso de vencedor, desde las espumas del Pacífico hasta las crestas andinas del Cuzco. Antes de partir hacia la costa para determinar el nuevo eje político del país, lo sorprendió, y a sus lugartenientes también, comprender que había espacio para la dulzura en su alma guerrera. Su mestiza era mucho más que una prueba de permanencia en los predios del Tahuantinsuyo. Era su encuentro otoñal con un ejército hasta entonces desconocido, que no se valía del caballo o el arcabuz, ni de la honda o la flecha: el de sus propios sentimientos. Ante ellos, no sin forcejeo, cedió.

El estratega no olvidaba ni que los focos de resistencia india permanecían muy activos ni que, en el norte, compatriotas codiciosos de última hora amenazaban los confines de su gobernación, ni que estaba todavía por fijar el lugar exacto de la nueva capital. Pero, por unos días, el geómetra de la Conquista del Perú entendió que fundar una raza es una hazaña superior a la de trazar una ciudad, de modo que se entregó a los festejos del nacimiento de la criatura sin regatearles un instante de su disposición emocional. Jugó cañas, a la española, y bebió chicha de maíz, como los indios, mientras asaltaba a unos y otros el presentimiento de que los vagidos de esa blanda miniatura desordenaban la guerra aún más que las alianzas de ciertas facciones locales con los invasores para cobrarse cuentas pendientes con los incas. ¿Cómo afectaría al ánimo de Pizarro, humedecido fugazmente por la paternidad, la conciencia de que, de ahora en adelante, el enemigo era también la madre de su hija? Y los vencidos, ¿entenderían como una segunda derrota, una garantía o más bien una revancha cósmica el hecho de que su conquistador, el verdugo de Atahualpa, compartiera descendencia con la hermana del inca ejecutado?

Ni unos ni otros expresaron públicamente estos cosquilleos de conciencia, porque las danzas y los torneos colmaron de celebraciones el valle serrano de Jauja en esos últimos días de 1534. Poco antes, una minúscula expedición enviada por Pizarro a la costa exploraba los alrededores de Pachacamac en busca del paraje ideal para la nueva capital política del imperio. Jauja despedía su efímero honor de ciudad capital entreverando para siempre las sangres de los bandos enemigos. Como ciertas especies zoológicas, que deben perecer para dar vida, Jauja entregaba la suya en el momento en que otra nacía.

Tras bautizar a su mestiza en la improvisada iglesia, bajo el madrinazgo de Isabel *la Conquistadora*, Beatriz *la Morisca* y Francisca Pinelo, soldaderas de leyenda en estas tierras de adopción, Pizarro partió hacia la costa para mudar la capital. Un despiste providencial del cabildo había facilitado las cosas: los vecinos de Jauja creían que la tierra fría y estéril de las alturas haría imposible la crianza de sus puercos, sus aves y sus yeguas; por eso secundaron con alborozo la mudanza al borde del mar.

Inés Huaylas y Francisca, la recién nacida, permanecieron en Jauja mientras Pizarro resolvía los asuntos de Estado desde el santuario indígena de Pachacamac, muy cerca de Lima. El Conquistador había visitado el lugar con anterioridad y allí había otorgado a su hermano Hernando la numerosa encomienda de Chincha. Despachó a tres de sus hombres con el encargo de encontrar el lugar perfecto, impaciente por fijar su centro político antes de que sus rivales se le adelantaran estableciendo una cabeza de playa en el litoral. Temía en particular a Pedro de Alvarado, que había desembarcado en el norte con apetito por los terruños de la gobernación de Pizarro, cuyos linderos estaban aún por fijar de forma definitiva. Las noticias de que Diego de Almagro, antiguo compañero de batallas, había pactado con Alvarado y ambos avanzaban hacia Pachacamac desde el norte aumentaban la inquietud de Pizarro. En esos días en que las jerarquías y las lealtades eran de arcilla, ni siquiera el gran jefe de la Conquista tenía sus fueros garantizados.

Almagro y Alvarado llegaron por fin a Pachacamac. No, no venían confabulados. Después de felicitarlo por el nacimiento de su hija, Almagro hizo saber al Conquistador que había convencido a Alvarado para que abandonase el Perú. Sebastián de Benalcázar se había adelantado al codicioso extremeño en la toma de Quito y Alvarado había resuelto vender a Pizarro su flota y sus hombres.

Administrar los apetitos de sus huestes era una prioridad de Estado no menos urgente que vencer los focos de resistencia india, de manera que despachó a Almagro al Cuzco con el encargo de gobernarlo, mientras él se ocupaba de fundar la nueva ciudad. Sus tres enviados encontraron el lugar ideal en el valle vecino de Lima, donde convivían tres gobernaciones de diez mil yungas (indios de la costa). En la gobernación del medio, cerca de la huaca o santuario del dios Rímac, oráculo de los lugareños, y junto al río del mismo nombre, hallaron lo que buscaban. Había agua y una ingeniería de acequias para conducirla; las guayabas, lúcumas, pacaes y camotales prometían tierras fértiles para sus sementeras, a pesar de la notable aridez de todo el litoral y había leña por todas partes. Los palacios de los caciques, sus enterramientos y sus bohíos de adobe no amenazaban los afanes fundacionales de los invasores. Rodeada de cerros y canteras, Lima no hacía temer escasez de piedra, y el puerto permitiría la comunicación con el mundo exterior. Sólo un inconveniente estorbaba el camino hacia la desembocadura del Rímac.

—¿Dónde se irá mi pueblo si usted se instala en estas tierras? —protestó el curaca Taulichusco, cacique de su pueblo.

—No hay otro sitio donde poblar la ciudad —respondió Pizarro.

Y el 18 de enero de 1535, con el trazo de su espada y cien vecinos dispuestos a todo, estableció la capital en un rincón intrascendente del imperio, poniendo las jerarquías regionales patas arriba para siempre.

Cuatro semanas después, demasiado tierna todavía para comprobarlo con sus ojos, una súbita densidad en los pulmones serranos de Francisca debió de indicar a la niña que algo había cambiado en la atmósfera que respiraba, y también en su destino. De la mano de su madre, la princesa Inés Huaylas, había bajado al llano, donde la esperaban un padre y un hogar a medio hacer. Doce mujeres españolas habían acompañado al Conquistador en su nueva aventura urbanizadora, y la número trece, a medias española y a medias india —por tanto, a medias vencedora y a medias vencida—, traía consigo, además de esa cábala inquietante con presagios de disturbio, un orgullo de casta. ¿Qué otra cosa indica la presteza con que la criatura se unió a los afanosos organizadores de la nueva capital, que desarreglaba para siempre la lógica geográfica y política del imperio de su tío Atahualpa y de su abuelo Huayna Cápac?

Pizarro trazó el cuadrilátero de la ciudad con su espada, seccionándola como un tablero de ajedrez: cada manzana dividida en cuatro solares. Las calles se hicieron anchas, para los caballos y los cañones. Los solares alrededor de la plaza mayor, que era un antiguo tambo o depósito inca a un costado del río, fueron repartidos entre los vecinos a cambio de gallinas. Como eran pocos todavía, ocuparon las primeras dos cuadras a la redonda y muchos solares quedaron libres. Éstos fueron entregados a los mismos vecinos para que sembraran huertos y organizaran ranchos en los cuales albergar a los indios, que se quedarían como yanaconas para el servicio de los nuevos patrones. La mayor parte de los indios fueron expulsados hacia las afueras y ocuparon las tierras de cultivo que se repartieron entre los nuevos dueños de la ciudad.

Las casas empezaron a construirse con barro cocido, que hacía las veces de ladrillo, y con pajas y maderas, y en poco tiempo los fundadores se dieron maña para poblar sus huertas con árboles frutales, cuyos ramales con higos, membrillos y naranjos se descolgaban por los muros de adobe. Como buena parte de la tierra se agotó en la fabricación de adobes, la ciudad se erigió sobre el cascajo, un suelo tan poco denso que, a su paso, los caballos estremecían Los Reyes (así llamaron oficialmente a Lima) con más estrépito que los esporádicos temblores. En las afueras de la ciudad, los vecinos improvisaron haciendas y casas de campo, y sembraron higueras y platanales, granados, melones, naranjos y legumbres, y plantaron cañaverales y olivares alrededor del valle, en parte por nostalgia y en parte por ímpetu de crear —o recrear—.

La primeras casas alrededor de la plaza mayor, en cuyo centro el Conquistador colocó una picota, se cubrieron con esteras tejidas de carrizos y madera tosca de mangles. Francisco Pizarro reservó para sí cuatro solares, en los que instaló su casa y el centro neurálgico del poder. Ordenó hacer para él un huerto con estanque de ladrillo y cal, y un cobertizo de hojalata. Entregó a su hermano Hernando dos solares vecinos al suyo, a su medio hermano Martín de Alcántara cedió un solar que hacía esquina con la plaza y reservó espacio para los futuros conventos de La Merced, Santo Domingo y San Francisco. Él mismo puso la caña, la paja, los maderos y las piedras de la modesta iglesia mayor que ordenó construir de inmediato, bajo la advocación, como era preceptivo en la empresa evangelizadora de la Conquista, de Nuestra Señora de la Asunción. Con los días, las calles que salían de la plaza fueron adquiriendo personalidad y asumiendo nombres que eran también oficios: los Mercaderes, los Ropavejeros o las Mantas.

En el puerto, a cierta distancia, organizaron almacenes y bodegas para las mercaderías que prometía el mar.

Para el nuevo mundo al que aspiraban, en parte trasplante y en parte invención, era indispensable el comercio exterior. La ensenada o bahía que formaba el puerto era visible desde los solares de la plaza mayor, lo que reconfortaba a Pizarro y a los suyos, pues les recordaba que, a diferencia de los valles andinos donde se habían enfrentado con los indios del incario en meses anteriores, aquí tenían vía de escape en caso de ser cercados y posibilidades de avituallarse y rearmarse en caso de que fueran necesarios refuerzos humanos y mecánicos. El mar era también una vía de comunicación con el norte: una ruta más eficiente que el camino de los incas, esa serpiente que zigzagueaba por el interior a través de valles y quebradas ofreciendo toda clase de acechos naturales y peligros de enemigo agazapado.

Cuando Francisca bajó a Lima, no tenía edad suficiente para ver las cosas pero sí para olerlas, de modo que el salitre del océano Pacífico, en la humedad del pleno verano, fue su primer encuentro con la capital.

—Ésta es tu casa, pizpita —dijo Pizarro con afecto a Inés Huaylas, que, acostumbrada por herencia a venerar ciertos elementos de la naturaleza, no encontraba demasiado fuera de lugar que su marido y señor la llamase con el nombre de un pajarito de la montaña extremeña.

II

Pizarro podía ser analfabeto y carecer de refinamientos renacentistas, pero sus reflejos defensivos tenían esa sofisticación que da el poder para detectar amenazas. Y Diego de Almagro, su gran compañero de la Conquista, con el que había logrado apoderarse de un imperio de más de un millón de kilómetros cuadrados, era una amenaza. A la administración de los apetitos de sus lugartenientes dedicaba el Conquistador buena parte de su tiempo, mediante el reparto del oro y la plata, de las encomiendas y los repartimientos de indios, y de los cargos públicos en los cabildos de las ciudades que fundaba. Pero Almagro pretendía más. Quería... quería ser Pizarro. La Corona lo había defraudado al regatearle la gobernación que había codiciado en los primeros tiempos de la Conquista para no ser menos que Pizarro, pero a comienzos de 1535 llegó la noticia de que el rey había decidido darle el poder en los territorios del sur contiguos a los dominios de su compañero y rival. Los límites exactos de la gobernación de Almagro se fueron difuminando en el trayecto que hizo la noticia desde la Península hasta el Perú, de modo que la buena nueva, en lugar de disminuir la corriente de tensión entre ambos, la estimuló. Enviando a Almagro al Cuzco, que estaba bajo el control de sus hermanos Juan y Gonzalo Pizarro, el Conquistador sin quererlo abanicó las ambiciones de su rival. Porque eso era precisamente lo que codiciaba: el Cuzco, la ciudad emblemática del Tahuantinsuyo. Y sus paniaguados, aprovechando los inciertos linderos de las dos gobernaciones, le susurraban al oído día y noche: «El Cuzco pertenece a tu nueva gobernación». Era inevitable que su llegada al Cuzco lo enfrentara a los dos veinteañeros insolentes que habían gozado como infantes de la ciudad durante los meses de ausencia del Conquistador.

El Cuzco era un valle rugoso, rodeado de sierras, donde el frío de la altura hacía imposibles los árboles frutales. Allí mismo los incas habían erigido un portento de ciudad, que resistió con orgullo los embates de la Conquista. Cuando llegó Almagro, a comienzos de 1535, con la intención de tomar posesión de lo que consideraba suyo, los palacios tenían menos oro que antaño, pero aún conservaban su esplendor. Todavía abundaban las tradicionales casas de piedra, madera y paja con terrados, pero los nuevos vecinos habían introducido la teja y empezaban a construir casonas con grandes aleros y portales. En el palacio de Wiracocha ya habían echado los cimientos de la catedral y en el de Huayna Cápac proyectaban un convento.

Desde muy pronto los españoles habían entendido que los indios de este imperio eran demasiados, de modo que los métodos de conquista no pasaban por el exterminio, sino por el mestizaje y la simulación política. Esto significaba, por ahora, preservar suficientes rasgos del mundo anterior y aparentar, así, la convivencia en armonía de las dos civilizaciones. Por eso se mantenía en el Cuzco, bajo el dominio efectivo de Juan y Gonzalo Pizarro, a un inca simbólico con su casta gobernante. Si los invasores aprendían a comer papa, oca y quinua, y fornicaban sin reticencias con las indias, ¿por qué no podrían tolerar también, en sus narices, a un inca en andas y en simulado cogobierno con el auténtico poder? Las formas atenuaban los rencores de la subordinación. El Cuzco que se encontró Almagro tenía como gobernante formal a Manco II, a quien los españoles habían puesto una corona de chafalonía y un manto de lentejuelas, además de una espada toledana al cinto y unas botas con espuelas de oro. El inca —pálida piel, nariz aguileña, flaco y fibroso— se dejaba hacer con tal de reinar... sin reinar. Así retribuían su respaldo, decisivo en los días de la toma del Cuzco contra las huestes de Atahualpa, y mantenían, o creían mantener, la quietud de espíritu de un pueblo que, si despertaba consciente de su avasalladora superioridad numérica, podía subvertir la Conquista. Y todo era tan reciente, y estaba tan poco afirmado, que el peligro merodeaba a la vuelta de la esquina.

Las rivalidades locales habían sido determinantes en el éxito inicial de Pizarro. Ahora correspondía a los indios desarrollar el juego de las alianzas cambiantes. Manco II captó rápidamente las tensiones entre Almagro y los Pizarro, de modo que, creyendo encontrar en el primero un buen seguro contra las majaderías y las hostilidades cotidianas de los segundos, hizo visibles sus simpatías por el recién llegado. Los Pizarro respondieron con nuevas provocaciones y, una noche, Manco II —más precavido que digno— buscó refugio donde creyó encontrar mejores garantías: bajo la cama de Almagro. La ciudad, pues, estaba partida. Los pizarristas, entre quienes había indios y españoles, y los almagristas, también con respaldos de ambas partes, estuvieron a punto de entrematarse en plena plaza mayor.

En Lima, Francisco Pizarro consideró que estas perturbaciones eran lo bastante graves como para suspender la molicie paternal y la urbanización de su nueva capital. A fines de mayo partió para poner orden en el Cuzco.

A mediados de 1535, después de una ruda negociación, Pizarro convenció a Almagro de que saliese a explorar sus nuevos dominios del sur, todavía no del todo conocidos y menos dominados. El Cuzco podría estar en disputa, pero más allá no había rivales: los predios del sur eran de Almagro. Manco II le cedió varios miles de indios, incluido el sumo sacerdote y temible general Villac Umu, sin quienes sería imposible para Almagro asegurarse lealtades locales en la expedición.

No sospechaba Francisco Pizarro que, alejando a su íntimo enemigo, acercaba, en lugar de desplazar, la íntima amenaza. Porque lo cierto era que los beneficiarios del alejamiento temporal de Almagro —los díscolos Juan y Gonzalo Pizarro— desencadenarían pronto sucesos sombríos para la empresa conquistadora. Pizarro partió hacia la costa para fundar una nueva ciudad al norte de Lima y dejó a sus hermanos a cargo del Cuzco. Menos estragos hubiera causado un elefante en los puentes colgantes sobre el Apurímac que la pareja suelta en la plaza todavía medular del imperio.

A Lima, donde Inés Huaylas amamantaba a su pequeña, llegaban vagos rumores de estas alteraciones andinas. Los afanes y ajetreos de la nueva capital aumentaban la distancia respecto al Cuzco: el eco de sus fragores políticos llegaba a Lima convertido apenas en murmullo.

Pizarro regresó a la costa convencido de que las cosas volverían a la normalidad. El Cuzco recobraría su rutina, flotando sobre la superficie como esas damas de la clase dirigente inca, sus cabellos negros besándoles los hombros, que se desplazaban en andas y hamacas por la ciudad ajenas al inconveniente de representar un poder ficticio. Los miembros de las clases inferiores, enfundados en sus mantas y jubones de algodón de auquénido, seguirían abocados a sus tareas agrícolas o serviles, cuando no a buscar oro o construir edificios para los nuevos patrones. Éstos, sin la vecindad perturbadora de Almagro, seguirían imprimiendo su personalidad, en mestiza reconversión, a la ciudad conquistada.

Pero no, la normalidad decidió prolongar su ausencia. Muy pronto, los hermanos Juan y Gonzalo encontraron buenas bazas de negociación en los rumores que les mordían el oído acerca de las intenciones sedicentes de Manco II. De modo que reanudaron sus visitas.

—Sabemos que conspiras —lo encaró Juan, su hermano plantado al costado—. El gobernador nos manda apresarte como hicimos con tu hermano Atahualpa.

—¿Qué les he hecho yo a ustedes? ¿De esta forma me quieren pagar por todos los servicios prestados? ¿Así me agradecen que les haya recibido en mi propia tierra y les haya dado todo lo que me han pedido?

—Sabemos que conspiras contra nosotros y te vamos a castigar.

—¿Me van a atar como a un perro, a mí, que tanto he hecho por ustedes?

—¿Qué prueba estás dispuesto a darnos de tu obediencia? ¿Hasta dónde estás dispuesto a llegar para demostrar que no conspiras?

—¿Más pruebas todavía? Las que quieran. ¿Oro? ¿Plata?

El inca reunió pronto doscientos quince mil marcos de oro y ciento cincuenta mil marcos de plata en grandes costales. Sólo aplazó tres meses su cautiverio. Al cabo de ellos, recibió una nueva visita.

—Ahora queremos a una de tus mujeres: a Inquill Túpac Yupanqui.

Nada lo libró de las cadenas. Y aun cuando las tuvo puestas, siguió recibiendo las visitas de los hermanos, que a ratos lo vejaban y a ratos lo lisonjeaban con sorna para hacer más punzante su condición.

—¿Alguien te ha ofendido? No lo toleraremos —se disculpaban ante el indio en grilletes.

Desde Lima, entendiendo la precariedad de los equilibrios políticos y militares, Pizarro, a quien llegaba una llovizna de noticias acerca de estas tensiones, enviaba mensajes pidiendo mesura a sus hermanos. Ni él ni ellos sabían, en octubre, que un desertor de la expedición de Almagro se había colado en el Cuzco con artes de disimulo, y que ese solitario personaje traía ideas multitudinarias en la cabeza.

—Dame permiso, jefe, que yo te soltaré y a los barbudos los acabaré en poco tiempo —prometió una noche al inca el sumo sacerdote y estratega militar de Manco II, Villac Umu, poco después de abandonar al ejército de Almagro y regresar al Cuzco. Para ver a Manco, a quien se permitía recibir visitas, Villac debió entrar disfrazado.

Le dio argumentos para levantarse, pero no eran argumentos lo que Manco necesitaba, ahora que Juan y Gonzalo se habían apropiado de dos de sus mujeres, incluida la coya, que era, como mandaba la tradición, a la vez su hermana y su primera esposa. El tácito pacto de guardar las formas para disimular el sometimiento se había quebrado y no hacía falta consejo para que Manco lo entendiera. Sin embargo, no estaban seguros del resultado de la empresa, aun cuando el sumo sacerdote tenía autoridad adivinatoria bastante para anticipar los sucesos. Villac Umu le explicó que con los cien mil hombres disponibles y la actitud animosa de su gente, a la que había sondeado con discreción en diversos puntos del territorio, era posible... lo imposible. Para estimular la confianza del inca, le aseguró que él mismo había logrado acabar con Almagro durante la expedición a Chile y que había sometido sin dificultad a sus caballos y sus soldados.

En las semanas siguientes, Hernando Pizarro regresó a Lima desde España con buenas noticias para su hermano Francisco: el rey había extendido su gobernación en setenta leguas. Traía también, y no con alborozo, lo que Almagro tanto había codiciado: las provisiones de su gobernación, que el rey fijaba en doscientas muy decorosas leguas. El primer encuentro de Hernando con la sobrina Francisca fue breve, porque a las pocas semanas, inquieto con los informes que llegaban del Cuzco, su hermano lo envió a la antigua capital con poderes de teniente gobernador y de justicia mayor.

—Hay que moderar el trato porque dicen que el inca acumula rencores —le explicó Francisco antes de despedirlo.

Hernando pronto se tomó al pie de la letra sus títulos y su papel de hermano mayor. Su prudencia política era superior a la de Juan y Gonzalo, pero inferior a su propio apetito de fortuna. Su trato con el inca fue más amable, como se lo había sugerido, además de su hermano, el mismísimo emperador Carlos V, conocedor al fin y al cabo de los servicios que había prestado Manco en la toma del Cuzco y en el apaciguamiento de los vencidos. Pero una cosa era evitar provocaciones excesivas y otra desperdiciar oportunidades doradas. Doradas en extremo: aprovechando la época de lluvias, en aquellos comienzos de 1536, cuando los indios no podrían movilizarse con facilidad en caso de tentaciones levantiscas, pidió al inca nuevas entregas de oro. Tenía el ojo puesto en las momias de los antepasados incas, bañados de oro y plata, tan gordos —diría más tarde una relación anónima— como las pipas o toneles en que los navíos llevan agua y vino. ¿Cómo no retribuiría el agradecido inca su libertad recobrada?

III

No sospechaba Atahualpa el significado de su acto cuando ofreció a Pizarro un regalo de carne y hueso con el nombre de Quispe Sisa. Ocurrió tras el primer enfrentamiento, cuando cayó prisionero en Cajamarca. Fiel a la vieja costumbre de entregar a las esposas secundarias a aquellos señores o caciques con los que pretendiera hacer alianza, el inca puso en manos del Conquistador a su propia hermana. Quispe Sisa venía alarmada desde el Cuzco con el resto de la corte para acompañarlo en su hora de desgracia, y tuvo una bienvenida carnal: Atahualpa le anunció que la entregaría a Pizarro, su raptor.

Y así fue. La india orgullosa no dejó traslucir sus pensamientos, oscuros como su cobriza piel para el observador que quisiera interpretarlos. Era taciturna y obediente, como la costumbre enseñaba a las ñustas de la casta imperial. Pizarro, que pertenecía a una raza altiva, debió reconocer en ella cierta dignidad, pues le confirió de inmediato un rango que excedía al de mera concubina. Al principio, se limitó a retozar con ella en atención a su cincuentenaria y postergada libido, pero después llegó a sentarla a la mesa, con sus lugartenientes, máxima expresión de respetabilidad en aquellos días de improvisadas jerarquías sociales. Ni siquiera él sabría distinguir cuánto hubo, en esa decisión, de respeto al linaje real de la ñusta, cuánto de vértigo ante el pozo de unos ojos negros en los que descansaba una cultura más antigua y soberbia que todas las que había conocido en sus correrías por el Caribe, Centroamérica y Panamá, y cuánto de fría estrategia política para establecer convivencias que protegieran a los raptores de Atahualpa de las iras vengativas de un pueblo masivo. Pero lo cierto es que sus grandes orejas y la cascada elegante de sus cabellos se volvieron desde el primer momento una presencia al lado de Pizarro.

En Quispe Sisa se reproducía en cierto modo el destino de su propia madre, Contarhuacho, que en 1515 había sido incorporada a la legión de esposas secundarias del inca Huayna Cápac (progenitor, a su vez, de Atahualpa). El legendario inca había entregado al padre de Contarhuacho el señorío de Tocas y Huaylas, al pie de la sierra nevada.

Quispe Sisa de inmediato mudó en Inés Huaylas por esa alquimia de la Conquista llamada bautizo. En el minuto en que Pizarro enredaba sus brazos en la cascada cabelluda de la india, se enredó para siempre la historia del Perú. Porque, a partir de ese momento, el relato de las proezas guerreras de Pizarro contra el Tahuantinsuyo fue también el de las hazañas del marido de Inés Huaylas, la hermana del inca. La historia que Inés Huaylas empezó a reconstruir mentalmente a partir de los relatos de sus compañeros de mesa y de su flamante marido tuvo la ambigua virtud de humillarla y vengarla al mismo tiempo: una parte de ella pertenecía al pasado vencido y otra, al presente vencedor.

Inés Huaylas aprendió, oyendo estas historias en la Cajamarca cautiva, que su marido español había llegado a los confines norteños del imperio a fines de 1530 con apenas 180 hombres y 37 caballos, topándose con la isla de la Puná. Un año después pasó a las orillas de Tumbes, donde comprendió que se enfrentaba a algo más vasto y mejor organizado que todos los reinos indios con los que se había encontrado hasta entonces. Los relatos que pudo recabar entre los lugareños lo persuadieron de que ese sobrecogedor reino, en verdad, ya no era uno sino varios, y de que la reciente guerra civil permitía tácticas que debían ser aprovechadas cuanto antes, como había ocurrido en México.

Las guerras civiles habían comenzado a la muerte del legendario inca Huayna Cápac. Ya él había tenido noticia, poco antes de morir, de que unos forasteros barbudos merodeaban más allá de sus dominios. La muerte de

Huayna Cápac se llevó también a la tumba la unidad imperial. Atahualpa se hizo fuerte en Quito, al norte, y Huáscar en el Cuzco, al sur. El primero sólo contaba con la fidelidad de la región que empezó a gobernar; Huáscar, sin embargo, era el heredero legítimo para la mayor parte del imperio. El resultado fue que el Tahuantinsuyo se dividió. Las victorias iniciales de Huáscar pronto mudaron en ventajas para Atahualpa, cuyos generales superaban con creces la capacidad militar del jefe del Cuzco y despertaban respetos reverenciales en la dividida imaginación de los indios. Los hombres de Atahualpa entraron a saco en el Cuzco y exterminaron a casi toda la familia real de Huáscar, a quien enviaron en condición de prisionero en un lento viaje hacia el norte.

Pizarro, mientras tanto, entraba en tierras del imperio y emprendía el camino hacia Cajamarca, donde, según todos los informes, estaba Atahualpa esperando noticias del Cuzco. Abriéndose paso a sablazos y a lomo de caballo, el Conquistador fundó San Miguel de Piura, escaló la sierra y, por el camino del Chinchaysuyo —uno de los cuatro «suyos» del imperio—, entre siembras de maíz y de algodón de auquénido, llegó hasta Cajamarca. Allí, su gente colocó los falconetes en posición estratégica alrededor de una plaza rodeada de construcciones chatas de piedra.

Atahualpa, el vencedor de la guerra civil de los incas, consideró a los intrusos como un desafío menor y recibió a los emisarios del Conquistador: para él no eran más que unos audaces dementes que habrían podido ser pulverizados si el inca hubiese intuido la amenaza que representaban.

De aquella negociación resultó el suicidio del inca. Un suicidio, hay que decirlo, con toda prestancia. Porque cuando bajó hacia la plaza, al encuentro de los forasteros, lo hizo en una litera sostenida por ochenta hombres, como correspondía a su poder, sentado sobre una silla de oro incrustada de esmeraldas que casi desbarató la resolución con que los españoles lo esperaban para tenderle la trampa perfecta. Llevaba aún el manto de color aconejado en señal de luto por su padre y discos de metal precioso en las orejas, sordas al gatillo de los arcabuces que lo esperaban desde los escondites alrededor de la plaza. El cura y el traductor que intercambiaron frases con él podían haber estado interpretando una pieza teatral, pues nada de lo que allí sucedió (el golpe de efecto fue el ofrecimiento de una Biblia que el inca tiró por el suelo) parece salido de la Historia con mayúsculas, sino de las artes escénicas y de las plásticas.

Todo fue tan rápido que, a pesar de los cinco mil indios guerreros, el inca pasó en cuestión de horas de amo y señor del Tahuantinsuyo a presidiario, en un palacio que era su cárcel por partida doble: a los rigores del cautiverio se sumó pronto un moscardón zumbando en el ambiente: Felipillo, un intérprete recogido por Pizarro entre los indios, en quien la derrota de Atahualpa despertó apetitos depredadores y nada disimulados sobre las carnes de la mujer del vencido. Las noticias de su victoria final sobre Huáscar le llegaron a Atahualpa estando ya bajo el poder de Pizarro. No tuvo la sangre fría para calcular que una reconciliación del Tahuantinsuyo le hubiera permitido reunir suficientes fuerzas para impedir el asentamiento español en Cajamarca. Mandó matar a Huáscar mediante instrucciones a sus hombres —que lo visitaban en prisión— y acabó así de prestigiar a los españoles a ojos de los partidarios de su hermano, que respiraban por la herida de guerra civil.

Ni el rescate prodigioso que ofreció por su libertad lo pudo salvar de la horca. Llenó, con tesoros que ordenó traer desde distintos palacios de su territorio, tres habitaciones de ocho metros por cinco, una con oro y dos con plata, hasta la altura de su mano. Fue servil con sus amos, jugó al ajedrez con Hernando de Soto, soportó con estoicismo la concupiscencia descarada de Felipillo con su mujer, que era también su propiedad, y la única gratitud que se llevó al más allá, el 29 de agosto de 1533, fue que, al aceptar el bautizo cristiano, le fue concedida la horca en vez de la hoguera.

Pero antes tuvo tiempo de poner a su hermana Quispe Sisa en brazos de Pizarro y de ver a su máximo jefe militar, Calcuchima, aherrojado por Hernando Pizarro, a quien Francisco había enviado por unos meses a la costa para comprobar si los tesoros del templo de Pachacamac eran tantos como se decía.

Después de terminar de fundir, en hornos improvisados, los tesoros reunidos —unos seis mil kilos de oro de veintidós kilates y medio, y casi doce mil kilos de plata—, los españoles partieron hacia el Cuzco para entablar la batalla decisiva. Los acompañaba entonces una interminable fila de hombres con la huara de tela entre las piernas y el unco sin mangas cayéndoles hasta las rodillas, y, en mucho menor número, mujeres con sus anacos ceñidos hasta las rodillas y sus mantas encima. Ellos llevaban las provisiones a hombros, pues los auquénidos eran bestias de carga poco resistentes y los caballos no eran suficientes.

Los acompañaba Diego de Almagro, que había llegado a Cajamarca cuando ya Pizarro tenía en su poder a Atahualpa. A la luz de sus verdaderas expectativas, Almagro había llegado demasiado tarde. Para su maldición —y la de Pizarrro—, sería siempre el segundo. Moría una guerra civil en el Tahuantinsuyo: la de Huáscar y Atahualpa, los vencidos, y nacía otra, todavía larvada: la de Pizarro y Almagro, los vencedores. En medio, los indios, cambiando no tanto leyes y linajes como de dueños.

Tres meses más tarde, el estrépito de caballos, infantes, dagas y cañones alborotó las inmediaciones del Cuzco. En el trayecto, por la ruta del Chinchaysuyo, el nuevo gobernador se había impuesto a las hondas y a las boleadoras indias a pesar de la eficacia con la que lapidaron a sus hombres y paralizaron algunos de sus caballos. En Vilcaconga, a las puertas de la ciudad imperial, donde anticipaba una nueva lluvia de piedras, le cayó un regalo del cielo. Manco II, heredero natural del imperio, decidió hacer causa común con los invasores en lugar de aliarse con Quizquiz, el general del ejecutado Atahualpa, dispuesto a resistir la invasión desde el Cuzco. Los rescoldos de la reciente guerra civil ardían aún en el ánimo de los incas; Manco, enemigo de Atahualpa, no perdonaba la derrota de Huáscar, una herida más profunda que las infligidas por los intrusos barbudos en los últimos tiempos. Los españoles, por su parte, necesitaban aliados que fueran símbolos. El inca títere al que habían nombrado en reemplazo de Atahualpa después de la ejecución se les había muerto en el camino, de modo que no pudo ser más bienvenida la adhesión de Manco. Aportaba, además de diez mil hombres y conocimientos nativos, un eficaz simbolismo político. El nuevo inca títere garantizaba la mansedumbre del imperio una vez resuelto el trámite de la toma del Cuzco y la derrota de los restos del ejército de Atahualpa.

En noviembre de 1533, el Conquistador hizo su entrada triunfal en la capital del Tahuantinsuyo, que mostró a los invasores sus palacios, sus muros de mampostería y sus casas de piedra, barro prensado, techo de paja y grandes aleros, en los que era notorio, por la forma trapezoidal, el desconocimiento del arco. Le costó poco tiempo reducir al enemigo.

Lo que vieron los españoles, una vez sofocada la resistencia, los asombró pero no los paralizó. Con presteza tomaron el control de la ciudad y Pizarro hizo registrar con sus notarios, de acuerdo con una costumbre que tenía tanto de mágica como de legalista y que se repetía a lo largo de la Conquista, su nueva proeza. Los registros, por los que sentía reverencia en parte debido a su condición de analfabeto, eran un conquistador más eficaz que su propio ejército, y sólo quedaba conforme una vez que el notario ponía en palabras lo que sus infantes tomaban a punta de espadas y arcabuces. En pocos meses reunieron oro y plata en cantidades muy parecidas a las que habían fundido en los hornos de Cajamarca. Sentaron los cimientos para futuras edificaciones, repartieron los palacios principales entre las nuevas autoridades, nombraron a los miembros del cabildo y distribuyeron varias encomiendas de indios. El inca Manco II se paseó en andas por la plaza, rodeado de capitanes y sirvientes, saboreando la materialización de un viejo anhelo, muy conforme con el sofisticado juego de las apariencias al que lo habían invitado los nuevos dueños del Cuzco. La situación adquirió en pocos meses la aparente quietud de lo normal.

Pizarro dejó a su hermano Juan al mando de la ciudad y se puso en camino a Jauja, aunque no descuidaba el norte, hacia donde se dirigía Almagro para poner orden en las pretensiones de conquistadores rivales.

La mujer de Pizarro mostraba ya los síntomas inequívocos de la preñez, de modo que, si la mansedumbre de Manco, el dominio de la capital del Tahuantinsuyo y el contento de sus hombres por las abundancias del tesoro y las encomiendas repartidas no bastaban, ahora había una abrumadora razón para hacer una pausa en el ritmo de los acontecimientos: la barriga de Inés Huaylas. Manco acompañó al gobernador Pizarro hasta Jauja durante unas semanas, sólo para impresionarlo con un espléndido chaco.

—¿Y eso qué es? —preguntó Pizarro.

—Una gran caza real —le contestaron frotándose las manos—, en la que se manda cercar un vasto territorio y se da cuenta de todos los pumas, venados, vicuñas y zorros que queden dentro.

—Magnífico —dio un respingo el futuro papá—. Así celebraremos la fundación de Jauja.

IV

Las noticias que llegaban del Cuzco no eran precisamente como para sedar los ánimos. Para colmo, la mudanza de la capital de Jauja a Lima, aun con sus muchas ventajas, tenía un inconveniente psicológico: la distancia entre el Cuzco y Lima era algo mayor y era más fácil inflamar la imaginación de quienes, en la nueva capital, recibían los lejanos rumores de agitación en las montañas. A finales de 1535, Lima seguía creciendo, pero Pizarro, que era un hombre de instinto, entendía que los asuntos de su gobernación todavía tenían su epicentro en el Cuzco. Por eso acababa de enviar a Hernando, su hermano mayor, a poner orden en el Cuzco. Hernando había regresado de España, donde había hecho entrega del quintal exigido por la Corona y negociado la extensión de los dominios de Francisco. El Cuzco había empezado a irradiar una cierta desazón en otros lugares del imperio y desde la sierra central llegaban noticias de desplazamientos de indios. Los espías del Conquistador, todos indios y atletas, bajaban a la costa con informes inquietantes que hablaban de una atmósfera desasosegada, de una alteración en la rutina y el humor de las gentes del imperio.

Inés Huaylas, instalada con su hija Francisca en la casa del gobernador Pizarro, también comprendía que una ventisca empezaba a sacudir las hojas a su alrededor. Su percepción estaba acostumbrada por muchos años de zozobra política, de manera que en su fuero interno no había mucho lugar para la sorpresa con el goteo continuo de rumores de desarreglo y descomposición en el Tahuantinsuyo de los conquistadores; es decir, de su marido. Pero ella tenía entre las manos una criatura que amamantar. La amamantaba con leche materna, pero también con la eufonía de su idioma, el quechua, cuyo ritmo hechicero procede de la constante alteración de sus vocales y cuya riqueza de significados se deriva de los infinitos afijos que permite una misma raíz verbal. La criatura se adormecía con ese acento que llegaba desde el principio de los tiempos y que defendía a la princesa contra la confusión de una nueva era, dándole algún sentido de permanencia. En quechua, Inés Huaylas susurraba a Francisca las cosas de su mundo, su herencia real y las mitologías del incario feneciente, así como las costumbres de un pueblo apegado a la tierra para el que barbechar, sembrar, segar, guardar la mies y regar el suelo eran algo más que proveer un sustento para sí y para la casta gobernante, a la que ella había pertenecido, y que enterraba a sus muertos con sus pertenencias porque el alma era una prolongación y no una negación de la vida física. En un mundo donde reinaba sin resistencia el castellano —la incipiente Lima estaba poblada de conquistadores y esclavos negros—, el cuchicheo de Inés Huaylas en el oído de su niña era la estrategia de supervivencia de una cultura que, a partir de ahora, intentaría matizar, teñir, empapar a la de los vencedores. Ese modo oblicuo de reinventar el mundo a partir de la derrota era una forma de declarar un extraño empate de civilizaciones. Francisca era eso: su empate. El susurro quechua en la tempestad del castellano corregía las leyes del campo de batalla. En Francisca, Inés Huaylas era también *Conquistadora*.

Esa misteriosa recomposición hacía que Inés Huaylas anticipara con aprensión lo que la agitación en el ambiente presagiaba. La lógica supone que hubiera debido anticipar reivindicación y desagravio en lo que se gestaba, y no esa inquietud defensiva que se apoderó de ella, mientras se aferraba a la niña llamándola «huahua» en su idioma. Pero, en realidad, y a pesar de la lógica, su actitud no tenía nada de extraña. Porque los indios no eran un solo pueblo, compacto y unánime, sino muchos individuos, grupos y facciones en constante rotación de alianzas, de manera que lo que sucedía no era más que una nueva fase de las viejas luchas, y mientras la ñusta siguiera siendo una mujer privilegiada, como lo era al lado de Pizarro, cualquier atisbo de insurrección amenazaba su propia realidad. Si se confirmaban las noticias de un alzamiento, el blanco de las iras vengativas de la montaña serían todos los que ahora formaban parte de la casta de poder —castellanos, indios y negros—, y nada garantizaba, más bien todo lo contrario, que el enemigo fuera a tener compasión con las mujeres y los hijos del enemigo barbudo.

La desazón de su madre probablemente transmitió a Francisca el sentimiento de que algo amenazaba la apacible rutina de su hogar, pero sus emociones ya estaban en alerta frente a otro cuerpo extraño, más inmediato y perturbador: su hermano Gonzalo. Acababa de nacer, a fines de 1535, otro hijo de Pizarro e Inés Huaylas, lo que había dado al Conquistador especial satisfacción, pues el varón, en ese mundo intensamente masculino, colmaba las expectativas de perpetuidad del linaje de un modo más cabal que la mujercita. Para Francisca estas consideraciones genealógicas, jurídicas y políticas no existían, sólo la incomodidad de un intruso que le disputaba las atenciones del padre —pocas, en aquellos días frenéticos— y de la madre, que veía con orgullo prolongarse en su nuevo retoño la herencia imperial de su propio padre, el legendario inca Huayna Cápac, y de su hermano, el ejecutado Atahualpa; también la de su marido, el inca con barba.

V

Todavía se comentaba, a comienzos de 1536, el vejamen que había soportado Manco meses atrás, en su último episodio carcelario. Lo peor no fue las cadenas, ni los empujones ni las imprecaciones: la gota que colmó el vaso fue los orines que regaron sobre el inca sus incontinentes captores, dispuestos a pulverizar el último vestigio de ficción, es decir, de majestad, en el reinado de su títere. Inca meado, inca destronado. No a todos los indios ofendía por igual el chaparrón insalubre en la testa del rey: sus enemigos, los que habían servido bajo los generales de Atahualpa en la guerra civil contra Huáscar, no veían con malos ojos la desmitificación de Manco, el hombre de Huáscar, y, por tanto, todavía, su enemigo. Pero a los otros, a los del bando «cuzqueño» de esa guerra, y a sus aliados y correligionarios alrededor del territorio, la ofensa sublevó el ánimo. Si Hernando Pizarro, que llegó para atenuar los excesos de sus hermanos y evitar la ruptura de los delicados equilibrios de la ficción y el disimulo, creyó que era todavía posible semejante cosa, se equivocó. Y sus acciones tampoco contribuyeron a sofocar los rescoldos humeantes de los ofendidos.

Nada hubiera bastado a esas alturas para recomponer la convivencia, con Villac Umu, el sumo sacerdote y guerrero, zumbando como moscardón en el oído del inca. Umu —anchas espaldas, rostro carilleno, picardía en los ojos— visitaba con frecuencia a Manco para razonar ante él acerca de la necesidad de pasar a la acción. En el temperamento herido del inca, ya predispuesto al rencor, tenían peso las palabras del sumo sacerdote, que le recordaba la extensión de sus dominios, la multitud de sus soldados y la ruindad de sus ingratos captores. Para transmitirle mayor seguridad, Umu le hacía ver la facilidad con la que él mismo había desertado de la expedición de Almagro a Chile enfrentándose con éxito a fuerzas muy superiores. Si el solitario Umu había prevalecido sobre números y tecnologías en el desierto chileno, ¿cómo podrían estos forasteros detener a Manco, el Hijo del Sol?

El sumo sacerdote propuso ofrecer a los cristianos el oro de los antepasados incas que tanto avariciaban. Se trataba de una estratagema para sacar a Manco de aquella postración: el inca debía mostrarse sumiso ante los conquistadores y prometerles que iría a recoger las momias de Huayna Cápac y de la coya. Dos o tres soldados españoles podrían ir con ellos, a modo de garantía. Pero también serían necesarios algunos miles de hombres para... cargar con tanto peso. Si los cristianos querían las momias de oro, el inca debía tener libertad para ir a buscarlas.

Contra lo que temió Manco en un principio, no resultó tan difícil obtener la autorización de Hernando. La añagaza de Umu, nacida de su presciencia y conocimiento del alma humana, había leído con certeza el mapa interior de Hernando Pizarro. En particular, las proporciones en que se repartían su apetito material, su sentido militar y su capacidad para detectar el peligro. Lo primero era preponderante en él, de modo que, cuando le fue solicitada la autorización, la concedió pensando con fruición en que, por fin, las famosas momias envueltas en tesoros serían suyas, y sólo suyas.

—Lo acompañarán dos de mis hombres —dispuso Hernando Pizarro el 18 de abril. Y ese día Manco y su séquito partieron hacia el valle del Yucay en pos de sus muertos.

Villac Umu tomó la delantera, seguido por el inca, como dictaban la prudencia y el protocolo. Treparon por la colina de Sacsahuamán tomando el camino del Chinchaysuyo, en dirección a Calca. Y desde que salieron del Cuzco resultó evidente para el inca que había ansia de revuelta entre su gente. En el trayecto a Calca, donde establecería un cuartel general y organizaría fiestas religiosas, fue recibiendo adhesiones de indios dispuestos a movilizarse contra el invasor español. Cuando llegó a su destino, en la áspera puna de hierba tiesa y amarillenta, no fue necesario convocar a sus jefes militares, porque ya estaban todos en pie de guerra con sus cascos de oro, sus joyas ornamentales y sus máscaras, y los soldados indios, con sus picas y hondas, porras y alabardas de plata, sólo esperaban las órdenes decisivas.

Al cabo de unos días, liberaron a los dos españoles que habían acompañado la expedición hacia la izanga fúnebre, en pos de las momias. Ya para entonces los indios atahualpistas recibían en el Cuzco las noticias funerarias: las momias se habían levantado en rebelión. Espantados por los peligros que planeaban como cóndores sobre sus cabezas, hicieron ver a Hernando su craso error. No tardó mucho Hernando en convencerse de que lo habían engañado: montó en su caballo y partió en busca del inca con doscientos de sus hombres, incluidos sus hermanos. En el camino, los españoles despachados por Manco le confirmaron lo que ya temía: el Tahuantinsuyo, con su rey a la cabeza, se había sublevado. Cabalgó sin descanso hasta Calca. Cuando llegó, el inca ya había partido hacia Lares, en el valle del Yucay. Hernando entró en Calca, donde lo recibió la ironía agridulce de unas momias espléndidas en adoratorios de ensueño y en medio de una sedición que a las claras sobrepasaba en tamaño, organización y mística las confrontaciones anteriores. Aunque Hernando capturó Calca porque el grueso de los indios se internó en el valle del Yucay, a la mañana siguiente, temiendo que en su ausencia Manco se apoderara del Cuzco, regresó con algunas momias reales y ningún inca vivo.

Manco se transformó de la noche a la mañana. La llegada de contingentes nativos desde los cuatro puntos cardinales le terminó de devolver la confianza en sí mismo, y en pocos días pasó de ser el inca de paja a convertirse en caudillo de la resistencia. La sublevación se extendió como una mancha de aceite. Desde Pasco, por el norte, y desde Charcas y Tucumán, por el sur, acudieron los voluntarios para ponerse a disposición del jefe. Cien mil hombres estuvieron pronto bajo su mando. Organizó su nuevo ejército con un sentido militar desconocido desde que Atahualpa fuera sorprendido como un niño en Cajamarca. Dividió las responsabilidades en tres generales, uno de los cuales, Cahuide, tenía madera de leyenda.

En el Cuzco, los hermanos Pizarro contaban con 190 españoles y 500 indios de guerra, y otros 30.000 indios auxiliares con menos entrenamiento castrense que fraternos despechos contra Manco. Hernando logró deslizarse por la colina y entrar en la ciudad antes de que fuera cercada. Por razones de autoridad más que de estrategia, ocupó el palacio de Wiracocha, en la plaza mayor, y desde allí impartió las órdenes para que sus soldados se repartieran en tres grupos, uno de ellos al mando de su hermano Gonzalo. Vieron al enemigo rodear la ciudad en las alturas del valle y a Villac Umu tomar la fortaleza de Sacsahuamán. Al caer la noche, los indios prendieron fogatas en todos los cerros. Los españoles sitiados en el Cuzco veían el reposo de los campamentos enemigos como una señal de que Manco administraba su tiempo sin demasiadas prisas, ya fuera por temor a atacar con precipitación o para romper los nervios de los asediados. Éstos, en realidad, preferían el enfrentamiemto inmediato a una larga y tensa espera. No podían saber cuándo se produciría el ataque, porque en una guerra hay decisiones que no llegan a conocer ni los más intrépidos espías; pero allí arriba, en las colinas que dominaban la ciudad, Villac Umu intentaba convencer a Manco de que diera por fin la orden de asalto para evitar que los españoles se organizaran y para que Francisco Pizarro no tuviera tiempo de enviar refuerzos. Cuanto más dilataran el asalto al Cuzco, más posibilidades tendrían los cercados de organizar su defensa. Villac Umu tomó la iniciativa y destruyó los canales de riego en los alrededores de la ciudad para inundar los campos y así impedir el abastecimiento de agua para los 80 caballos que los españoles tenían disponibles y de cuya eficacia militar los indios eran, a estas alturas, muy conscientes. Recorrió los campamentos para infundir ánimos en su gente y acelerar los acontecimientos, frustrado por la parsimonia de Manco y harto de esperar.

Fue el propio Hernando Pizarro quien convenció a Manco de que había llegado la hora de atacar. Usó un arma más persuasiva que las consideraciones estratégicas en boca del sumo sacerdote: lanzó una sucesión de ataques preventivos y llegó a hostigar a los partidarios de Manco con soldados a caballo. Los indios lo repelieron y la inercia del contraataque condujo de inmediato al asalto masivo del Cuzco. El 6 de mayo sonaron los pututus con su profundidad de concha marina y llovió fuego sobre la mítica capital del Tahuantinsuyo. Las hondas dispararon desde todos los rincones piedras calentadas al fuego vivo y envueltas en algodón, dirigidas contra los techos de paja y los enemigos sin escudo. Los españoles estaban cercados. Con la toma del barrio de Carmenca por Cahuide quedó cerrado el acceso del Chinchaysuyo; el príncipe Roca Yupanqui selló el camino del Collasuyo y dos de los generales bloquearon el Contisuyo y el Antisuyo. Antes de enfrentarse cuerpo a cuerpo con los sitiados, los hombres de Manco se proponían convertir la ciudad en un campo de batalla sin escapatoria.

Cuando creyeron haber debilitado a los sitiados, los indios, organizados por turnos, bajaron a pelear, confiados en que el desvío de los ríos por medio de canales torcidos hacía imposible que los caballos de los españoles maniobraran. Como muchas de las casas ya estaban descubiertas por el incendio de los techos de paja, una parte de los atacantes se desplazó con soltura y garras de puma por las paredes, mientras el resto avanzaba por el llano, instalando barricadas de mimbre a cada paso, con brechas a modo de tronera para que pudieran pasar al otro lado los guerreros. Por cada barricada que Hernando mandaba destruir de noche surgían varias más a la mañana siguiente.

Los españoles, con Hernando Pizarro a la cabeza, quedaron confinados en la plaza mayor, escondidos en casonas, cobertizos y galpones, mientras veían con impotencia que los indios de Manco se apoderaban de los palacios, entre ellos, el Cora-Cora, en medio de una lluvia de boleadoras fabricadas con nervio de oveja y mazos y lanzas improvisadas. También cayó la vieja fortaleza de la plaza que Hernado Pizarro había mandado preparar con saeteras y que estaba bajo el control de un capitán de peones. Los que se habían podido refugiar en el Suntur Huasi se salvaron, nadie sabe cómo. Un bola de fuego cayó sobre el techo, que comenzó a arder como ardía el resto de la ciudad. Ni siquiera los negros, a los que se había asignado la destacada función de sofocar las llamas o perecer en el intento, podían con el fuego. Y a los pocos instantes, algo —¿el manto azul de la Virgen María?— sofocó la bola de fuego, mientras alguien —¿San Miguel?— espantaba los demonios. Los refugiados del Suntur Huari permanecieron mudos y sin mover un dedo, más temerosos del milagro que de la muerte segura. De otros cobertizos y galpones salían los más intrépidos para repeler a los atacantes, dispuestos a morir matando. Las limitaciones de los caballos debieron ser compensadas con el arrojo de los peones, que iban cortando con sus espadas las sogas y ligaduras de las boleadoras, soportando las piedras con sus armaduras y deshaciendo las albarradas y valladares como mejor podían.

La contundencia del asalto inicial aturdió a los sitiados, de modo que la reacción fue lenta y tardía. Pero fue lo bastante brava como para equilibrar las fuerzas en las calles y los edificios de la ciudad, despejar algunas barricadas, retomar lugares estratégicos —como la fortaleza de la plaza— y forzar a los indios a renovar sus escuadrones con más frecuencia de la que habían anticipado. Sus peones se multiplicaron para suplir a los caballos neutralizados por las inundaciones. Los indios auxiliares emplearon a fondo las espadas y picas que habían aprendido a fabricar imitando las novedosas armas de sus jefes, los españoles, y con ellas se afanaron en repeler a los atacantes: todo su intento era impedir el holocausto de la ciudad. Con los días, sitiadores y sitiados elaboraron un lenguaje truculento, con el que pretendían lograr por vía psicológica lo que ninguno había podido conseguir del todo en el campo de batalla: los indios enviaron a los sitiados las cabezas rebanadas de sus compañeros y los sitiados hicieron llegar a los campamentos de Manco las manos cercenadas de los suyos.

Ni la bizarría de los sitiados, una vez sacudido el aturdimiento inicial, ni los mensajes macabros de ida y vuelta podían ocultar que no existía entre ambas fuerzas un empate. Todo —la inferioridad numérica, la desventaja estratégica, la incomunicación y la falta de provisiones— apuntaba contra los españoles y sus indios auxiliares cercados en el Cuzco.

VI

Las noticias de la sublevación en los Andes llegaron pronto a Lima y el pánico atenazó a muchos de sus vecinos. Ni las defensas militares ni la predisposición anímica estaban dispuestas. No entraba en los cálculos de nadie un revés tan súbito de las fortunas, cuando lo peor parecía haber quedado atrás. Si los invasores habían podido reducir, a lo largo y ancho de un vasto territorio, a fuerzas tan superiores en número y tan decididas; si se habían apoderado de los símbolos políticos y espirituales del incario, y si habían desbaratado el complejo engranaje imperial del Tahuantinsuyo y habían exacerbado con éxito las rencillas y los rencores que enemistaban a los nativos, ¿cómo era posible que, ahora, los derrotados fueran capaces de amenazar la gran empresa de la Conquista? Los informes no dejaban lugar a dudas: el movimiento de tropas rebeldes tenía lugar en muy diversos puntos del imperio y, como metales dispersos a los que un imán arrastra y hace converger desde todas las esquinas, los indios se estaban reuniendo bajo la autoridad de Manco. Sólo unos meses antes, aquel nuevo caudillo inspiraba en sus celadores tan poco temor que le refrescaban el rostro con la deshonrosa secreción de sus vejigas.

En la casa del gobernador, el único espíritu sereno era el de Francisca, todavía a gatas. Aun en su inconsciente y juguetona indiferencia infantil, tal vez percibió en el Conquistador un síntoma de rigidez. Las noticias eran alarmantes.

Los españoles, espantados por los relatos de crueldades bestiales que llegaban desde el Cuzco y los Andes centrales, empezaban a considerar que quizá habían menospreciado los tesoros que podían esconderse más al norte, por ejemplo, en Colombia, a la que llamaban Tierra Firme y que estaba tan cerca, y que tal vez habían sobrevalorado las amabilidades minerales del Perú, seguramente próximas a agotarse. Algunos, inspirados por horizontes más ambiciosos, pensaron que aquélla era la ocasión perfecta para correr hasta México, a la que llamaban Nueva España; es decir, su segundo hogar. A lo largo de la costa, pues, un buen número de conquistadores echó mano de cualquier objeto flotante para huir. No era difícil ver a familias enteras embarcándose, en distintos lugares de la costa, decididas a huir de las matanzas y la ruina. Cargando con hijos y hacienda, abandonaron el territorio.

Pizarro puso en marcha su sentido militar y estratégico y quiso aprovechar aquella huida masiva para solicitar apoyos externos. Despachó de inmediato a México y Centroamérica un galeón y tres navíos que estaban amarrados en el puerto del Callao, con el encargo de traer armas y caballos. A cambio ofrecía oro y gratitudes reales. Consciente de que Manco había ordenado bloquear los caminos que comunicaban la costa de Chincha y la sierra de Jauja con el Cuzco, organizó el envío de cuatro capitanías para socorrer a los sitiados. Con una de ellas iba otro inca títere improvisado al calor de los acontecimientos para reemplazar al alzado, expediente necesario para dar visos de legitimidad al dominio sobre los indios leales a Pizarro. Después de todo, casado con una hermana de Atahualpa y padre de una niña que llevaba la sangre de Huayna Cápac, nadie podría dudar de que el Conquistador gozaba de autoridad suficiente para conferir legitimidades nativas.

El curaca de Lima, Taulichusco, así lo pensaba —o así lo calculaba— porque de inmediato se puso a disposición de Pizarro. Disipaba así un temor que, de haberse confirmado, hubiera desequilibrado la lucha. Taulichusco había sido desplazado como otros indios asentados en Lima a un villorrio de las afueras y estaba dedicado a trabajos agrícolas, de modo que hubiera cabido esperar de él una actitud menos favorable a los españoles. Pero no lo unían a Manco lealtades políticas ni, desde luego, gratitudes personales, así que puso a sus hombres a disposición del gobernador: hicieron acopio de víveres, leña y hierba para las cabalgaduras, lo cual significaba hacer incursiones en pueblos vecinos. Algunos asentamientos indígenas, como el de los Atavillos, al norte de Lima, se habían sumado a la sublevación. Sus vecinos, los chacllas, se alinearon con el gobernador: Pizarro comprendió que los indios de las inmediaciones estaban, como en todas partes, divididos, lo cual favorecería la resistencia ante un asedio inminente.

Continuamente le llegaban informes desesperados y sólo la mirada imperturbable de Francisca gateando entre el tumulto aquietaba su propia desazón.

—Gobernador, vienen bajando a tomar la ciudad. Miles, son miles los que vienen bajando.

Llovían sobre su casa los avisos de que tal o cual cacique se había levantado en armas, de que tantos y tantos españoles habían sucumbido; en cambio, ningún detalle llegaba respecto al modo en que sus hermanos habían resistido la embestida inicial en el Cuzco y ahora resistían los rigores del infranqueable cerco.

Una noche, derrotado por la impaciencia, el Conquistador envió a Pedro de Lerma con veinte hombres a caballo con la misión de averiguar las intenciones del enemigo y a qué distancia se encontraban de Lima. Pero, apenas dejaron atrás las últimas casas de Lima, se les vino encima un contingente de varios miles de hombres y sólo los refuerzos enviados a última hora evitaron que Lerma fuera despedazado. Los indios de Manco estaban ya a las puertas de Lima comandados por Illa Topa y Quiso Yupanqui.

Desde los pueblos aledaños, reclutados por ambos generales, se fueron sumando al grupo inicial más indios que abandonaban sus breñas natales alentados por la convulsión general. En pocos días se hizo patente la presencia de los sitiadores en los cerros que rodean el valle. En el más alto se situó Quiso Yupanqui, el jefe de uno de los dos contingentes principales, tras el fracasado intento de setenta españoles por detenerlo. Los españoles quisieron enfrentarse a los sublevados, tratando de evitar el dominio de colinas y promontorios, pero las escaramuzas, que regaron de cadáveres la periferia de Lima, no impidieron que los sitiadores tomaran el control de algunos edificios en las afueras de la ciudad. Alanceando enemigos, los conquistadores consiguieron situarse en los cerros más bajos.

Francisco Pizarro esperaba en Lima, confiando en que el campo abierto sería más favorable a sus soldados a caballo. Las ventajas de los hombres de Manco en las últimas estribaciones de la cordillera y en los numerosos cerros del valle se tornarían ventajas para los conquistadores una vez llegado el momento de entablar la batalla decisiva en la ciudad. Las posibilidades de victoria pasaban, de todos modos, por la llegada de refuerzos y vituallas: sólo así se podría resistir el asedio durante el tiempo necesario y sólo así podrían menguar las fuerzas del enemigo. Entre desplazamientos tácticos de indios, choques parciales y esporádicos, la captura y rescate de éste o aquel cerro, transcurrieron los días. Como en todos los enfrentamientos anteriores, la mayor parte del bando español estaba compuesto por indios. Éstos salían a las afueras durante el día para enfrentarse a los sitiadores y regresaban por la noche a la ciudad, exhaustos... y cargados de informes de inteligencia.

Las lealtades de Inés Huaylas, con los diez kilos de Francisca en brazos, no admitían duda. El cerco a Lima era también el cerco a su nueva vida. A pesar de que Quiso Yupanqui era un deudo suyo, Inés ya no pertenecía a ese mundo. Por otra parte, Manco no era más que una prolongación de Huáscar, el enemigo del verdadero inca legítimo, Atahualpa, y, por tanto, el enemigo de su propio hermano. Inés Huaylas percibió el peligro en su hogar antes incluso de que se hiciera patente la amenaza de los ejércitos de Manco. Pizarro había acogido en su casa a Azarpay, otra hermana de Atahualpa, cuya jerarquía en el linaje inca era superior a la de la propia Inés Huaylas, su media hermana.

La historia de Azarpay se remonta también a los días tumultuosos de Cajamarca. Una vez ejecutado el inca Atahualpa, había acompañado a los conquistadores en su trayecto a la siguiente parada, el valle de Jauja, como hermana y mujer principal del inca títere, improvisado para confundir y tranquilizar a los indios. Pero, muerto el inca de paja, uno de los hombres de Pizarro, el tesorero real, con un sentido impecable de la deformación profesional, pidió a su jefe que le entragara a Azarpay, no tanto para satisfacción de la carne o el sentimiento como para que lo condujera hacia nuevos tesoros, cuyo escondite ella debía de conocer. La orgullosa y venerada coya, en lugar de aceptar, como Inés, su destino marital, escapó en rebeldía y se internó en la montaña. Logró entrar en Cajamarca y pasar inadvertida durante un tiempo, pero ni su conocimiento del territorio ni su determinación de hierro la pudieron salvar de las garras enemigas, y acabó siendo apresada. La enviaron a Lima, donde Pizarro, acaso impresionado con el carácter de la mujer o a la espera de encontrarle un destino marital menos innegociable, cometió un error de cálculo: la admitió en el seno de su hogar y desató una sorda guerra de celos entre Inés Huaylas y la recién llegada Azarpay. Inés sabía que su media hermana ostentaba un lugar superior en la jerarquía de su pasado y, por tanto, era aun más digna de compartir el lecho de Pizarro. ¿Habían menguado en Azarpay las ínfulas resistentes contra el profanador de su estirpe y estaba ahora dispuesta a aceptar el gobierno de los invasores? ¿Sentiría que un gobernador bien valía la pena la docilidad que no había querido mostrar ante el tesorero? ¿O aceptaba de manera temporal un destino que no le estaba dado rehuir a la espera de la ocasión perfecta para tramar una venganza?

No tardó Inés en ver a Azarpay como una enemiga más temible que los ejércitos de Manco apostados a la redonda, amenazando con asaltar de un momento a otro la casa del gobernador, donde Francisca, a la edad de la inconsciencia, ya desarrollaba instintos de supervivencia y honor.

—Azarpay te traiciona —sentenció un día Inés Huaylas con tanta convicción que el gobernador sintió culebras en la espalda—. Ella organizó el cerco. Tienes al enemigo durmiendo en tu propia casa.

Tal vez quiso recriminar las atenciones de Pizarro para con la intrusa. El gobernador había traspasado el territorio eminentemente casto de la conmiseración y no puede decirse que Azarpay —¿perversa?, ¿halagada?— mostrara reticencias serias. Las miradas y las palabras de Inés Huaylas debieron de ser muy persuasivas, porque el gobernador no tardó en convencerse de que Azarpay formaba parte de la operación de Manco y de que, desde el bastión español, enviaba mensajes con informaciones valiosas a los sitiadores. Otros indios del bando de los conquistadores también sospechaban de ella, de modo que, estimulados por Inés Huaylas y sus maledicencias, terminaron de inclinar al gobernador contra Azarpay.

El Conquistador quiso mostrar su poder y dar un castigo ejemplar a la traidora: sitiado y cuando las lealtades de los nativos le eran más necesarias que nunca, la condenó a morir. Azarpay recibió el garrote en la pieza que le servía de refugio. Ejecutarla en la plaza mayor hubiera sido imprudente en aquellas circunstancias.

Vengada, Inés se ocupó de inmediato en buscar refuerzos para la resistencia. Pensó en su propia madre, la señora de Huaylas. La abuela de Francisca y madre de Inés, por tanto suegra del gobernador, no dejaría morir a su familia a manos de Manco. Si los refuerzos de curacas y tribus costeñas no bastaban, la señora de Huaylas acudiría en ayuda de su yerno el gobernador. Contarhuacho, la señora de Huaylas, había hecho llegar a Inés mensajes de aliento y ofrecimientos de ayuda, y todas sus comunicaciones, deslizadas por medio de extrañas artes y disimulos, habían venido acompañadas de cariños para Francisca, la nieta redentora de los vencidos.

Los refuerzos que el gobernador había solicitado al exterior llegaron con varios meses de retraso, cuando el asedio había provocado ya grandes penurias y los españoles habían perdido muchos hombres en las escaramuzas que constantemente se libraban alrededor de la ciudad. Algunos arcabuceros y caballos vinieron a reforzar la defensa de Pizarro por el único lugar que los sitiadores no podían dominar: el puerto. Y, para demostrar que la coquetería no estaba reñida con los rigores del sitio de Lima, entre las provisiones y los aparejos de guerra aparecieron también jaeces, vestidos de sedas y hasta ropa de marta para el gobernador.

Una mañana de garúa, los sitiados comprobaron que Quiso y sus hombres habían tomado el cerro de todos los cerros: el de la cruz de madera. Próximo a la plaza mayor, era el lugar que simbolizaba la empresa evangelizadora de los invasores y —se suponía— protegía a los nuevos ocupantes de las iras nativas. Éstas, poco temerosas de las cristianas, arrasaron la cruz de madera, demostrando una nueva irreverencia contra los símbolos religiosos ajenos a los suyos. (Por lo general, la tradición guerrera de los incas no imponía la destrucción de símbolos y templos; más bien, habían respetado, y absorbido, los cultos de los vencidos). Por la noche, encendieron fogatas y luminarias, como en otros cerros de la capital. Las ceremonias religiosas alrededor de las fogatas avivaban la fantasmagoría del cerco. Los hombres de Manco rogaron a Pachacamac que les diera fuerzas para aniquilar a los trescientos arcabuceros y mil indios que aún resistían el asedio.

A los seis días de haber llegado a los cerros alrededor de la ciudad, Quiso anunció:

—Hoy entraré en el pueblo. Y mataré a todos los españoles que aún vivan. Tomaremos a sus mujeres, las tendremos por esposas y engendraremos generaciones fuertes para la guerra. Yo, guerreros, pido que, si muero, mueran todos; y, si huyo, huyan todos.

Sólo catorce mujeres españolas había en el interior de la ciudad cercada, incluidas las tres madrinas de Francisca. El jefe indio de Manco, que recibía noticias de sus espías, lo sabía bien. No habían permitido que nadie abandonase la ciudad, a pesar de los intentos del gobernador, que también había pedido a las mujeres de otras ciudades costeras abandonar el territorio, pues la sublevación era general. Entre las catorce mujeres que aún permanecían en Lima estaba una aguerrida prostituta, Mari López, que cumplía la misión de custodiar a un grupo de prisioneros. El cerco había suspendido las jerarquías de oficio y posición social.

Los jefes militares de Manco entendían que era la hora de actuar. Los refuerzos que empezaban a llegar por mar amenazaban con poner en serias dificultades el buen fin de la empresa, y los generales no quisieron esperar.

La debilitada moral de los sitiados hubiera recibido un duro golpe de haber sabido que las cuatro capitanías despachadas por Pizarro hacía algunos meses para el socorro del Cuzco habían sido desbaratadas por Manco en el camino.

Los indios empezaron a bajar por las montañas que rodeaban el río, enfrentándose a los nativos que secundaban la causa española. Pizarro contaba las horas y esperaba los refuerzos definitivos que nunca llegaban; permanecía agazapado en los escasos edificios de la ciudad, ahora baluartes defensivos y desesperados. A su lado, sin separarse de él ni un instante, estaba Martín de Alcántara, su medio hermano. En casa, acurrucadas, a la espera de acontecimientos, Inés Huaylas y Francisca temían lo peor. Era invierno y el cielo cubierto dejaba caer una tenue garúa.

Después de inundar la ciudad con canales y desvíos de aguas, como hicieran los sitiadores del Cuzco, los indios rebeldes avanzaron desde el norte, desde el este y desde el sur. Al rayar el alba, por el llano del río Rímac, los hombres de Quiso comenzaron a penetrar en las calles de Lima. Pizarro organizó la caballería en dos escuadrones, uno de los cuales quedó a su mando, bloqueando el acceso a la calle principal. Allí estaba, con escudo y espada, Mari López, la fiera prostituta. Vieron al general inca cruzar los dos brazos del río, lanza en mano, en sus dos andas, y advirtieron cómo se acercaba a la calle que el gobernador en persona custodiaba. Algunos trepaban ya por las paredes, pero el gobernador pidió a los suyos que no se distrajeran y que no perdieran de vista el objetivo principal: Pizarro conocía muy bien, desde los tiempos de Cajamarca, la dependencia espiritual de los subordinados indios respecto a su jefe. La caballería salió a hacerles frente, decidida a vencer o morir. Sobre el cascajal que formaba el río, ejércitos de guijarros y mosquitos mancaban los caballos. Sobre campos encharcados, en distintos frentes, empezó la cuenta macabra de la guerra: fueron cientos y cientos los guerreros que caían heridos o muertos en el barro. En la turbamulta, Pizarro perdió de vista a Quiso.

Pizarro, desesperado, buscaba al general de Manco: esperaba que la superstición hiciera su efecto, y aquel efecto psicológico era el único medio de derrotar a sus adversarios. Por fin, Quiso apareció, exangüe, a los pies de un caballo, no muy lejos de la vía principal de acceso a la ciudad. Y, como por arte de magia, las fuerzas atacantes, muy superiores en número y distribuidas en tres frentes, se paralizaron a medida que corría la noticia de que el jefe había caído. Illa Topa, el único general que hubiera podido continuar el asalto, retrocedió y se retiró en dirección a Canta. El resto emprendió la huida hacia la cordillera, por el este. Los españoles persiguieron a los indios en fuga durante muchas leguas, asombrados de la rapidez con que giraba la Rueda de la Fortuna. Los que quedaron en la ciudad decidieron volver al cerro con la cruz de madera profanada, pero no fue necesario enviar un contigente para cumplir la misión: también allí fueron inmediatos los efectos devastadores de la caída de Quiso en la moral de los indios. A partir de aquel día, en conmemoración de la estampida enemiga, el cerro recibe el nombre de San Cristóbal.

¿Por qué Illa Topa huyó tan repentinamente? La muerte de Quiso no era razón suficiente. La derrota de este general explicaba la desmoralización de los hombres de su frente, pero tenía que haber factores adicionales para provocar la estampida unánime de los atacantes. ¿Lo sospechaba acaso, en la tiniebla de su cabecita en formación, la pequeña Francisca? En el instante en que huían hacia el norte los hombres de Topa, avanzaba sobre Lima un grupo de varios centenares de indios que venía al rescate de una familia antes que de una ciudad. Eran los enviados de Contarhuacho, la madre de Inés Huaylas y abuela de Francisca. Al frente de la expedición, llegaba un grupo de curacas dispuestos a rescatar a la niña, garantía última de su estirpe, vínculo entre las razas vencedora y vencida. Las tropas fugitivas escapaban derrotadas por el desamparo en que los dejaba la muerte de Quiso, pero también por el abrumador refuerzo de los indios enviados por la abuela de Francisca, que, en el momento decisivo del enfrentamiento, desequilibró la contienda. El amor de Contarhuacho por su nieta mestiza, la movilización guerrera de una abuela desesperada, había inclinado la balanza moral del lado de los conquistadores en el instante más preciso. Algunos indios que huían creyeron haber visto a Contarhuacho comandando en persona a sus propias tropas.

En casa del gobernador, Francisca dio un respingo en los brazos de Inés Huaylas.

VII

Por primera y no por última vez, los destinos de la mestiza Francisca y de su tío Hernando estaban unidos. Ella no podía saberlo, pero mientras salvaba la ciudad capital, su tío Hernando se multiplicaba como un titán para romper el cerco del Cuzco. El español lograba pequeños pero significativos avances. Había derribado buena parte de las barricadas, ganando espacios al interior de la ciudad, y había logrado destruir muchos de los canales que anegaban los campos. Además, algunos edificios emblemáticos, como el Cora-Cora, habían sido recuperados por los conquistadores. Pero un pecado estratégico imperdonable hacía inútiles estos avances. No habían colocado defensas cuando comenzó el asedio, entre la ciudad y la cima donde se hallaba la fortaleza de Sacsahuamán, y este error los hacía muy vulnerables. Desde allí bajaban los indios de Manco continuamente, por turnos y en línea recta. Este ataque incesante suponía para Hernando Pizarro una hemorragia de recursos, de hombres y angustias. Cualquier esperanza de invertir la dinámica de los enfrentamientos y, en última instancia, de romper el cerco pasaba por atacar las murallas de mampostería de Sacsahuamán, que intimidaban por su arrogancia y tamaño.

La cima de la fortaleza estaba defendida por tres muros en hilera con gradas enormes, en líneas dentadas. La silueta poligonal aumentaba el temor y la desesperanza de quienes osaran acercarse. Los pasajes y los recintos subterráneos y abovedados permitían a los hombres de Manco la organización de una defensa eficaz en caso de ataque y el desplazamiento en las alturas sin ser vistos por los españoles desde el Cuzco, cuesta abajo.

La atención de los hermanos Pizarro se concentraba en la fortaleza desde la que Manco asediaba la ciudad. ¿Cómo recuperarla? ¿Cómo alcanzar la cima para estar en pie de igualdad sin ser avasallados desde arriba? Y, una vez allí, ¿cómo penetrar esos muros protegidos por una multitud armada y dispuesta a todo? La salvación del Cuzco pasaba por Sacsahuamán, y sólo por Sacsahuamán.

No había entre los españoles quien tuviera la fórmula mágica. La considerable superioridad técnica y material de los conquistadores, hasta ahora tan decisiva como el juego de alianzas, no bastaba para una empresa semejante. Hacía falta un conocimiento minucioso del lugar, incluidos sus pasajes subterráneos, y una información precisa acerca de la organización defensiva de la fortaleza. Por supuesto, eran también necesarios el espíritu guerrero y la colaboración indígena.

Pascac, pariente y enemigo de Manco, se ofreció a guiar a los desconcertados españoles hasta la cumbre. Obedeciendo sus consejos, Hernando dispuso el intento. Ordenó los grupos que debían atacar la fortaleza y reservó a algunos soldados que defenderían la ciudad si la conquista de Sacsahuamán fracasaba.

—Ustedes ven el asedio que nos viene de arriba y el mucho esfuerzo que empleamos en repelerlo. Debemos ganar la fortaleza o morir todos. Repartiré a la gente que saldrá a conquistarla y dejaré suficiente en la ciudad para no desprotegerla.

Él se quedaría en el Cuzco, a la espera, y su hermano Juan comandaría al grupo encargado de la toma del bastión, en compañía de Gonzalo. Con cincuenta hombres a caballo, después de rezar en la iglesia de la plaza mayor, Juan se dirigió hacia Sacsahuamán. El primer obstáculo era el contingente indio que bloqueaba el paso del Chinchaysuyo. Con la misma audaz embestida frontal que había dado resultados en otras ocasiones, y con el mismo el efecto sorpresa sobre el enemigo, desbarataron a los soldados que impedían el acceso. Treparon por el cerro de Carmenca, superando nuevas empalizadas de indios enemigos que pretendían evitar su ascenso a la cima donde estaba la fortaleza de Sacsahuamán. Dieron un gran rodeo para evitar lo más nutrido de las defensas adversarias y cubrieron los pozos que los indios habían cavado para vaciar los andenes, pero, al fin, Juan y sus hombres alcanzaron las terrazas de la fortaleza, uniéndose a Gonzalo, que los había precedido para ir despejando el camino.

Acompañaba a los cincuenta de a caballo un contingente de indios para los que la toma de Sacsahuamán era una cuestión de honor tribal. Cañaris, chachapoyas e incluso dos hermanos de Manco se aprestaban a saldar viejas cuentas con el incario, ahora representado por las huestes que el fiero Cahuide comandaba desde lo alto del torreón principal. El conocimiento que algunos indios aliados tenían del terreno era muy útil para los españoles. Villac Umu, el sumo sacerdote y estratega de Manco, había organizado el relevo continuo de sus hombres a través de los pasajes subterráneos y había cubierto todos los flancos posibles en las alturas de la fortaleza. Desde allí, enjambres de boleadoras, flechas, hondas y mazos podrían repeler cualquier embestida y neutralizar a los caballos en el llano.

La fortaleza estaba cercada por una gran barbacana con puertas sucesivas. No había forma de penetrar sin pasar por una de ellas. Desde un cerro aledaño, donde se había apostado con el grueso de sus hombres, Juan comprendió que era su única opción. Arremetió contra una de las puertas abriéndose paso a sablazos y logró franquear la barrera, dejando un reguero de indios tendidos en tierra. Desde una de las edificaciones de la fortaleza vio morir, apedreado, a su propio paje. Ante la lluvia de proyectiles, decidió esperar, de este lado de la barbacana pero a cierta distancia de la fortaleza misma, la puesta del sol.

En la noche serrana, Juan dividió a sus hombres en dos grupos. Puso a su hermano Gonzalo al mando de los peones y colocó a la caballería bajo su propia autoridad. Los hombres de Gonzalo debían irrumpir en el interior de la fortaleza tan rápidamente como les fuera posible; tras ellos, Juan y su gente cubrirían las espaldas de la avanzada. Debido a una herida todavía abierta en la barbilla, Juan no podía cubrirse la cabeza con el casco, lo que lo obligaba a permanecer en la retaguardia mientras Gonzalo intentaba romper la barrera de entrada.

El ataque nocturno, al que los indios no estaban acostumbrados, les confería cierta ventaja. La supieron aprovechar. Gonzalo, el más temerario de los hermanos Pizarro, desbarató con sus hombres de a pie la puerta principal sin llamar la atención de los contingentes defensivos en el interior de Sacsahuamán y abrió el camino al grueso de la expedición y a los caballos. Subieron por un callejón, sorprendidos ante la escasísima resistencia; pero, al llegar a una nueva puerta, en un extremo del pasadizo, los indios despertaron alarmados: en pocos minutos ya estaban disparando sus hondas sobre las cabezas y pechos de los invasores. Un emisario de Gonzalo retrocedió para avisar a Juan, que esperaba a una distancia calculada, de la dura respuesta surgida en el extremo del callejón. Tomando su adarga con redoblada determinación, Juan cabalgó al encuentro de los soldados de Manco.

El jefe del asalto avanzó, perforando las barreras que aún quedaban entre él y los torreones principales. Pero una piedra rasgó la noche con perfecta puntería e impactó en la cabeza descubierta de Juan, que, casi al instante, cayó malherido y sangrando. Sus hombres, enfurecidos, lograron alcanzar el terrado desde el cual había sido disparado el proyectil. Una vez controlada esa plaza, en el interior de la fortaleza, se sintieron más seguros y se dispusieron a organizar la evacuación del moribundo. Con el máximo sigilo, para no conceder al enemigo esa buena noticia, Juan fue conducido al exterior y desde allí hasta el Cuzco, donde Hernando recibía informes constantemente.

Sin perder tiempo y a pesar de tener enfrente a su hermano agonizante, Hernando organizó el envío de refuerzos y anunció la decisión de dirigir en persona la toma de la fortaleza.

Manco, por su parte, estaba en Calca: permaneció allí el tiempo que duró el cerco del Cuzco. Recibía, asombrado, todas las noticias acerca del asalto a Sacsahuamán y también enviaba nuevas tropas. En su caso, el enfrentamiento decidiría el destino de la ciudad de sus antepasados.

Hernando pudo reunirse sin dificultad con las tropas de los españoles en el interior de la fortaleza porque la vía de acceso ya estaba bajo el mando de sus soldados. Al amanecer, con escaleras de asalto improvisadas, tomó uno de los tres torreones principales. Desde allí, percibió que era un riesgo excesivo asaltar los torreones más altos; sobre todo, era peligroso atacar el de Pauccar Marca, donde Cahuide, el guerrero bestial de Manco, dirigía una encarnizada defensa de su bastión. Lo que no podrían lograr los españoles en un ataque frontal acaso lo conseguiría el arma mortífera del tiempo:

—Morirán de sed —anunció Hernando.

Durante tres días interminables los indios soportaron, encaramados en sus murallas, la falta de agua. Villac Umu salió en busca de refuerzos el primer día de la guerra de la sed, porque los dos mil hombres que defendían Sacsahuamán no resistirían mucho tiempo en aquellas condiciones. Cahuide, el más fiero de la casta privilegiada de los orejones del incario (llamados así por los grandes pendientes que usaban), tendría que plantar cara a los españoles hasta la llegada de los refuerzos o perecer en el intento. Desde lo alto de las murallas, conscientes de que el tiempo era su peor amenaza, los indios de Manco hostigaban sin cesar a los conquistadores y estorbaban, apartando las escaleras de asalto y empleando sus mazos, a quienes pretendían atacar los costados.

—Lo quiero vivo— ordenó Hernando al tercer día, impresionado por el general de la resistencia india, que con una adarga, una espada y un mazo, y apenas la cobertura de un morrión en la cabeza, parecía transportado a una nueva forma de determinación humana—. Parece un romano.

Al pie de la muralla, uno de los capitanes invasores, menos respetuoso, pidió a Cahuide la rendición inmediata y le gritó que los españoles respetarían su vida si abandonaba la lucha. Desde el torreón vecino, lo vieron lanzar la porra sobre la cabeza del capitán. Instantes después, demudados, observaron cómo se cubría con una manta y saltaba al vacío con un aullido de puma. Horas más tarde, el apetito de los cóndores descendía sin honores sobre su cadáver y los de cientos de combatientes.

La toma de la fortaleza no fue inmediata. La llegada de los refuerzos de Villac Umu, a última hora, retrasó la rendición, pero al cabo de pocos días Hernando la dominó por completo. Tras colocar a cincuenta hombres en diversos puntos de su geometría poligonal, regresó al Cuzco, donde su hermano dictaba en el lecho de muerte un testamento en el que legaba sus bienes a Gonzalo.

En Calca, nadie reprochó a Manco no haber organizado el asalto decisivo al Cuzco, cuando su superioridad numérica y la precariedad de las defensas de los Pizarro le conferían una ventaja insuperable. El inca, a quien nadie podría acusar de haber subestimado a sus contrarios, tenía lucidez suficiente para entender que la caída de la fortaleza en manos españolas alteraba los equilibrios de la sublevación. A partir de ese momento, el Cuzco quedaba abierto a las comunicaciones exteriores. El repliegue de la sublevación era el oxígeno de los conquistadores. La ingente cantidad de hombres con los que podía contar Manco aún le permitía mantener la ilusión del asedio, y todavía conservaba posiciones hegemónicas en amplios territorios de los Andes.

Ahora, sin embargo, tenía un nuevo problema: ya no conservaba la iniciativa. La capacidad de los españoles para asediarlo a él, sin ser equivalente a la que Manco tenía para hostigar a los Pizarro, era un nuevo factor que había que tener en cuenta. Aun cuando el control de las comunicaciones entre Lima y el Cuzco protegían a Manco de Francisco Pizarro, las posiciones que los hermanos de éste habían logrado establecer en las alturas del valle hacían vulnerable al inca en su cuartel general de Calca. Los españoles, y sus aliados indígenas, ya estaban en condiciones de emprender algunas acciones ofensivas.

Paullu, hermano de Manco, no perdió el tiempo y se hizo útil a Hernando Pizarro. Buen conocedor de las vías de comunicación de que disponían los sublevados y de la ubicación de los graneros que alimentaban a los indios en tiempos de conflicto, se dedicó a hacerle la vida más difícil a su hermano Manco. Incendió buena parte de los graneros y hostigó las vías de comunicación, forzando a Manco a dedicar mucho tiempo a organizar el abastecimiento de los suyos; llegó incluso a enviar a sus ejércitos a trabajar en las cosechas.

En los meses siguientes, el Cuzco sufrió varios asedios, pero los choques armados no representaban ya un peligro para los resistentes en el interior de la ciudad. Los españoles se las arreglaban para cubrir los hoyos que cavaban los indios y, abierta una vía hacia el exterior, podían abastecerse con productos agrícolas, asaltando depósitos y capturando el ganado de manos enemigas en sus esporádicas excursiones alimenticias por los alrededores. Uno de los afanes de los españoles consistió, precisamente, en el abastecimiento de maíz para asegurarse, durante los meses siguientes, una provisión necesaria. Su superioridad técnica y su recobrada moral no eran suficientes para dar un vuelco definitivo a la situación, dado el número abrumador de combatientes que enfrentaban, pero la composición de fuerzas iba equilibrándose lentamente.

Pudieron forzar la salida de Manco de Calca hacia otra fortaleza imponente: Ollantaytambo. Como Sacsahuamán, esta ciudadela estaba situada muy cerca de la selva y tenía una estructura de mampostería poligonal portentosa; aunque a los españoles les fue relativamente fácil emplazarse entre el pueblo que lleva el mismo nombre y el río Yucay, no pudieron avanzar hasta el nuevo cuartel general del rebelde, porque las tribus selváticas, a las que hasta entonces habían despreciado, aparecieron repentinamente y hostigaron a los conquistadores con sus lanzas y sus flechas. Así protegieron al inca, su aliado. Más tarde, aquellas tribus consiguieron hacer retroceder a los españoles, que permanecieron durante un tiempo lejos de Ollantaytambo. Manco aprovechó esta retirada para volver a inundar los campos en torno al Cuzco, forzando de este modo el rápido repliegue de los hombres de Hernando hasta la ciudad.

Una parte no desdeñable de la lucha tenía lugar en el escenario psicológico. En el momento en que más lo necesitaba y gracias a un oportuno retraso de las comunicaciones, llegó a poder de Manco el material que sus hombres habían interceptado varias semanas atrás a los expedicionarios movilizados desde Lima por Francisco Pizarro para socorrer a sus hermanos en el Cuzco. Cayeron en manos del inca las cartas en las que se daba cuenta, para conocimiento y estímulo de los españoles atrincherados e incomunicados en el corazón del Tahuantinsuyo, de los triunfos militares de España en Túnez contra Barbarroja y los turcos. El inca, que no sabía leer pero a estas alturas no ignoraba los poderes devastadores de la palabra escrita en la cultura a la que se enfrentaba, permitió que llegaran al Cuzco, una a una, con perversa puntería, cumpliendo con el destino inicial. Pero su gesto añadió un giro despiadado: la verdadera noticia no era ya los logros del Imperio español y de la Cristiandad contra el turco infiel, sino la derrota estrepitosa de cuatro expediciones enviadas por Francisco Pizarro y la imposibilidad de recibir refuerzos.

A pesar de la eficacia de la argucia psicológica, las cartas no pudieron variar el estado de cosas en el campo de batalla. Manco, el sitiador, había pasado a ser el sitiado sin dejar de ser sitiador. En el tira y afloja de ambos bandos, la Conquista encontraba un tenso y nuevo equilibrio que rompía los nervios.

En Lima, la consolidación de Francisco Pizarro tras la ruptura del cerco costeño permitía volver a las actividades de la vida diaria. Es decir, continuar el aprendizaje del Nuevo Mundo. Porque el mundo era nuevo para todos:

los de allende los mares aprendían a comer papa, yuca, camote, maíz y quinua, a hacer el amor con otro idioma y a beneficiarse de los tributos que pagaban sus nuevos sirvientes; los nativos, por su parte, aprendían a nombrar el arroz, las lentejas, los zapallos y los plátanos, a digerir patos, gallinas, cerdos y cabritos, a concebir el cielo como el reducto de una sola divinidad y a edificar extrañas ciudades de geometría cuadriculada.

Para la nueva generación, la de Francisca, que nacía del encuentro de estos dos aprendizajes, el mundo era nuevo también, pero por razones diferentes. Para ella, el cataclismo cultural no resultaba del súbito choque con una civilización distinta, sino del hecho de no tener antecedentes. Ella no procedía de una cultura para fundirse con otra: más bien estrenaba una cultura porque estrenaba una raza. Ni Francisco Pizarro ni Inés Huaylas podían enseñarle cómo ser una mestiza, una «mezclada de ambas naciones» como diría unos años más tarde el inca Garcilaso de la Vega, el más ilustre de los mestizos. Ninguna referencia previa podía facilitarle las cosas a Francisca Pizarro. Ese vacío de antecedentes implicaba la ausencia de unas relaciones mestizas en las que pudiera asumir cierto sentido de pertenencia, un nicho social donde la nueva criatura pudiera encontrar, junto a otras, la misma familiaridad que sentían el Conquistador entre los conquistadores y el indio entre los indios, aun en estas alborotadas circunstancias y trastocadas jerarquías. No era Francisca la única mestiza; algunas otras, menos notables, daban sus primeros vagidos en estas tierras, pero ni formaban comunidad ni tenían antecesores. La mestiza y el mestizo sólo podían ser, mientras el mundo siguiera siendo tan nuevo, vencedores o vencidos, antiguos o recien llegados, blancos o cobrizos. Es decir, más una cosa que la otra, aun cuando su mezcla indisoluble encerrara una verdad más ambigua y compleja, menos estratificada y predeterminada que el nuevo mundo en que nacían.

Inés Huaylas lo intuía: Francisca era la llave que le abría las puertas del mundo de los vencedores, su recurso de supervivencia en la jerarquía de los vencedores, su manera de contrabandear lo antiguo en lo nuevo, la alquimia que la hacía más blanca que india. Entre tempestades políticas y hecatombes militares, Francisca iniciaba su vida en el momento en que la vida misma volvía a empezar. Nacía en un universo de creación reciente, pero, además, esa creación reciente nacía con ella. Por el momento, sólo se podía ser de uno y otro bando, y siendo, como lo era, junto con su hermano menor, la prolongación del primero de los conquistadores, se criaba entre el respeto de los vencedores y la secreta envidia de los vencidos. El susurro del quechua materno en sus oídos, hilito de vida que la ligaba, no sin ironía, al bando de los perdedores, iba formando en su sensibilidad un sedimento, si no de compasión, al menos de afecto por las raíces de la madre. Pero su mundo era la ciudad de los vencedores. Allí daba sus primeros pasitos y tropiezos, balbuceaba sus primeras vocales y aprendía que los «barbudos» mandaban. Ella era también una «barbuda».

No era Inés Huaylas la única noble inca cuyo destino había sido violentamente alterado, aun cuando en su caso pudiera decirse que había caído de pie. Muchas de ellas se convirtieron en mancebas, concubinas y prostitutas; otras se casaron con españoles, aunque, en general, éstos ocupaban en su sociedad un rango inferior al que ellas gozaban en la escala social del incario. ¿Entendían aquellas mujeres el origen verdadero de sus maridos? Muchos de ellos sólo eran hidalgos de poca alcurnia y campesinos que en las nuevas tierras exigían el «don» para otorgarse una calidad que no les correspondía en la España imperial. Si lo entendían, o lo sospechaban, no lo hacían notar. Porque la ficción social que proyectaban los vencedores la constituían también las vencidas, convertidas por el deseo masculino en vencedoras, otra forma de ficción.

La vida de los hombres, con las mudanzas de la nueva situación política, había tomado también rumbos inesperados. En tiempos de calma, eran el brazo que levantaba ciudades y labraba la tierra o trabajaba las minas para cumplir con el nuevo poder político, y en tiempos de guerra, suministraban la fuerza numérica que disminuía las desventajas de los conquistadores, técnicamente muy superiores pero perdidos sin el auxilio indígena. Unos pocos nativos, como las mujeres nobles amancebadas con los conquistadores, se aseguraron cierta posición de privilegio como agentes tributarios o capataces.

A este nuevo mundo le faltaban, por ahora, sensibilidades literarias capaces de ofrecer a la posteridad una visión íntima y personal de lo que nacía. Ya fuera por analfabetismo, por falta de tiempo o porque eran otras las prioridades, los nuevos amos del Perú no dejaron testimonios, cartas, diarios o memorias, y tampoco lo hicieron los incas derrotados, para quienes la escritura era un hallazgo. La Conquista del Perú sólo produjo testamentos, documentos notariales y judiciales; no hubo literatura de la observación, el pensamiento o el sentimiento que deslizaran hacia el porvenir indicios de la nueva creación.

Francisca gateaba, por ahora, entre indios y conquistadores, ajena a estas consideraciones que, sin embargo, llevaba en la sangre.

La muerte del padre

I

Cuando menos lo esperaban, apareció. O, más bien, reapareció. Y reapareció para recordar a las fuerzas en liza que las verdaderas contiendas en la historia de esta conquista se daban entre afines, no entre enemigos. Las disputas entre indios, y no el enfrentamiento entre éstos y los conquistadores, habían definido las cosas en favor de los segundos. Pero las riñas entre los propios conquistadores, afiebrados por el afán de poder y de gloria, habían abierto espacios para la reacción de Manco. Ahora, Diego de Almagro, que había ido a Chile por lana y volvía trasquilado, reapareció para recordar a todos que el eje de esta conquista ya no era la lucha entre el incario y los españoles, sino la rivalidad a muerte entre los propios invasores del Tahuantinsuyo.

Villac Umu, desde luego, no había degollado a Almagro, como él mismo había hecho creer a Manco para convencerlo de que era posible rebelarse contra los barbudos. Almagro estaba vivito y coleando; contaba con quinientos españoles y algunos miles de indios supervivientes de los ejércitos de Atahualpa, que habían ido a Chile bajo su mando. Y, por encima de cualquier otra consideración, estaba sediento de riquezas y poder.

Los decretos reales confirmaban su gobernación en el sur, que para él comprendía el territorio del Cuzco, cálculo agrimensor más bien optimista, pues la antigua capital del Tahuantinsuyo estaba en la misma latitud que la costeña Chincha, hasta donde llegaba, con el añadido de las setenta leguas concedidas por el rey, la gobernación peruana de Pizarro. Al no fijar la Corona con exactitud estas lindes, difuminadas durante el largo viaje a través del Atlántico, había lugar para reclamaciones y disputas. Y Almagro, que no necesitaba demasiadas razones jurídicas para proclamar su ambición, no pudo llegar en momento más oportuno: era la ocasión ideal para sus traviesos propósitos de sacar partido al cerco del Cuzco.

A estas alturas, la prolongada confrontación entre el inca y los Pizarro aún no se había decidido. La intempestiva irrupción de Almagro podía alterar —una vez más— los inestables equilibrios. Dibujando un triángulo militar en las crestas andinas, Almagro, todavía encabritado por los fracasos de su expedición, se emplazó en Urcos, equidistante entre Ollantaytambo, bastión de Manco, y el Cuzco, de Hernando Pizarro. Conocedor de los antecedentes del levantamiento indio, Almagro organizó mentalmente una estrategia: pretendía seducir a Manco mediante la añagaza de prometerle favores ante la Corona española y poner en evidencia los hostigamientos que habían provocado su rebeldía. En sus mensajes al indio, Almagro redoblaba las muestras de simpatía hacia el inca y lamentaba la hostilidad y las humillaciones que le habían infligido, y lo invitaba a acercarse a él, su nuevo y flamante aliado. Temeroso de que estas argucias y la necesidad estratégica del inca acercaran a ambos en un imbatible frente militar, Hernando Pizarro intentó sembrar la duda en su enemigo. No tardó en comunicar a Manco su sospecha: era una trampa.

El inca exigió de Almagro pruebas de lealtad. Pidió que le cortaran un dedo a uno de los embajadores de Hernando. Cuando comprobó que Almagro estaba dispuesto a llegar a esos extremos, elevó sus exigencias:

—Si quieres demostrarme lealtad, aquí van cuatro cristianos a los que tengo presos. Mátalos.

Almagro comprendió que el desafío había rozado el límite patriótico y en ese punto rompió las negociaciones. El inca inició las hostilidades contra él.

Pero Almagro tenía otros planes inmediatos. En abril de 1537, mejor preparado y equipado, con la ventaja de no haber soportado, como los Pizarro, más de un año de cercos y asedios, Diego de Almagro desbarató los equilibrios entre sitiadores y sitiados, y tomó por la fuerza la ciudad del Cuzco. Apresó a Hernando y Gonzalo Pizarro, y se hizo fuerte en el sur. Sus hombres dieron rápida cuenta, en el río Abancay, de las tropas de Alonso de Alvarado, enviadas por Francisco Pizarro para el socorro, ahora imposible, de sus hermanos. El nuevo dueño del Cuzco era perfectamente consciente de que la legitimidad de su gobierno pasaba por coronar a un indio, de manera que reconoció en Paullu, el hermano de Manco y viejo aspirante al título, las virtudes del poder ficticio. Se aseguró así: la lealtad de los indios que lo habían acompañado en la exploración de Chile.

Manco, a la vez prudente y taimado, aceptó que ya no tenía fuerzas suficientes para amenazar el Cuzco y que su situación pasaba a ser la del sitiador sitiado. Se dirigió entonces hacia el este, más allá de Ollantaytambo, por la quebrada del Urumbamba, en la espesura cómplice de la jungla. Se internó en Vitcos, en el valle de Vilcabamba, pero hasta allí llegaron los hombres de Almagro con la misión de cazarlo como a una bestia. Manco penetró en territorios inabordables para sus perseguidores, con el fin de establecer un nuevo bastión en el que la vegetación tropical ofreciera las garantías que sus ejércitos no podían otorgarle. Los almagristas volcaron su ira en el saqueo minucioso de Vitcos, cargando con los tesoros de las momias incas que los fugitivos habían dejado atrás en la zozobra de la estampida.

En Vilcabamba, sobre una cima a la que se llegaba sobreviviendo a una escalinata de tres mil peldaños, el inca estableció su pequeño cuartel general, de donde ya no habría de salir jamás. Desde allí organizó esporádicas misiones de espionaje y hostigamiento contra los españoles, y, para subsistir, dispuso que sus hombres practicaran el intercambio de productos, mercaderías y combustibles. En poco tiempo, logró una provisión suficiente de hojas de coca, papas, ajíes, choclos, paltas, papayas y chirimoyas.

II

Nadie vivía con la misma obsesión de Francisco Pizarro los trastornos políticos y militares de su gobernación. Inés Huaylas, a pesar de los continuos sobresaltos, los rumores y las conjeturas aciagas, demostraba que la vida no se había suspendido: ella no podía detenerse, aun cuando respiraba con dificultad en la bronquitis atosigante de las convulsiones políticas. Inés Huaylas, que hablaba español y con gracia, encontraba correspondencia en su afán de comunicación, de relación social, con un paje del gobernador, Francisco de Ampuero, que había llegado acompañando a Hernando Pizarro a su regreso de España el año anterior y a quien su esposo había permitido vivir bajo su mismo techo. Francisco Pizarro, tiranizado por los asuntos de la atribulada gobernación, no disponía de mucho tiempo para dedicarlo al hogar. La princesa inca se ocupaba de las tareas domésticas y suplía la ausencia del Conquistador relacionándose con otros españoles habituales en la casa. Inés Huaylas se entendía particularmente bien, en el trajín cotidiano de la residencia, con Francisco de Ampuero, a pesar de que los separaban varios mundos de distancia, acaso porque, en el fondo, ella era, como él, una especie de paje con privilegios.

En algún momento que ninguno de los dos podría haber precisado con exactitud ante un notario o un alguacil, la conversación abandonó las consideraciones de mera rutina y se deslizó hacia el territorio resbaladizo de la confianza. Una confianza que no tardó en ser detectada por los chismosos, particularmente alertas y no siempre exentos de malicia. Los grandes jefes militares, incluido el más grande entre los grandes, andaban demasiado absortos para prestar atención a las maledicencias, ya que ni siquiera se la prestaban a sus propias mujeres. Este descuido, que tal vez fue menos inconsciente de lo que aparentaba, permitió que la comunicación entre Inés y el sirviente del gobernador se desarrollara sin excesivos estorbos, columpiándose con naturalidad en la rutina doméstica. Contra lo que pudiera parecer, Francisca no era el pretexto, el puente por donde cruzaba esa relación. Desde el primer día, sabe Dios si por temor del jefe, por presentir en ella a una rival o por cicatería temperamental, Francisco de Ampuero hizo poco por ocultar su escasa ternura hacia la niña y se limitó a cumplir con las atenciones convencionales de cualquier adulto hacia una criatura, aun tratándose de una tan significativa. No eran mayores los tratos con el hermanito menor de Francisca. Pero nada de esto importaba a Inés Huaylas, o, si le importaba, ella reprimía toda incomodidad, haciendo pocos remilgos a su sentimiento de afecto por el empleado de su marido, sin temor de los chismes que sin duda habían pellizcado más de una vez los oídos del gobernador.

Algo debió de comprender Francisco de Ampuero para dar seguimiento, también con escasas precauciones, a sus tratos amistosos con la grácil ñusta inca. ¿Interpretaba, conocía, en el ánimo de su jefe, un desistimiento paulatino frente a su propia mujer y la madre de sus hijos? ¿Tenía alguna inteligencia o información de que no dispusiera la propia Inés o que, más bien, la propia Inés poseyera ya con punzante certeza? Cualquiera que fuese el caso, ambos, Inés y Francisco de Ampuero, pronto colocaron un pie del otro lado de esa frontera más allá de la cual la amistad cambia de nombre. Y, con un Francisco Pizarro obsesionado con sofocar las calderas humeantes del Cuzco, creyeron tener una tácita venia para explorar en profundidad sus mutuos sentimientos. La pequeña Francisca lo veía todo desde la tentativa, defensiva sensibilidad de los tres años, sin duda con un nervio de temores anudado en el interior de su cuerpecito. Tal vez presentía el sutil alejamiento de su madre y protectora hacia otras afinidades.

Por muy distraída de los asuntos hogareños que estuviera su mente, ya debían de haber llegado a oídos del gobernador los detalles de lo que ocurría bajo su propio techo. Pero decidió, despreocupado, dejarlos hacer. No sólo no puso reparos, sino que fue capaz, a pesar de su ruda crianza y áspera formación, de deslizar por los intersticios de su conducta cotidiana un fino modelo de consentimiento —y diríase que de estímulo— a las carantoñas entre su paje y su ñusta. Tal vez Inés Huaylas entendía bien la conducta de su marido. Y si no la entendía del todo, quizá se hizo algunas preguntas. Porque el gobernador debía de tener razones muy poderosas, además de las impostergables prioridades políticas y militares, para autorizar semejantes libertades en su hogar, conocidas por todos y ante sus propios retoños.

No eran necesarias muchas explicaciones para guiar a un instinto femenino lo bastante curtido como para comprender el lado oscuro de la comunicación conyugal. No todo era preocupaciones cuzqueñas en el espíritu del gobernador, por lo visto. Otras distracciones apaciguaban en él lo que, en circunstancias distintas, hubiera acarreado una reacción fulminante y puntiaguda en el pecho o el occipucio de los autores de la ofensa.

Por eso no fue un trauma para nadie que en 1537, dando formalidad a lo que la vida cotidiana ya había determinado, Inés Huaylas se separase de su marido para casarse con el paje, el intrépido Francisco de Ampuero. El Conquistador respondió con alardes de caballero: bendijo el enlace y lo premió, sin rastro de ironía, con la encomienda de Chaclla. Dispuso, no faltaba más, que sus hijos permanecieran con él y que la madre gozara de felicidad eterna con su nuevo amor... sin la compañía de Francisca y Gonzalo.

La pequeña, que no había cumplido los cuatro años, tenía edad para notar aquellos cambios y la recomposición sentimental del hogar era su desprendimiento de la placenta materna, el corte de amarras con la única presencia constante, de día y de noche, en su crianza. Estas consideraciones tal vez ocuparon la cabeza del gobernador, indicándole que el vacío alrededor de sus hijos era también una oportunidad exquisita. Abría por fin la posibilidad de colocar a Francisca y Gonzalo bajo una tutoría española y de darles el tipo de crianza y formación que, como hijos del jefe de la Conquista, merecían. La figura de Inés Huaylas, aun cuando se había adaptado con docilidad a los nuevos tiempos, había limitado hasta entonces el tipo de educación que el orgulloso Francisco anhelaba para sus herederos.

A estas cavilaciones y cálculos se sumó un pudor instintivo, un sentido de la prudencia doméstica, y Francisco no dejó a sus pequeños bajo la responsabilidad de su nueva mujer. Porque, tan pronto como fue público que Inés abandonaba el hogar del gobernador, se supo que éste había perdido la cabeza por otra ñusta, más noble que la propia Inés: era Cuxirimay Ocllo, a la que llamaban *Zorra de Plata* y ahora se convertiría simplemente en doña Angelina. La nueva doña Angelina era prima hermana de Atahualpa, había visto cómo cambiaba su destino tras los episodios de Cajamarca, aunque procedía de un mundo en el que nada cambiaba para los príncipes y princesas. En vez de convertirse, como estaba originalmente previsto, en la mujer principal del inca ejecutado, se convertía en la mujer del ejecutor.

¿Quién, entonces, se haría cargo de la descendencia de Francisco? El gobernador Pizarro no lo dudó ni por un instante. Inés Muñoz, su cuñada, mujer de su medio hermano Francisco Martín Alcántara, en el poco tiempo que llevaba en el Perú se había convertido en una de las personalidades más representativas de la Conquista. Si era difícil que su robusta humanidad pasara inadvertida, su personalidad era aun más arrolladora. Había sobrellevado con entereza la muerte de sus hijos en la travesía desde España; se había tejido a su alrededor una pequeña leyenda debido al éxito con el sembrado de limas, limones, olivos, trigo, lino y otros frutos de Castilla, y era por todos sabido el respeto que le guardaba Francisco. El gobernador hospedaba a su medio hermano y su cuñada en su propio hogar cada vez que estaban en la capital, y alguna vez había hecho conjeturas sobre lo que significaba depositar la crianza de sus retoños en manos de Inés Muñoz. Ahora se abría por fin la posibilidad. No la dejaría pasar.

—Una crianza española y con doctrina cristiana —fue el flemático encargo que la intrigada Francisca y su hermano menor oyeron silbar por encima de sus cabezas camino a los oídos marciales de la nueva Inés.

Inés Huaylas se mudó con su nuevo marido a la calle Espaderos y Guitarreros, pero hubiera podido mudarse al fin del mundo y no habría significado mucho más. Porque, desde ese instante, las vidas de la madre y de sus hijos se distanciaron como si los años anteriores se hubieran borrado de un plumazo y las nuevas disposiciones hubiesen elevado una muralla entre el presente y el pasado. Aunque Inés Huaylas hubiera pretendido ejercer alguna influencia en la formación de sus pequeños, no se le habría permitido. Si ella fue víctima, más que una culpable, del nuevo orden que dividió su destino del destino de sus hijos, era un secreto que se llevaría a la tumba. Tampoco Francisca, a pesar de que tenía edad para percatarse, como saben hacerlo los niños, de las cosas que emocionaban o afligían su vida, aun si no las entendía del todo, nunca haría explícitos sus sentimientos por esa temprana pérdida.

Francisca se adaptó a las nuevas reglas y se aferró a la figura del padre como a una tabla de salvación. Aunque la nueva Inés Muñoz no fuera su madre, había en ella una reserva de madre frustrada capaz de volcar en sus nuevos hijos putativos el rudo amor que las trágicas tempestades oceánicas habían interrumpido entre ella y sus hijos auténticos.

III

Lo que los ejércitos de Manco no habían logrado lo pudo la hiel acumulada de Almagro. Su considerable fuerza militar resultó menos determinante que su lascivia babeante por el Cuzco. Tomó la ciudad y en pocos días las cosas dieron tal vuelco que los heroicos defensores se vieron reducidos a patético cautiverio bajo el poder del conquistador recién llegado. De inmediato, el nuevo amo se puso manos a la obra para consolidar su gobernación. Pretendía, por supuesto, que el Cuzco fuese la capital de un nuevo reino. Sus sueños de grandeza abarcaban también territorios costeños, de modo que empezó a trazar planes de ocupación militar al sur de Lima y supo jugar la baza de que disponía en los calabozos de su imperio: Hernando y Gonzalo Pizarro. Su fuerza militar, el control que ya tenía del Cuzco y la prisión de los hermanos de Francisco Pizarro conferían ahora un aura invencible al viejo Almagro. Muchos indígenas de los alrededores empezaron a adecuarse a las nuevas circunstancias al ocupar un lugar al lado del conquistador.

A fines de 1537, el nuevo gobernador del Cuzco estaba listo para lo que él y todos esperaban: el cara a cara con Francisco Pizarro. Con dos afrentas simultáneas —la pérdida de un territorio que consideraba legalmente suyo y la prisión de sus dos hermanos— Francisco Pizarro no permanecería impasible. Ni su temperamento orgulloso ni su instinto de supervivencia podían tolerar estos desafíos. Porque ¿quién garantizaba que en semejante situación de ventaja Almagro no concibiera ambiciones mayores? Buen conocedor de los resortes que movían a Francisco Pizarro, el nuevo gobernador del Cuzco sabía que debía resolver cara a cara con él las cuentas pendientes.

Si los hermanos Pizarro no hubieran estado bajo su poder, la conquista del Cuzco habría provocado una respuesta armada inmediata y definitiva por parte del Conquistador. Pero esta opción se consideraba imposible, por ahora. Francisco Pizarro aceptó, pues, una reunión con su rival en Mala, en las inmediaciones del lugar donde Almagro pretendía establecer su frontera marítima.

—Has cometido un acto de traición; el Cuzco me pertenece —el tono impositivo del jefe de la Conquista disimulaba bien su posición disminuida en el envite.

—Me pertenece a mí —contestó Almagro sabiéndose en ventaja, saboreando después de muchos años el trastocamiento de jerarquías.

—Pon en libertad a Hernando y Gonzalo.

Almagro, por su parte, propuso un canje de prisioneros que, en realidad, era una garantía de no agresión entre los dos conquistadores: se entregarían a sus propios hijos, unos a cambio de otros. Francisca pasaría al Cuzco y Diego, vástago de Almagro, sería conducido a Lima.

Almagro había traído consigo a la costa a uno de sus dos rehenes, a Hernando, mientras que Gonzalo había quedado al cuidado de sus alguaciles en el Cuzco. Rebelde y turbulento por naturaleza, Gonzalo se las ingeniaba en ese mismo instante para encarar a sus raptores y escapar de la cárcel, lo que no llegó a oídos de Almagro hasta después del encuentro con Francisco a orillas del Pacífico.

Pizarro se negó a entregar a Francisca. Las negociaciones se prolongaron sin resultados: no existía una provisión real detallada e inapelable que fijara los límites de ambas gobernaciones y, por tanto, ambos conquistadores tenían argumentos para reclamar el Cuzco. Cuando se separaron, sin embargo, algo había cambiado. No en el equilibrio de fuerzas, ni en las divisiones territoriales, sino en el pulso de los orgullos y amores propios: Almagro había cometido un gravísimo error al conceder la libertad a Hernando. ¿Debilidad de Almagro, humedecida su resolución por la nostalgia de otros tiempos? Cuando el Conquistador supo que Gonzalo había burlado a sus captores, ya nada pudo impedir lo que su experiencia, su impulso emocional y su gente le reclamaban: la guerra total.

Como si la casualidad hubiese estado de acuerdo con él, llegaron a poder de Francisco en esos mismos días las provisiones reales definitivas que situaban al Cuzco en el territorio de su gobernación. Para quienes resultaba indispensable la legitimidad notarial de cada acto, y, en casos de mayor calado, el refrendo real, estos papeles no podían llegar en mejor momento ni ser más útiles. Ahora sí, armado con la ley, Francisco dio la orden de ataque. Juzgó militarmente oportuno, no sin alguna ironía, que Hernando, a quien Almagro había tenido cautivo allí mismo, comandara en calidad de teniente a las fuerzas que marcharían contra el Cuzco, mientras él cuidaba la retaguardia. Gonzalo, como capitán general, también tendría ocasión de revancha.

En la primavera de 1538, las fuerzas de Hernando avanzaron sin mayores resistencias hacia el Cuzco, donde Almagro había dispuesto la concentración de sus tropas para evitar el desgaste de sus hombres en el intento por detener los movimientos del enemigo.

El Almagro al que Hernando enfrentó, en la batalla de Las Salinas, no era ya el arrogante y porfiado soldado de antaño, sino un hombre débil y enfermo. Tal vez la flaqueza de Almagro desanimó a sus tropas, porque el ejército de los Pizarro aplastó sin misericordia a sus contrarios en poco tiempo. Y Hernando satisfizo su deseo más ambicioso: el mariscal —reciente título de Almagro— cayó en sus manos.

Habría sido mejor para todos —para el propio Almagro, desde luego, pero también para los hermanos Pizarro y sus descendientes— que semejante presa no hubiese caído en aquellas manos. Porque la Historia tiene la caprichosa manía de enredarlo todo, de tal suerte que nada es lo que parece, y todo hecho, por nítido que luzca su perfil, es parte de una cadena elusiva, opaca, de otros hechos, anteriores y posteriores, que tuercen, contradicen o dispersan el sentido que tiene el episodio determinado en el momento en que ocurre. El tiempo ironiza todos los acontecimientos. En el momento en que tomó prisionero a su rival, Hernando no era consciente, como no lo es nunca nadie en la hora del triunfo, de que la cárcel de Almagro podía ser también la suya propia y la de sus hermanos.

Lo sometió, en las semanas inmediatamente posteriores a su victoria en Las Salinas, a un proceso sumario cuya sentencia estaba en labios de todos desde el primer día. Nadie se atrevió a sugerir para el vencido un destino distinto. Sólo una cautela, más táctica que humanitaria, tuvo el nuevo jefe del Cuzco. Temiendo que un ejecución pública en la plaza fuera provocación excesiva, ordenó que dieran a Almagro garrote en la prisión.

Espantado Manco, eliminado Almagro, Hernando era por fin el amo y señor del Cuzco. Y también tenía a mano su perfecto símbolo indígena. Paullu, que había servido a Almagro como inca después de servir a los Pizarro contra Manco, volvió, con toda prudencia, a sus anteriores querencias, y se puso, sin dudas ni murmuraciones, a las órdenes de Hernando.

El Cuzco recibió, por esos días, otra presencia indígena destacada. Doña Angelina, la nueva ñusta en la vida sentimental de Francisco Pizarro, estaba más a gusto en la vieja capital del Tahuantinsuyo que en la húmeda y grisácea Lima. La casa del gobernador no podía ser la suya porque ya la ocupaban, con derechos territoriales excluyentes, los hijos del gobernador y su tutora, Inés Muñoz, una mujer poco dispuesta a compartir el poder doméstico. Ese mismo año, pues, en el Cuzco, doña Angelina dio a Pizarro su tercer hijo: Francisco. Y al año siguiente, un cuarto, Juan, que murió al poco de nacer. Era propósito del gobernador que el pequeño Francisco mantuviera relaciones estrechas con Francisca y Gonzalo, sus hermanos, pero, a diferencia de ellos, el hijo que le dio doña Angelina en el Cuzco no fue legitimado por la Corona española. Desde los primeros días, cualquiera hubiera advertido que a Francisco le correspondía un lugar inferior al que ocupaban sus hermanos. El orden de los nacimientos —o acaso la intensidad de los afectos originales por Inés Huaylas— motivó que los hijos del gobernador con su primera mujer gozaran de una cierta posición de privilegio respecto al hijo de doña Angelina. Así ocurrió, aun cuando esta última, por haber sido en su momento la persona señalada para convertirse en mujer principal del inca ejecutado, aventajaba a Inés Huaylas en la pirámide jerárquica de los incas.

IV

Francisco no tuvo mucho tiempo para dar la bienvenida a su nuevo heredero, pues Manco, aprovechando el interludio que le otorgaban las guerras fratricidas entre los españoles, había vuelto al ataque en Onco y Andahuaylas, y había organizado una expedición contra el pueblo huanca, que había apoyado a sus enemigos. Francisco partió en su busca, pero al cabo de varias semanas lo derrotó el convencimiento de que jamás podría apresar a Manco. El inca se internó una vez más en las trampas de la selva, en la imposible Vilcabamba. Muchas de sus tropas fueron neutralizadas y, en algunos casos, diezmadas, por las huestes de Pizarro, pero el inca rebelde pudo escabullirse y refugiarse en su fortaleza escondida. En sus disminuidas condiciones, no sería capaz de ofrecer mayor peligro, pero su sola presencia en esa misteriosa comarca inquietaba el ánimo del Conquistador.

En Lima, doña Inés Muñoz ya había tomado posesión de su nuevo cargo y educaba a los hijos de su cuñado con un implacable calendario de actividades. Francisca aprendió a leer y escribir. Cuando se pensó que tenía edad para las sutilezas de la música, el chantre fray Cristóbal de Molina le enseñó a tocar el clavicordio. Un instructor la introdujo en las elegancias plásticas de la danza, donde pudo desarrollar una gracia natural que, sin duda alguna, había heredado de su madre. Inés Muñoz también instruía a los pequeños en las crudas realidades del poder y la gloria, y, sobre todo, explicaba la justicia divina de la causa de su padre: el gobernador.

La ciudad de Lima seguía expandiéndose al ritmo lento de una conquista en la que los hombres no se dedicaban al trabajo con el mismo frenesí que las actividades militares o las rentistas. Las riquezas del suelo estaban concentradas en pocas manos y no todas las encomiendas tenían la misma magnitud, de manera que aquellos que no gozaban de una renta suficiente se vieron obligados a emprender otras actividades. Empezaron a surgir, del otro lado del río, entre los huertos y los ejidos de los vecinos de Lima, los primeros molinos de pan de tres piedras y los primeros molinos de pólvora. La primera licencia para instalar uno de aquellos molinos correspondió a Francisco de Ampuero e Inés Huaylas, y, para ello, sin duda contaron con la influencia de Francisco Pizarro en el cabildo. De acuerdo con las recién estrenadas normas, en caso de venta de los molinos, el comprador debía pagar al cabildo doce pares de gallinas negras para ser utilizadas en las fiestas anuales.

De tanto en tanto, los sobresaltos políticos agitaban de nuevo la capital y volvían a encender sus rumores catastrofistas. Los caciques de la costa, en especial al sur de la capital, amenazaban con avanzar sobre Lima. El cabildo enviaba expediciones para dar cuenta de los sublevados. Cuando la osadía era excesiva, tocaba a vecinos y miembros ilustres del cabildo, como el primer alcalde Nicolás de Ribera, sofocar la algarada.

En la distancia, Francisca empezaba a admirar, como se admira a los héroes imaginarios de una gesta en literatura infantil, a sus inagotables parientes. Recibía las noticias de sus aventuras andinas como quien saborea antiguas leyendas familiares. Y Hernando y Gonzalo pertenecían a ese museo legendario. Apenas consolidaron su dominio del Cuzco, los dos hermanos emprendieron la exploración y pacificación de los territorios del Collasuyo, más allá del lago Titicaca, cuna de la civilizaciones andinas. Bolivia y parte de la Argentina, que llamaron Charcas y La Plata, fueron también añadidas al mapa de la Conquista; como ya era costumbre, la ayuda de Paullu fue importantísima, por su conocimiento del territorio y su ascendiente sobre los indios, a quienes desarmaba la presencia, al lado de los intrusos barbados, de un miembro de la estirpe real. Esos territorios excitaron la ambición de Hernando, el más codicioso de los hermanos. Si Francisco era a estas alturas el patriarca de la Conquista evangelizadora y Gonzalo el benjamín impaciente en pos de la gloria militar, Hernando era el enamorado de los tesoros. Las minas altiplánicas del Collasuyo, sobre todo la abundante mina de Porco, que de inmediato hizo suya, debieron parecerle una vislumbre del Paraíso.

Ya en el Cuzco, Hernando se entregó a las sensualidades del cálculo patrimonial y Gonzalo encontró deliciosos retos militares. Villac Umu, el general-sacerdote de Manco, seguía conspirando en el Condesuyo; otras rebeliones estallaban en el norte. Francisco, desde su otoñal patriarcado, daba instrucciones, que se cumplían inmediatamente, mientras él prefería fundar ciudades y trabajar para la posteridad. Estableció la ciudad de Huamanga y preparaba otras fundaciones urbanas, mientras sus soldados aplastaban a sangre y fuego diversas rebeliones. En las tierras de la señora de Huaylas, al norte, cometió la proeza criminal, que impresionó incluso a sus enemigos, de pasar a cuchillo y espada a varios centenares de niños.

Muy conscientes de que toda la efervescencia indígena tenía su fuente de irradiación en la figura de Manco, los conquistadores decidieron hacer un último esfuerzo por acabar con el inca. Gonzalo tomó la iniciativa sin esperar muchas consignas: partió con trescientos hombres en pos de Manco, más allá de Vitcos, en las inmediaciones de Vilcabamba, donde no entraban los caballos. Saquearon todo lo que encontraron a su paso, se encarnizaron con los indios para compensar la impotencia de no dar con Manco y, cuando ya estaban a punto de claudicar, encontraron la manera providencial de herir al inca sin tocarlo. Su hermana y mujer principal cayó presa de los sitiadores españoles de Vilcabamba. Manco, desde su impenetrable refugio, ahogó en un pecho petrificado por la lucha su grito de espanto. Y siguió escondido. Días después, apareció flotando en una canasta por el río el cuerpo inerte, marcado por los azotes y agujereado por las flechas, de Cura Ocllo. Los resistentes entendieron en silencio el mensaje espeluznante que los hombres de Pizarro enviaban desde el Cuzco. Pocas semanas más tarde, Villac Umu, incapaz de seguir resistiendo contra fuerzas muy superiores, se entregó a los españoles. Su cuerpo ardiendo en la hoguera fue otra señal para los fugitivos de Vilcabamba.

Cuando Francisca supo que el tío Hernando partía a España, la curiosidad por la tierra de su padre aumentó. Hasta entonces España no era muy real, más bien aparecía como un brumoso antecedente que, de tanto en tanto, afloraba en la conversación, aun cuando Inés Muñoz se encargaba de transmitirle el color de sus paisajes, la tradición de sus costumbres y la majestad de sus conquistas imperiales. Pero ahora el tío partía para allá en una misión delicada: convencer a las autoridades de que había obrado con justicia al eliminar a Almagro. Confiado en que su oro sería argumento determinante ante la Corona española ávida de ingresos fiscales, Hernando preparó pruebas que demostrarían que el Cuzco estaba en las latitudes correspondientes a la gobernación de su hermano —algo que la Corona no ignoraba— y que Almagro era un usurpador. A pesar de sus influencias en el todopoderoso Consejo de Indias, Hernando no pudo convencer a sus acusadores. Almagro ganaba batallas después de muerto. Hernando fue condenado a prisión tras permutársele una pena de destierro en África —lo cual no impedía que la Corona aceptara los generosos ofrecimientos tributarios del Conquistador—. Su primer destino carcelario fue el alcázar de Madrid. En carta enviada al rey, uno de los secretarios reales afirmaba: «No es mal aposento para este tiempo».

En Lima, Francisca, sin entender todavía los alcances cabales de semejante destino, comprendió que un nubarrón se había cruzado en la trayectoria triunfal de su tío. Mientras Francisco Pizarro, a quien se había otorgado el título de marqués, seguía fundando ciudades —la última, Arequipa— y había encontrado tiempo para dictar un testamento en el que pedía a los tutores de sus hijos que los criaran como «caballeros e hidalgos», la familia empezaba, poco a poco, a dispersarse. Hernando se había ido lejos, a la mítica España, y las lenguas perversas le habían tendido una trampa. ¿Y Gonzalo? El eterno aventurero se había internado en las selvas ecuatorianas en su misión más ambiciosa: la búsqueda de Eldorado. El torrente inexplorado del Amazonas, el más caudaloso de los ríos del mundo, prometía sorpresas.

El tiempo y la Historia no se detenían. Las tribulaciones personales o familiares de los Pizarro, sobre las que Francisca hacía muchas preguntas, eran una acequia en comparación con el turbulento y amazónico discurrir de la Conquista. Ya estaba Pedro de Valdivia en pos de Chile: el sueño imposible del difunto Almagro.

V

El 26 de junio de 1541, a los seis años de edad, Francisca mordió la manzana. Porque esa noche, mientras Inés Muñoz y unos pocos vecinos, a duras penas y con sigilo, arrastraban el cuerpo de su padre camino a la iglesia como quien porta un contrabando de armas o un mensaje codificado de vida o muerte, la niña era expulsada del paraíso que hasta entonces había sido su infancia. Cuando Inés y los vecinos trasladaban el cuerpo sin vida del jefe de la Conquista, mientras las turbas de Diego de Almagro *el Mozo*, hijo del ejecutado rival de Pizarro, saqueaban la ciudad, Francisca era todavía una ninfa brincando en las fuentes y los bosques de la inocencia; cuando horas más tarde enterraban precipitadamente el cuerpo del Conquistador para protegerlo de los energúmenos que aterrorizaban la capital, había algo en ella que ya no era de niña. Sin saberlo todavía, en ese instante comenzó a crecer en Francisca una determinación sagrada: el resto de sus días estarían dedicados a prolongar la existencia imposible de su padre.

Pero, por el momento, junto a su hermano Gonzalo, debió poner su vida en manos de Inés Muñoz, que tuvo entereza suficiente para pensar en las cosas prácticas mientras se las arreglaba para dar alguna dignidad póstuma al cadáver de Pizarro, encarar por las calles a los autores del magnicidio y proteger algunos bienes de la familia que las turbas almagristas empezaban a saquear también. Entendiendo que Francisca y Gonzalo corrían peligro inminente y aprovechando la confusión de la turbamulta, la noche del crimen los escondió en un convento con ayuda de los pizarristas menos acoquinados y habló con vecinos del cabildo para poner a buen recaudo aquellas pertenencias que los huérfanos no estaban en condiciones de salvar por cuenta propia. Ni siquiera la muerte de Francisco Martín Alcántara derrotó la templanza de Inés Muñoz. Su marido había estado junto al Conquistador cuando los asesinos entraron en la residencia.

Pocos días después, enlutada, Inés se presentó en el cabildo llevando de la mano al pequeño Gonzalo, el heredero, por su condición de varón. Pidió allí garantías para la vida y los bienes de los hijos de Francisco Pizarro.

La imperiosa petición de protección de Inés Muñoz debió de impresionar a los vecinos en medio de aquella ciudad aterrorizada, porque, a pesar del riesgo mortal que todos corrían y de que esa mujer en las nuevas circunstancias representaba al mismísimo demonio, hubo quienes se ofrecieron a salvar la vida de los huérfanos.

No fue sólo el respeto póstumo a su antiguo jefe, que en el momento de morir había adquirido una condición venerable, ni la personalidad autoritaria de Inés lo que conmovió los espíritus de algunos vecinos. Hubo también cierta dosis de riesgo calculado. Sabían ya, porque estas noticias viajaban por la ruta del rumor mucho más rápido que por las vías oficiales, que se iba acercando al territorio un enviado de Carlos V con la expresa misión de poner orden en las guerras civiles entre españoles. La ejecución de Almagro, *el Viejo*, en el Cuzco, y la inmediata reacción de sus partidarios habían desatado la alarma de la Corona. A la cabeza de la rebelión estaba un hijo del ajusticiado: lo llamaban Almagro *el Mozo* y era un joven mestizo nacido en Panamá del vientre de una india.

Las rivalidades y las pugnas de poder entre los conquistadores habían rebasado todos los límites y la Corona veía peligrar sus derechos y majestades: en estas circunstancias se hacía indispensable poner orden. De lo contrario, el desgobierno podía acabar con la empresa conquistadora y los rivales europeos podrían aprovecharse de la debilidad del imperio. La Conquista era —junto el expolio de los Países Bajos y los impuestos a los pastores de la Mesta— la que financiaba los enormes gastos del imperio.

Las guerras del Perú amenazaban con desbaratar las cuentas del rey.

La influencia del cardenal Loaysa, un príncipe de la Iglesia en las intrigas de la Sevilla de entonces, sede del todopoderoso Consejo de Indias, había determinado que el enviado de la Corona con el fin de poner fin a los baños de odio y sangre entre españoles fuese don Cristóbal Vaca de Castro. Su misión incluía, entre otras cosas, preservar la vida de Francisco Pizarro ante la eventualidad de que los almagristas quisieran vengar la ejecución de su jefe. Pero Vaca de Castro no pudo adivinar de qué parte debería ponerse cuando llegara al Perú, aunque entendía bien que la autoridad y la legitimidad correspondían a Francisco Pizarro. Después de lo ocurrido en el Cuzco, donde Hernando había aplicado el garrote a Diego de Almagro, *el Viejo*, sin más trámite que un juicio sumario, las fronteras del bien y del mal se habían difuminado y las arenas movedizas de la Conquista podían tragarse a cualquiera que cometiera el mínimo error. De manera que, cuando cruzó de Panamá a Colombia y cayó enfermo bajo el efecto demoledor de las fiebres americanas en la ciudad de Cali, decidió aprovechar la penosa convalecencia para informarse bien antes de poner los pies en territorio peruano.

Pero los acontecimientos se adelantaron. Cuando se recuperó de las fiebres, cruzó a lomo de caballo los Andes y, en Popayán, acercándose ya a las lindes del antiguo Tahuantinsuyo, lo alcanzó un mensajero que venía a toda prisa desde Quito con la noticia de que Francisco Pizarro había muerto y Almagro, *el Mozo*, se había apoderado del Perú.

Vaca escribió al rey una carta en la que afirmaba haber salvado la vida de milagro. Contó al monarca que los almagristas habían estado esperando su llegada con el fin de que hiciera justicia matando a Francisco Pizarro en castigo por la ejecución de Almagro, *el Viejo*. Por tanto, de haber llegado al Perú mientras estaba vivo el marqués, los almagristas, sintiéndose traicionados por el enviado del rey al ver que no procedía a ejecutarlo, le habrían cortado el pescuezo a él mismo antes que a Pizarro. Pero la convalecencia de Vaca de Castro en Cali había llevado a pensar a los almagristas que el enviado del rey estaba muerto, por lo que habían decidido no ejecutar ellos mismos la sentencia. Y habían procedido a cometer su crimen, pues sentían que tenían derecho a tomar la capital.

Nuevos informes detallaron a Vaca de Castro los pormenores del asesinato y él, a su vez, los puso en conocimiento de la Corona en una carta prolija.

—Su Majestad —pensó Vaca— ha sido muy precavida, pues antes de salir de España me dio provisiones para asumir la gobernación previendo que algo podía pasar al marqués. Lo que tomé como una mera formalidad en caso de un imposible era una informada precaución de Su Majestad. Hmmm...

VI

Aunque Diego de Almagro, *el Mozo*, era el caudillo del grupo, su cerebro ejecutor era Juan de Rada, un hombre con experiencia militar y fuste suficiente para vencer el miedo que pudiera suscitarse ante la figura del marqués de la Conquista en el instante de la verdad. En casa de Diego, no lejos de la residencia del gobernador, se vivía con excitación el momento de la inminente venganza.

Los almagristas habían llegado tarde a Cajamarca, habían fracasado en Chile, habían sido derrotados en el Cuzco y habían perdido a su líder, el viejo Almagro, de la forma más ignominiosa. Y en esa larga sucesión de reveses, siempre hubo un Pizarro de por medio. Francisco Pizarro se les había adelantado en Cajamarca y más tarde los había enviado a Chile para ceder el Cuzco a sus hermanos; Hernando se había encargado, una vez que derrotó al viejo jefe en el campo de batalla, de ajusticiarlo sin los honores que merecía.

Habían convenido una contraseña. En el momento preciso, dos espías sacudieron el pañuelo blanco. Francisco Pizarro, después de misa, había comido en compañía de su capitán Francisco de Chaves y de su medio hermano Francisco Martín de Alcántara. No había guardia: la residencia del marqués estaba a merced de cualquier asalto traidor. Ni los rumores ni la lógica habían hecho perder su temple al gobernador. Confiado en su buena estrella y en la autoridad de sus sesenta y tres años, Pizarro creyó improbable el cumplimiento de los augurios que se susurraban en la capital desde hacía algunas semanas.

Era, para los asesinos, la ocasión perfecta. Una vez sacudido el pañuelo blanco, una docena de hombres salieron, como en una coreografía ensayada, de las distintas casas donde habían aguardado la orden. Lo hicieron a gran velocidad y con mucho alboroto, empuñando sus espadas y lanzas, armados con dos ballestas y un arcabuz, exhibiendo sus cotas y sus rodelas con ceremonia y arrogancia; y así se dirigieron a la casa de gobierno. Algunos iban a caballo.

—¡Muerte a los traidores!— gritaba Juan de Rada por las calles para darse ánimos y endurecer el espíritu de sus acompañantes, pero también para que los vecinos entendieran que había un nuevo jefe en la ciudad.

Al entrar en la residencia, se toparon en la escalera con Francisco de Chaves. Él y dos pajes fueron fulminados en el acto por la partida almagrista. Alertado por el ruido de los atacantes que subían en dirección a su cuarto, Francisco Pizarro, que estaba acompañado por su medio hermano Francisco Martín de Alcántara, pidió a su paje ayuda para colocarse la coraza. Empuñó la adarga y la espada como en sus mejores tiempos a la espera de sus contrarios. Vio caer abatidos a sus dos ayudantes, pero no se amilanó: esperó tras la estrechísima puerta de su habitación, calculando que por allí sólo podrían ir entrando de uno en uno, y recibiría a aquellos rufianes como merecían. El primero de los atacantes arrancó de cuajo el pasador de la puerta y con él golpeó al gobernador en el pecho, obligándolo a apartarse de la puerta. Pizarro tuvo fuerzas, mientras retrocedía, para sablear a otro de sus verdugos y verlo derrumbarse a sus pies y envuelto en sangre, pero en ese mismo instante entró como un torbellino el comando almagrista. Francisco Martín de Alcántara intentó oponer resistencia, pero dieron rápida cuenta de él.

En el exterior, Almagro, *el Mozo*, que había dirigido la retaguardia, vigilaba, acompañado del resto de sus hombres, los alrededores de la plaza en previsión de que alguien intentara impedir el golpe contra el gobernador. Nadie lo intentó, y alguien vio correr desde las inmediaciones en dirección a ninguna parte, a un despavorido Francisco de Ampuero, el antiguo paje de Pizarro y actual marido de Inés Huaylas.

En el interior, el gobernador se multiplicaba para resistir la embestida. La desventaja era abrumadora y el marqués tenía dificultades para sostenerse en pie porque había empezado a cojear de una pierna. Tropezó ante una arremetida de sus agresores y cayó boca arriba. Pizarro perdió el control de su espada, pero la expresión fiera de sus ojos siguió sin rendirse unos instantes más. Malherido, colocó los dedos en forma de cruz sobre sus labios. El gesto no conmovió a los atacantes. El antiguo criado Juan Rodríguez Barragán tomó un cántaro de agua que encontró a mano.

—¡Al infierno te irás a cojear!— se le oyó exclamar mientras el cántaro se hacía añicos en la frente del gobernador.

Matar el cuerpo era menos importante que matar su dignidad. Arrastraron su cadáver entre gritos de afrenta póstuma hasta la plaza para que lo viera todo el mundo y lo dejaron en la picota junto a dos malhechores comunes. Pero ya nadie reparaba en los detalles del crimen, porque a esa hora las calles eran un pandemónium de almagristas enfervorizados que cabalgaban de un lado al otro proclamando a Almagro, *el Mozo*, como nuevo gobernador y capitán general. Los nuevos gobernantes amenazaban con degollar a todo aquel que se pusiera en su camino. Un grupo de los sublevados se acercó al puerto para tomar el mando de las naves. Les quitaron las velas y los timones en previsión de que los pizarristas quisieran escapar o hacerse fuertes allí mismo y establecer un bastión de resistencia. Otro grupo requisó las armas y los caballos de los vecinos, mientras un tercero saqueaba la residencia de Pizarro. En todas las salidas de la ciudad apostaron guardias y elevaron barreras. Y en el cabildo forzaron una declaración que legitimara a Almagro, *el Mozo*, como nuevo gobernador. Sólo dos vecinos se opusieron, pagando por ello con la cárcel, aunque de milagro no fueron degollados.

No pudo salvar su pescuezo, en cambio, un recién llegado de Panamá que intentó llamar a los pizarristas a la resistencia y acusó de traidores a los apandillados.

Aturdida por el bullicio de la calle que se le metía por las ventanas y los tímpanos, Francisca creyó que el mundo se había vuelto loco y ella también. Estrechó a su hermano menor entre sus brazos y cerró los ojos para soportar mejor.

En Popayán, donde había hecho una pausa en su lenta marcha hacia el Perú, el enviado del rey sintió activarse en su interior el afán de poder. La muerte de Pizarro abría horizontes muy tentadores a Vaca de Castro. Ya no era el mediador, el diplomático que venía a resolver conflictos entre las partes, sino el llamado a defender los predios de la Corona frente a la arremetida de un joven analfabeto suelto en plaza. Después de reunir a los vecinos y principales, y leerles las provisiones que lo hacían nuevo gobernador ante la eventualidad del deceso de Pizarro, partió rumbo a Pasto al tiempo que envió misivas a las distintas villas del Perú dando aviso de las novedades. A los pocos días, avanzó hasta Quito, la primera ciudad importante de su flamante gobernación. Lo recibieron la elegancia nevada del Pichincha y los dos montículos cónicos del Pamashi, uno de cuyos cráteres humeaba sin cesar. Vaca de Castro sintió que su respiración se agitaba, pero los 2.800 metros de altura redoblaron en él la sensación de autoridad.

No cesaba de mostrar los pergaminos que lo acreditaban como caballero de la Orden de Santiago y presidente de la Audiencia de Panamá, pero, en aquellos tiempos de legitimidades en conflicto, le fue más útil el respaldo de Alonso de Alvarado, uno de los hombres de Pizarro y conquistador de los chachapoyas. El propio

Benalcázar, conquistador de Quito, también antiguo hombre de Pizarro, le dio su caución, aunque a regañadientes, pues calculaba que la autoridad real estaba mucho más de parte de Vaca que de parte de Almagro y, por tanto, convenía, por ahora, estar de su lado. La noticia de que el cabildo de Quito lo había reconocido como gobernador legítimo corrió como pólvora por la costa peruana, donde empezaron a organizarse comitivas encargadas de darle la bienvenida. En Puerto Viejo, Guayaquil y San Miguel de Piura, donde las noticias de Lima habían provocado conmoción, las muestras de adhesión crecieron como una bolita de nieve.

En la capital, entre tanto, el joven Diego de Almagro, después de apaciguar los focos de protesta, seguía nombrando autoridades y enviaba mensajes al sur para anunciar sus nuevas disposiciones. La noticia de que Vaca empezaba a internarse en el territorio avivó las pasiones almagristas y endureció las medidas contra los últimos defensores del pizarrismo.

Como Gonzalo Pizarro seguía en la selva en busca del país de la canela, Vaca pudo asumir con relativa velocidad las esperanzas de los desconcertados y escasos pizarristas; devolviéndoles un espíritu de lucha. De haber estado más cerca, Gonzalo habría sin duda complicado los planes de Vaca, sintiéndose, como se sentía, el heredero natural de la gobernación de su hermano. Muerto Juan y encarcelado Hernando en España, Gonzalo era el único de los Pizarro que quedaba en pie. Pero mientras la gobernación hervía con las noticias del conflicto inminente entre Almagro y Vaca de Castro, Gonzalo era ajeno por completo a lo que sucedía, entregado a su aventura tropical.

Inés Muñoz, en Lima, estaba preocupada, sobre todo, por los huérfanos del Conquistador. A una mujer de su carácter y resolución no le hacían falta mayores indicaciones para saber lo que tenía que hacer —ocuparse de ellos más que nunca—, pero, en una ciudad poseída por el demonio de la venganza, aquellas criaturas estaban perdidas. Gonzalo hubiera debido hacerse cargo de ellos. Ni siquiera Inés Muñoz, viuda y perdida ella misma, podía garantizarles la vida en semejante adversidad. Ni siquiera podían entrar en la residencia de Pizarro, saqueada por la turba.

Aconsejada por los vecinos pizarristas, decidió embarcarse con ellos hacia el norte con la idea de encontrarse con Vaca de Castro, del que se tenían noticias alentadoras que corrían de boca en boca entre susurros. Así pondría a los herederos de Pizarro bajo la protección del delegado real.

Como todas las cosas que allí ocurrían, el rumor exacerbó los ánimos.

—Almagro ha instruido al capitán del barco para que ahogue a los niños en el mar —anunciaron los vecinos que se preciaban de estar mejor informados.

—Antes me tendrán que ahogar a mí —respondió Inés y, cogiendo de la mano a los pequeños, subió a bordo de una de las escasas embarcaciones que se habían salvado del huracán almagrista. Pidió que la llevaran ante el nuevo gobernador, pues calculaba que el nombre de Vaca de Castro impediría el desenlace fatal que los limeños presagiaban para Francisca y su hermano.

Con la cabeza recostada contra el pecho de su tutora, Francisca tuvo entonces la peturbadora sensación, por primera vez desde el día de la tragedia, de que su padre seguía siendo el jefe.

VII

El fantasma de su padre creció en el alma de la niña en los días posteriores al asesinato. Hasta entonces había sido una presencia que no requería ningún ejercicio de imaginación o esfuerzo mental: papá era parte del paisaje natural de las cosas. A medida que cobraba conciencia de sus dos raíces bien distintas, Francisca había hecho preguntas, de vez en cuando, acerca de su doble herencia con la curiosidad práctica con la que indagan los niños. Pero no había ido más allá. A medida que la silueta de su madre se había hecho más borrosa en el panorama de su vida cotidiana, y sospechando que la tonalidad levemente cobriza de su piel recordaba la dimensión menos triunfal de su condición, Francisca se había acercado a su padre con la ayuda enérgica de Inés Muñoz, quizá temerosa de que la lenta caída en desgracia de Inés Huaylas pudiera algún día ser también la suya. Pero nada de esto había ido más allá de una instintiva identificación con su padre. En cambio, a partir del asesinato, sus emociones y su intelecto en ciernes dieron un brusco salto hacia delante, empujados por el temor de un mundo sin protectores garantizados, en el que las cosas que hasta entonces daba por hechas se derretían bajo las brasas políticas de la Conquista.

Una vez que su padre murió, comenzó a ser más real para ella. Quiso saber mejor el porqué de las cosas y empezó a hacer más y más preguntas a su tutora, empeñada en salvar la memoria del Conquistador. Inés Muñoz resolvía las dudas de la niña con el propósito de alimentar en ella un cierto sentimiento de... misión. Porque Francisca empezó a sentir cómo crecía en su interior eso mismo: un sentimiento de misión. Hasta entonces, las cosas del mundo tenían para ella una condición fija, venían dadas por una ley de acuerdo con la cual uno debía cumplir sus funciones tal y como estaban estipuladas en las jerarquías naturales de la vida. A partir del instante en que la muerte de su padre y su orfandad le señalaron que esas leyes podían alterarse y que nada estaba garantizado, su actitud, a pesar de su temprana edad, cambió. Sin perder la gracia y la candidez de la niña que era, su relación con su padre dejó de ser intelectualmente pasiva. Comenzó a convocarlo obsesivamente en la imaginación, intentando llenar con la curiosidad aquellos espacios vacíos de su historia que hasta entonces había ignorado. Y saber era importante. Porque para salvar a una estirpe que parecía irse deshaciendo como los juncos de la quincha, había que conocer sus orígenes. Si Juan había sucumbido a una pedrada, Hernando languidecía en una cárcel reducido a la impotencia, Francisco había sido abatido por sus enemigos y Gonzalo quizá no podría salir nunca de las trampas de la selva, ¿qué quedaría de esa turbulenta y legendaria familia de fábula?

Estas consideraciones sobrepasaban, desde luego, la capacidad de formulación explícita en una niña, pero la sensación de vacío, de vulnerabilidad y de placidez soñolienta brutalmente interrumpida despertó en la pequeña una determinación individual, una personalidad propia. No era, después de todo, la primera vez que la Conquista desbarataba las leyes de la Historia. La empresa misma de la Conquista había terminado siendo la irrupción de lo individual, de la personalidad, aun cuando fuera en su dimensión más cruda y torva, en el universo de lo regimentado y previsible. Para desconcierto de la propia Corona, la aventura del Nuevo Mundo había sido una brujería mediante la cual las individualidades, ferozmente expresadas, lo habían trastocado todo. La muerte de Pizarro era hija de individuos que querían poder y convertirse en propietarios a pesar de que procedían de un mundo en que mandar y ser propietario no pertenecían al albedrío individual. El descubrimiento de que en el Nuevo Mundo la iniciativa individual podía desbaratarlo todo, incluso la voluntad de la Corona, había acabado con Pizarro, pero había despertado, a edad precoz, la conciencia de Francisca.

Francisco Pizarro se había ocupado personalmente de que sus hijos fueran legitimados, a pesar de que su relación con Inés Huaylas no había durado mucho tiempo. Pesaba en el Conquistador, seguramente, su propia historia. Porque él no había sido nunca legitimado: su padre, Gonzalo Pizarro, ni siquiera lo había mencionado en su testamento. ¿Vería Francisco en su hija la forma de corregir su propio origen torcido?

En algún momento, la historia de los Pizarro, hidalgos y conquistadores extremeños, notables de Trujillo, se había torcido. El noble Gonzalo Pizarro había tenido amores con Francisca González, una sirvienta, hija de campesinos, a quien una tía suya había llevado finalmente a un convento. Expulsada por el escandalillo, la sirvienta había huido para refugiarse con sus padres, ambos labradores, a la huerta de Trujillo, donde nació al cabo de unos meses Francisco Pizarro. El joven creció con el estigma de haber sido «abandonado a la puerta de una iglesia», pero encontró en las armas el hogar que no tuvo. A los dieciocho años dominaba la espada con destreza; sin duda aprendió a usarla siendo paje o escudero de algún noble. Después de participar en las guerras italianas, acabó, a los treinta y dos años, desembarcando en La Española. En adelante, todo fue aventura desmesurada: estuvo presente en el descubrimiento del océano Pacífico; fue hacendado en Panamá; exploró el norte de Sudamérica junto a Almagro, *el Viejo*, y llegó a tierras del Perú a sus cincuenta y cuatro años; regresó a España a pedir autorización para emprender la conquista del Tahuantinsuyo y fue recibido en su natal Trujillo como hijo pródigo. Desde allí volvió al Perú para consumar la hazaña.

Su vida había sido el viaje del bastardo hacia la legitimidad, de la oveja del rebaño hacia la individualidad del pastor. ¿Sería ésa la razón por la que legitimó a Francisca y Gonzalo y se encargó de dejar muy clara esa legitimidad en el testamento que mandó redactar antes de su muerte?

VIII

No había sido sólo la comodidad de apelar a su cuñada lo que había animado a Francisco a confiar el cuidado de sus hijos a Inés. Debió moverlo también un sentido anticipatorio de las cosas: la misma intuición de peligro y mortalidad que lo había llevado poco antes de ser abatido a dictar su testamento. Y si de dejar la crianza de sus herederos en manos firmes y españolas se trataba, no había persona que pudiera reunir mejor en un solo cuerpo las personalidades tutelares de un padre y una madre. Y eso mismo, desde el primer instante, fue lo que ocurrió: Francisca vio en ella una prolongación de su propio padre, precisamente lo que buscaba con más ahínco que nunca antes. Por ahora lo encontró en la maciza mujer que la llevaba con mano firme hacia el norte en una embarcación que zangoloteaba entre tumbos de incertidumbre política. ¿Dónde encontraría a su padre más tarde?

A pesar de pertenecer a un mundo masculino, las proezas de Inés Muñoz le habían valido a la matrona algunos susurros de aprobación. Había estado entre las únicas doce mujeres fundadoras de Lima cuando Pizarro bajó del valle serrano de Jauja para trasladar la capital a la costa. Pero su pequeña leyenda no empezó a tejerse allí, sino el día en que la casualidad colocó entre sus dedos unos granitos de trigo. Ya instalada en la capital, en plenos ajetreos urbanizadores, una mañana le llegó desde España, en un barco que atracó en el puerto del Callao con mercaderías de todo tipo, un barril lleno de arroz.

—Te voy a preparar un potaje —dijo a su cuñado, con ese tono que se parecía mucho al de un capitán ordenando a sus tropas. Al verdadero general los ojos le brillaron como un niño.

Mientras limpiaba y seleccionaba el arroz, se topó con lo que debió parecer un pequeño milagro en la nostalgia alimenticia de la Conquista: unos granitos de trigo. Los sembró en una maceta con especial cuidado y, en los días siguientes, vigiló con impaciencia el desarrollo de los acontecimientos, esperando a que brotara de allí la bendición de unas espigas sanas y largas, las primeras del Nuevo Mundo.

Cuando, ante los ojos desorbitados de Pizarro y sus compañeros, las espigas, sanas y largas como las quería Inés, se irguieron en la maceta, las trilló a mano con oficio y decidió replantar de inmediato su diminuta primera cosecha.

Inés, decían los españoles, «es nuestro sustento y nuestra abundancia». Los conquistadores recibieron con alborozo los frutos de la siembra, mientras los nativos observaban con curiosidad los efectos que el trigo producía en sus nuevos jefes. Con curiosidad, pero no con asombro, pues ellos mismos, en su relación con el maíz, entendían las propiedades sagradas de los granos.

Surgió la competencia entre Inés y otras mujeres de armas tomar, decididas a ser las primeras en convertir el trigo en pan y completar esa mudanza o trasplante del viejo al nuevo mundo. Se multiplicó tanto el trigo que al cabo de tres años pudieron por fin producirlo para deleite de todos, así que fue indispensable otorgar licencias para el funcionamiento de los primeros molinos. Poco tiempo antes de morir Pizarro, el cabildo fijó la libra de pan en un real.

La inagotable Inés, que trajo otras semillas y llenó de novedosas plantas y árboles los huertos de la capital, ignoraba, en aquellos días, que el trigo sería poca cosa en comparación con los obrajes de confecciones que ella misma estrenaría con los años.

Cuando su marido y su cuñado fueron asesinados, a nadie entre las huestes pizarristas sorprendió demasiado ver a esta fuerza de la naturaleza crecerse ante la adversidad sin que le temblara un músculo. En aquellos días terribles, repartió su corazón entre la congoja del duelo, la necesidad de proteger a los huérfanos y la urgencia de salvar la vida, y no dejó traslucir ni la pena ni el dolor. Poco después navegaba hacia Vaca de Castro no tanto con la esperanza de encontrar cobijo bajo su autoridad como con la resolución de ordenarle que protegiera a Francisca y Gonzalo porque era como proteger la Conquista.

Francisca tenía razón: algo había de Pizarro en esa mujer, o quizá había sido al revés: algo había habido de ella en Pizarro.

Desde el primer momento se habían vendido licencias para aquellas mujeres que quisieran, dentro de cuotas muy estrictas, sumarse al desafío de cruzar el océano. En un mundo feroz y masculino, ellas estaban obligadas, en principio, a ser excrecencias, apéndices, de los machos que gobernaban la Historia, o que creían dominarla, pero eso las obligaba a ser doblemente valerosas o creativas para defender su individualidad.

De las primerísimas mujeres se oía hablar con frecuencia, con insistencia, y no siempre por las buenas razones —a menudo el trazo que dibujaba su perfil era el de las malas lenguas, la institución más libérrima de la Conquista—. Se hablaba, por ejemplo, de las dos mujeres que habían acompañado la marcha desde Cajamarca hasta el Cuzco inmediatamente después de la ejecución de Atahualpa, y de quienes Francisca se sentía orgullosa porque eran sus madrinas y porque todas las historias que de ellas se contaban, incluso las más perversas, les conferían el prestigio del mito y la leyenda. A Isabel Rodríguez la llamaban *la Conquistadora* y a Beatriz, *la Morisca*, por ser nacida española pero descendiente de musulmanes. Que fueran soldaderas de los conquistadores, según las historias que iban y venían, era algo que a Francisca poco le importaba, porque no tenía edad bastante para entender de qué oficio las acusaban ni para distinguir las habladurías. La mitología que nimbaba sus nombres sólo agrandaba su figura en la imaginación de la niña.

Otra de las primeras mujeres de la Conquista, sobre la que Francisca no necesitaba oír nada porque la tenía en casa y representaba la mejor fuente de sus propias narraciones, era la mismísima Inés Muñoz. En la época en que se iniciaba la toma del Tahuantinsuyo, ella había llegado a esas tierras en la más irónica de las circunstancias: junto con Almagro, *el Viejo*, que se sumaba a los tumultos. Fue, y se lo decía a Francisca con frecuencia, la primera mujer casada que entró en el Perú. Eran tan pocas que todo lo que hacían o dejaban de hacer se notaba como si fueran tan numerosas como un ejército. Otras llegaron luego y, en los días del asesinato del marqués, había ya una por cada siete varones. No había más de trescientas mujeres españolas en el antiguo Tahuantinsuyo la noche en que Inés partió hacia el norte con Francisca y Gonzalo.

A algunas las llamaban «mujeres de amor» para diferenciarlas de las prostitutas que también hicieron su aparición desde un primer momento y para designar una actividad ambivalente en la que el ama de llaves se confundía con la amante, roles a su vez sutilmente distantes de los que cumplían las soldaderas. Y finalmente estaban, desde luego, las mujeres oficiales, las esposas de ciertos vecinos que preferían la burocracia a la lucha.

Pero el corsé que se ceñía alrededor del espíritu y la libertad de estas mujeres no era tan asfixiante como cabría suponer. Todas ellas, desde la soldadera Isabel Rodríguez hasta la esposa del ahora difunto Francisco Martín de Alcántara y madre putativa de Francisca, ensanchaban el perímetro vital de sus existencias conspirando cuando había que hacerlo, portando mensajes de vida o muerte en los momentos de conflicto, pacificando las tierras donde había tumulto, haciendo brotar la semilla en la misteriosa aridez de la costa, emprendiendo las primeras transacciones comerciales y criando a la primera generación. Se estaba construyendo un nuevo mundo sobre mundos antiguos y, por rígidas que fueran las leyes tradicionales que limitaban los trabajos femeninos, nadie estaba realmente en condiciones de impedir que ellas llevaran a cabo cuanto estaba en su mano y más.

La iniciativa femenina se desarrolló en un espacio vacío que la disposición intelectual masculina, obsesionada por la guerra, había descuidado y que si alguien no hubiese cubierto habría podido arruinar la empresa.

En los días en que la hija de Pizarro y su tutora atracaban en la costa norteña en pos de Vaca de Castro, muy lejos de allí, en el sur, otra mujer estaba a punto de salvar la expedición de Pedro de Valdivia, en su intento por lograr en Chile lo que Almagro, *el Viejo*, no había conseguido. Los araucanos, tras acabar con buena parte del ejército español, terminaron huyendo despavoridos. Aquella singular victoria se debió a una iniciativa de la temeraria Inés Suárez. Su amante, Pedro de Valdivia, jefe de aquella expedición, estaba a punto de caer junto al resto de sus hombres. Inés ordenó entonces mostrar a los enemigos las cabezas degolladas de todos los caciques presos.

Concluida la batalla de Santiago, con tantos españoles muertos, será ella quien emprenda la lucha por la supervivencia. Se ocupó de buscar, entre los restos miserables del ejército conquistador, los pocos animales domésticos traídos por Valdivia: una gallina, un cerdo y una cerda. La grandeza de Inés Suárez —la grandeza del espíritu humano en la hora de derrota— salvará al Conquistador y su amante de una adversidad más feroz aún que la de los bestiales araucanos.

Mientras dos mujeres, Inés y Francisca, pugnaban en el norte por salvar a la estirpe más insigne de la Conquista, otra mujer, Inés, engrandecía la leyenda americana en tierras del sur.

El tío Gonzalo

I

Impertérrito ante las noticias que llegaban del norte y la inminente llegada de Vaca de Castro, el nuevo gobernador, Almagro, *el Mozo*, envió emisarios a varias villas y ciudades para anunciar su flamante autoridad y sus disposiciones inmediatas. También transmitió recados a los capitanes, que andaban empeñados en sus respectivas campañas y probablemente ignoraban el vuelco que había dado la situación política en la capital. En todos sus mensajes amparó su legitimidad de gobernante en la ratificación del cabildo de Lima. No olvidó dirigir cartas a la Corona para pedir que se postergase la provisión que entregaba formalmente a Vaca la gobernación del Perú. El interminable trayecto de las comunicaciones garantizaba limbos jurídicos aprovechables.

Aunque toda su concentración pareciera estar en las diligencias de afirmación de la autoridad entre propios y extraños, Almagro miraba de reojo la amenaza que se aproximaba, lenta e inexorable, desde el norte. La presencia de Vaca de Castro también había despertado del desconcierto y la derrota anímica a los supervivientes del pizarrismo. Almagro ordenó una expedición al mando de

105

García de Alvarado: su misión era dominar el litoral, destituir a los caciques dubitativos o insumisos y colocar en su lugar a firmes partidarios. La orden se cumplió al pie de la letra y algunos hombres que daban la bienvenida a Vaca de Castro fueron eliminados. En Trujillo, colgaron de la horca a varios rebeldes. Y en la isla de Puná, donde había un destacamento español sospechoso, se procedió a la incautación de armas y caballos para evitar que fueran puestos a disposición del enviado del rey. Los indios de la isla se sublevaron contra la autoridad, lo que generó un foco de perturbación que tardaría mucho tiempo en ser sofocado.

A finales de febrero de 1541, Vaca de Castro salió de Quito por el camino de los incas. Sus hombres admiraron el esplendor del Antisana, con sus cerca de seis mil metros y su toca blanca, a la que siguió, más adelante, el Tunarahua, con su fantasmagoría de fumarolas que alumbran la noche con bocanadas luminosas. Nada podía compararse, de todos modos, con la visión del Chimborazo, el rey de los volcanes: no habían visto nunca antes monumento natural semejante. En Tomebamba, adonde Vaca había enviado a algunos hombres para preparar tambos o tiendas de campaña, hicieron un alto de pocos días.

Retomaron por fin la lenta marcha hacia el sur. Después de pasar el valle de Cuspampa, el nuevo jefe oficial del Perú encontró, recién llegados y bajo apretada custodia, a los hijos de Pizarro. Los acompañaba Inés Muñoz.

—Juro que vengaré la muerte de vuestro padre —les dijo sin que le temblara la voz— y os devolveré cuanto os ha sido arrebatado.

No les dijo, pues no era el momento para entrar en detalles contenciosos, que se refería a la casa, el oro y la plata, mas no a las preciadas encomiendas, que Vaca tenía el encargo, de parte de la Corona, de recortar, en especial si, como era el caso de las encomiendas de los Pizarro, poseían buen tamaño. La Corona temía las excesivas fortunas de los conquistadores: sus miedos aumentaban ante la implacable necesidad de oro y la libertad de que gozaban aquellos aventureros. Las rebeliones de algunas comunidades españolas habían aguzado el instinto centralista de la Corona.

Vaca invitó a los huérfanos y a su tutora a que lo acompañaran parte del camino al sur, hasta entrar en los límites norteños del Perú actual. Dispuso entonces que los caciques de Chanchán y Conchucos, sus recientes aliados, se ocuparan de ellos.

Era el lugar más seguro para los pequeños, mientras él proseguía su camino al sur, hacia Lima, donde todo podía ocurrir. Allá en el norte, al menos, no había lealtades divididas: era territorio que podría llamarse lealista. Aquellas extensas tierras, que abarcaban desde Tumbes, en el límite entre el Perú y Ecuador, hasta Trujillo, gozaban de cierta paz. Los herederos del marqués se instalaron de forma provisional, aguantando la respiración, como todos los que los rodeaban, a la espera de una confrontación definitiva que ya nadie creía posible evitar, porque Almagro se negaba a ceder su puesto. ¿Volverían a ver a Vaca, triunfante, su promesa cumplida? ¿Volverían a ver su casa, a tocar sus pertenencias, a respirar la humedad capitalina, a visitar el Sagrario, que se acababa de construir, o la capilla de la Veracruz?

II

Como siempre, lo que ocurriese o dejase de ocurrir en el Cuzco importaba acaso más que lo que pasara en la capital. Por eso Almagro, *el Mozo*, se había asegurado de que, casi inmediatamente después del asesinato del gobernador Pizarro en Lima, sus hombres tomaran el Cuzco y sellaran, asegurado el control de las dos ciudades emblemáticas, el éxito de la rebelión. Las noticias que llegaban desde el norte, sin embargo, tenían un efecto perturbador que la imponente fuerza militar de Almagro no podía conjurar. El solo hecho de saber que alguien provisto de alguna forma de autoridad real pudiese estar en camino para revertir la situación operaba como un talismán en los capitanes leales. La sublevación había producido en estos militares un efecto de asombro y parálisis, pero empezaban a reaccionar por doquier. Uno de estos hombres, Pedro Álvarez, llegó al Cuzco un mes después del asalto de los almagristas y la reconquistó sin mayor esfuerzo, pues los números estaban de su parte. El obispo de la ciudad salió también de su letargo político y se reveló de inmediato como un lealista, partiendo hacia la capital con la misión explícita de conspirar contra Almagro, *el Mozo*.

Pedro Ansúrez, el gobernador de la Villa de la Plata, se sumó a Pedro Álvarez en el Cuzco, donde unos quinientos hombres juraron lealtad al bando de Vaca de Castro. Estos dos capitanes calcularon que, ante el vuelco de la situación en el Cuzco, el joven Diego de Almagro optaría por avanzar hacia el norte al encuentro de Vaca antes que enzarzarse en una larga y sangrienta batalla por el control de la antigua capital del Tahuantinsuyo. De modo que decidieron dejar un contingente de doscientos hombres al cuidado del Cuzco y marchar hacia el norte para proteger al enviado del rey.

En Lima, Almagro entendió la urgencia táctica de interceptar a las fuerzas que se dirigían al norte para reforzar a Vaca de Castro. Envió mensajeros a Jauja para que los huancas lo alertaran en el momento en que los capitanes estuvieran acercándose. Llegado el momento, abandonó la capital rumbo a la sierra central.

Llegaron a Lima unas provisiones que Vaca había dirigido al provincial de los dominicos para que administrara la gobernación hasta el momento en que él mismo tomara el mando. En el más absoluto secreto, el cabildo limeño se reunió en el interior del monasterio de Santo Domingo y, bajo la protección del sagrado recinto, dispuso el cumplimiento de las instrucciones del enviado del rey. Apenas se leyeron las provisiones y se decretó su cumplimiento, los regidores salieron apresuradamente de Lima en dirección al norte, inflados de lealtades reales —y prudentes—, en previsión de una eventual reacción almagrista.

Diego de Almagro, que estaba a las afueras de la ciudad, tuvo noticias casi inmediatas de lo ocurrido, pues, en el instante mismo en que los regidores abandonaron el silencio del monasterio, la información dejó de ser monopolio suyo. Almagro decidió no regresar. Prefirió concentrar sus esfuerzos, con ayuda del general en jefe, Juan de Rada, y los 517 hombres bajo su mando, en la persecución de los capitanes leales a Vaca.

Llegó tarde. Los hombres que venían del Cuzco tomaron Huamanga, en el centro, antes de que los almagristas pudieran alcanzarlos y, con el camino despejado, siguieron hasta las sierras norteñas de Cajamarca, donde ya estaba apostado Alonso de Alvarado, el dominador de los chachapoyas. Los tres capitanes nostálgicos del pizarrismo —Álvarez, Ansúrez y Alvarado— garantizaban a Vaca de Castro una capacidad militar considerable para enfrentarse a Diego de Almagro, *el Mozo*.

Después de separarse de los herederos de Pizarro y de comprar herramientas para fabricar arcabuces —los almagristas se habían llevado todo el hierro disponible—, Vaca había avanzado hacia Trujillo por el despiadado desierto costeño, donde los médanos y las dunas cambiaban con el viento y alteraban el paisaje y los nervios. Luego de recaudar dineros de algunos vecinos, había llegado a Santa y más adelante, siempre hacia el sur. Había subido por la sierra, donde varios de sus hombres, como los indios de la costa sumados a la partida, sufrieron el mal de altura. En vísperas de la Pascua de Resurrección, llegó a Huaylas, donde se le unieron algunos capitanes pizarristas del Cuzco, mientras el resto esperó en Huaraz con el grueso del esfuerzo.

Ya no estaban muy lejos de Lima. Les salieron al encuentro el grupo de regidores y el provincial de los dominicos.

Con la adhesión de los hombres que llegaron del Cuzco, Vaca logró reunir a cuatrocientos combatientes. Dos de sus capitanes, Pedro Álvarez y Alonso de Alvarado, estuvieron a punto de provocar una hecatombe lealista por sus orgullos enfrentados, de manera que el enviado del rey debió dedicar energías y tiempo a apaciguar a sus lugartenientes. Las intrigas, no obstante, cobraron fuerza. Vaca de Castro se vio obligado a limar asperezas en vez de entregarse a la estrategia de campaña. Desde el instante en que los capitanes se unieron al enviado del rey, las rencillas habían empezado a corroer las relaciones entre ellos: estaban obsesionados por ocupar el primer lugar en la privanza del jefe y por las jerarquías de campo. Los rumores enfrentaron también a Pedro Álvarez con el propio Vaca: alguien le dijo que éste no quería nombrarlo jefe de sus ejércitos; a Vaca le aseguraron, por su lado, que Álvarez tramaba hacerse con todo el poder en el Perú.

Vaca avanzó hasta Huaraz, donde se hizo recibir con tiros de falconetes y arcabuces. Decidió poner el ejército bajo un solo mando a fin de acabar con la dispersión que hasta entonces imperaba y que sin duda alimentaba las rencillas y las emulaciones. Reservó para sí el puesto de capitán general y a Álvarez le otorgó la autoridad de maestre de campo. Aunque no era un hombre de armas sino de leyes, Vaca resultó más sagaz de lo esperado: consiguió dar a sus tropas una apariencia de unidad. Luego, manteniendo la costumbre de todos los conquistadores, hizo reunir al cabildo para que se le otorgaran todos los reconocimientos formales.

Mientras esto ocurría en el campo de Vaca, el joven Diego de Almagro lidiaba con parecidas complicaciones en su propia tienda. Aún permanecía en Huamanga, pero en febrero se puso en camino hacia el Cuzco, donde concentraría a partir de ahora sus esfuerzos, dado que la costa y, en forma creciente, la propia capital ya se inclinaban del lado enemigo.

Cristóbal de Sotelo, uno de sus lugartenientes más inteligentes, tomó la delantera con la misión de entrar en el Cuzco con una avanzadilla, en previsión de posibles resistencias. La movilización pizarrista hacia el norte para unir sus fuerzas con Vaca había desguarnecido el Cuzco, de manera que Sotelo no tuvo mayores problemas para apoderarse de ella. Por enésima vez, el Cuzco cambiaba de dueño en el curso de aquellos días ingobernables. Cuando Almagro, *el Mozo*, apareció, fue bien recibido, como había ocurrido con todos los caudillos anteriores. La hospitalidad cuzqueña no había eludido a uno solo de sus diversos y temporales amos: tampoco a Almagro *el*

Mozo. Diego Méndez, que llegó de las Charcas cargado de plata, resolvió la urgente necesidad de fondos.

El jefe reunió a sus mandos y les leyó las provisiones dadas por el rey a su padre para la gobernación de Nueva Toledo, en cuyo territorio, prolongando la vieja disputa de límites con la gobernación pizarrista, los almagristas situaban todavía a la ciudad del Cuzco.

—Soy por herencia el legítimo gobernador de estas tierras —les anunció— y debemos prepararnos para defender nuestro sagrado derecho.

Después de mandar leer los pregones, dispuso que sus hombres fundieran metales para fabricar armas, mezclaran pasta de plata y cobre y produjeran pólvora con el salitre, que había en abundancia. Dispusieron entonces de unos doscientos arcabuces: con cobre y carbón se hicieron los moldes de los tiros en hornos especiales. Los plateros fabricaron lanzas, sillas de montar y armaduras con plata labrada, porque carecían de acero.

Cuando la ferretería estuvo dispuesta, volvió a reunir a sus tropas:

—Sabéis que fue necesaria la muerte del gobernador Francisco Pizarro para vengar la de mi padre e impedir que hicieran lo propio conmigo, ya que soy el heredero del título que él ostentó. Mi único propósito ha sido servir al rey y ejercer el gobierno de Nueva Toledo.

Mientras pronunciaba estas palabras, miró de reojo a Cristóbal de Sotelo, que escuchaba las justificaciones de su jefe, sin dejar traslucir sus emociones o pensamientos. Sotelo había sido, entre los almagristas, la voz de la razón: había sugerido a Almagro, *el Mozo*, no conspirar contra Pizarro y esperar más bien la llegada del «juez» Vaca de Castro, enviado del rey, para atender a sus disposiciones. La sola presencia de Sotelo, aun en su discreto silencio, era un germen de perturbación entre los almagristas. Todos conocían de su opinión y quizá, en el fondo de su alma, también dudaban de su propia legitimidad frente a Vaca, que venía investido de autoridad real. El conflicto latente entre quienes estaban ya resignados a la guerra total y la voz de la conciencia observándolo todo en silencio —y, para colmo, mostrando su indiscutible lealtad al lado de Almagro— acabó por hacer crisis. Después de todo, a pesar de que controlaban el Cuzco, las cosas en el campo de batalla se presentaban difíciles con buena parte del territorio volcada en favor de Vaca.

García de Alvarado, a pesar de que el propio Almagro había delegado en él la primera autoridad militar, no soportó más la existencia amenazadora de Sotelo y lo mandó matar. Los nervios se apoderaron de él; semanas más tarde, empezó a conspirar contra Almagro, *el Mozo*, al que culpaba de la posición vulnerable en que todos se hallaban. Una noche, creyó haber tendido al joven Diego la trampa perfecta. Lo invitó a un banquete en su honor, que Almagro aceptó lleno de gratitudes. Cuando García de Alvarado apareció en su residencia para llevarlo al festín, Almagro, *el Mozo*, lo pasó a cuchillo acusándolo de traidor.

En poco tiempo, el joven Almagro había perdido a su tres lugartenientes mayores: Juan de Rada, el principal, había sido derrotado por la enfermedad; Sotelo, por la exasperación moral de García de Alvarado, y éste, por locura o ambición.

Mientras estos acontecimientos devoraban la fe y la unidad de las tropas de Almagro, el delegado real continuaba su avance hacia Lima. Desde Cajatambo, despachó gente a la costa para buscar armas y dinero y mandó espías al Cuzco para que lo tuvieran informado de lo que acontecía en el otro bando. Cuando decidió recorrer el trecho final hasta Lima, dispuso que el grueso de su ejército marchara a Jauja, convencido, al fin y al cabo, de que la cita definitiva con Almagro, *el Mozo*, no sería al borde del mar sino en las montañas andinas. Pero, deseoso de ser confirmado en su autoridad y reconocido por los vecinos y autoridades de la capital, hizo su entrada triunfal en Lima en mayo de 1542. Fue recibido con la máxima solemnidad de que fueron capaces la alegría de los pizarristas y la adulación de los oportunistas.

Desde el primer día, Vaca dio la impresión de que le gustaba el poder y de que, a pesar de no ser un hombre de armas sino de leyes, como todos decían, había desarrollado un agudo sentido estratégico. Mandó una misión discreta a las afueras del Cuzco para traer salitre, dispuso que se reuniera todo el hierro posible para las herraduras, lanzas, arcos y ballestas, y ordenó fundir metales para las piezas de artillería. En el puerto había un galeón y cuatro navíos más pequeños: la pequeña flota fue suficiente para enviar una dotación militar a Guayaquil y sofocar una revuelta de indios.

Fue de inmediato reconocido (nuevamente reconocido) por el cabildo, lo que le confirió la seguridad necesaria para empezar a tomar medidas. A ojos de muchos capitalinos, sus disposiciones excedían los límites de la prudencia, la diplomacia e, incluso, la autoridad. Retuvo para él muchas de las encomiendas y los tributos con el fin de pagar los gastos de su empresa militar contra Almagro, *el Mozo*, y tomó prestados dineros de las rentas del rey. Por supuesto, tampoco olvidó sugerir a los particulares que hicieran sacrificios voluntarios. No excluyó del zarpazo, desde luego, a varias encomiendas de los herederos de Pizarro. Aislados en el norte, los huérfanos tenían escasa información sobre lo que ocurría en la capital y en el sur, y tardarían en conocer que su patrimonio, tras la rapiña de Almagro, también interesaba a Vaca de Castro, que se escudaba en la causa lealista para arrebatarles lo poco que les quedaba. ¿Tenía Vaca intenciones de restituir a los encomenderos sus tributos y repartimientos, o era ésta la ocasión perfecta para menoscabar el excesivo poder y las exageradas autonomías que, en desmedro del poder central de la Corona española, habían ido acumulando los particulares? ¿Despojaba Vaca a los encomenderos para liberar a los indios de la opresiva institución, o para ejercer sobre ellos un mando directo en nombre de sus derechos lesionados?

A comienzos de agosto, Vaca decidió que Lima ya había satisfecho su vanidad. Era hora de subir a la montaña. Recibió, poco antes de partir, una carta de Almagro, *el Mozo*, dándole la bienvenida. «Acababa», de enterarse de su arribo al Perú. «Me hubiese gustado recibirlo en persona», añadía. Sus obligaciones en el Cuzco se lo habían impedido.

III

Al llegar a Jauja, Vaca de Castro recibió una carta inesperada: Gonzalo Pizarro se ofrecía a pelear junto a él para vengar la muerte de su hermano.

Ninguna noticia podía entusiasmar menos a Vaca en esos momentos. La irrupción de un Pizarro, y en particular uno tan tenaz, cuando se aprestaba a dirimir con Almagro el poder sobre aquellos territorios, sólo podía enturbiar más las aguas. Porque el ofrecimiento de Gonzalo era también el de quien podía esgrimir títulos hereditarios sobre la gobernación de su hermano por encima del recién llegado, aun cuando éste tuviera el respaldo de Su Majestad. Vaca explicó a Gonzalo con sesuda lógica que lo que más convenía a la estrategia contra Almagro era que permaneciera en el norte: de este modo, mientras el enviado real batallaba en el sur, la parte septentrional del territorio se mantendría protegida ante hipotéticas sublevaciones norteñas. Sólo con estos argumentos podía mantener alejado al heredero de Pizarro.

La reaparición de Gonzalo —inoportuno espectro de Francisco desde el más allá— ocupaba el espíritu de Vaca de Castro. Recibió entonces noticias desde Huamanga: los indios leales lo advertían de que Almagro, *el Mozo*, había salido del Cuzco. Por mucho que su disposición y sus actos emitieran señal contraria, el enviado real prefería evitar un enfrentamiento directo de incierto pronóstico y garantía absoluta de una carnicería en el campo de batalla. Sin embargo, que Almagro abandonara su bastión sólo podía significar que estaba decidido a la guerra.

Pero la delicada danza, con sus fintas y contorsiones, tan parecidas al escarceo amoroso, debía continuar. Vaca pretendía debilitar en el joven Diego de Almagro la confianza en su propia victoria y, una vez desarmado, quería llevarlo al terreno de la negociación. Por ello, abandonó Jauja y marchó en dirección a Huamanga. Al salir, sin embargo, las miserias de la naturaleza humana volvieron a desbaratar las altas consideraciones estratégicas. Los orgullos de Alonso de Alvarado y Pedro Álvarez encendieron la chispa. El primero había solicitado del segundo un contingente de indios para que cargaran con el bagaje. Álvarez denegó el pedido y, ante semejante afrenta, Alonso de Alvarado desenvainó la espada. La reacción in extremis de

Vaca evitó el duelo, pero todos tuvieron la sensación de que el peor enemigo no era el que venía del Cuzco.

No ignoraban que Almagro lidiaba con parecida bestia, pues en Jaquijaguana, ante el estallido de la enésima rebelión, acababa de encadenar a varios de sus propios hombres. En medio de sus tribulaciones, una buena noticia llegó por fin a oídos de Almagro. Desde su refugio selvático, entró en escena un experimentado conocedor de los ciclos emocionales de esta Conquista empeñada en devorarse a sí misma. Era Manco Inca, otro espectro que parecía salir, como el fundador de la estirpe, Manco Cápac, de las aguas del Titicaca.

«Marcha hacia Huamanga», le hizo saber, «que yo te ayudaré».

Los almagristas atendieron la sugerencia, animados por la nueva alianza, y aprovecharon algunos altos en el camino para entrenar y poner a punto sus armas. Enviaron también espías a Huamanga para recabar informacion sobre las dimensiones y la capacidad del ejército lealista. Pronto resultó evidente para Almagro, cuyo estado mayor había sido diezmado por las disensiones y los motines, que Vaca contaba con fuerzas algo superiores. El instinto de supervivencia lo obligó a girar sobre sus propios talones. Se dirigió a toda prisa hacia Charcas, en el altiplano boliviano, con una escala en Apurímac. Pero al llegar a este lugar, una sotana se le cruzó en el camino. El cura llegado de la capital traía noticias: en realidad, decía que el ejército de Vaca era pobre y estaba también cuarteado por las rencillas intestinas. No tardó en convencer a Almagro de que era posible plantar cara a Vaca de Castro. El joven Diego de Almagro decidió finalmente avanzar hasta Andahuaylas, donde un grupo de indios tuvo a bien huir con casi todas las provisiones.

Vaca de Castro, mientras tanto, continuaba su marcha a Huamanga. Hizo un alto en Parcos. Allí supo que Diego de Almagro venía aproximándose desde el sur. Vaca logró entrar en Huamanga, en plena sierra central, antes que su enemigo, y de inmediato apostó a sus hombres en las bocacalles. Pero no era ese tipo de artillería lo que más convenía para desbaratar las iniciativas de Diego. El joven Almagro conocía bien la situación y disposición del bando real, pero también sabía de las ambiciones de los jefes militares y del propio enviado del rey. Decidió entonces utilizar otros medios para enfrentarse a su oponente.

—Apártate de mis enemigos, Pedro Álvarez y Alonso de Alvarado; consígueme un perdón firmado por el rey y rechaza la injerencia del cardenal Loaysa, y entonces podremos conversar— mandó decir Almagro al enviado del rey.

La última exigencia se refería al cardenal que desde Sevilla había sugerido dividir el territorio entre Vaca y Almagro —Vaca controlaría Nueva Castilla, es decir, el territorio de Pizarro, y Almagro mantendría los dominios correspondientes a su padre. Era una propuesta que el joven Almagro consideraba, de hecho, una afrenta, porque el Cuzco quedaría bajo control de Vaca. Habiendo ajusticiado al felón de Pizarro con pleno derecho, juzgaba que los dominios del difunto ahora le pertenecían también.

IV

Nadie podía evitar la guerra.

Las cosas habían avanzado hasta un punto de no retorno. La pólvora encendía el ambiente y el viento silbaba como hoja de cuchillo. En todo el territorio, desde el norte, donde Francisca, su hermano e Inés Muñoz esperaban con la hiel en la garganta cada noticia, hasta el extremo sur, donde la conquista de Chile tropezaba con la fiereza araucana, no había otra preocupación más que la inminente guerra en las montañas centrales del viejo Tahuantinsuyo. De la inmediata conflagración se hablaba en todas partes. Los indios, como de costumbre, si no servían en uno u otro bando, miraban con indolente pero engañosa distancia el curso de unos acontecimientos que, como otros, no variarían en nada su destino servil. Pero la vida diaria había cobrado en las principales ciudades una urgencia que presagiaba nuevos males. La guerra ya estaba en la piel de los hombres, aun antes de cobrarse su primera víctima mortal.

En la capital, por una vez, parecía haber más mujeres que varones, pues la mayor parte de ellos estaban enrolados en los ejércitos y la mayor parte de ellas habían permanecido escondidas. Dada la relativa paridad de fuerzas entre Vaca y Almagro, el resultado de la contienda era incierto. Pero una cosa era segura, porque así lo indicaba la experiencia: quien obtuviera la victoria desataría una persecución generalizada contra los perdedores. Los que tenían algún interés en juego, por pequeño que fuera, imploraban al cielo por lo suyo.

Durante varias noches consecutivas, grupos de mujeres organizadas con tanta discreción como eficacia transportaron enseres y víveres a los navíos anclados frente al puerto del Callao. En general, los habitantes de Lima apoyaban la causa realista, pues las turbas de Almagro habían abandonado la capital. Una hipotética derrota de Vaca de Casto implicaba, por tanto, que los seguidores de Almagro entrarían a sangre y fuego en la capital buscando venganza. En Lima se temía a Almagro, *el Mozo*, como si fuera el mismísimo

Belcebú: había sido lo bastante temerario como para asesinar, y en su propia casa, al mismísimo marqués de la Conquista. Era capaz de cualquier hazaña diabólica. Nadie dudaba de que fuera, incluso, capaz de derrotar a las fuerzas, en apariencia algo superiores, de Vaca de Castro y, sin tomar mucho aire, pasar a cuchillo a todos los lealistas.

Vaca de Castro, en contra de su impulso inicial, también asumía como inevitable la guerra. Almagro, por su parte, no parecía dispuesto a retroceder ni siquiera ante la acumulación de fuerzas del enviado real. Pero era indispensable, aunque fuera sólo para engrosar el expediente ilegítimo de Almagro, insistir en las negociaciones de paz hasta el último instante. Vaca escribió un mensaje de respuesta a su rival y otro, por separado, a los capitanes almagristas.

«Has incurrido en traición y lesa majestad», decía la carta a Almagro, utilizando la acusación más implacable del imperio. «Si abandonas tu empeño, seré justo contigo».

Para redoblar la autoridad de sus palabras, adjuntó la ley que describía las consecuencias del delito de traición y lesa majestad. A los capitanes almagristas dirigió palabras intimidatorias, haciéndoles ver que, si perseveraban en su rebeldía, estarían incurriendo, ellos también, en el delito de traición, pero les daba la oportunidad de reflexionar y cambiar de actitud. Vaca había calculado que el efecto de invocar el supremo delito podría terminar de debilitar el entorno del usurpador y que éste, al verse abandonado por los suyos, sucumbiría a la tiranía de la ley.

Vaca encargó la entrega de las cartas a un espía, Alonso García, al que hizo rasurar, vestirse de indio, hincharse la boca con hojas de coca, empuñar un bastón y colocar sobre sus hombros una mochila. Su misión consistía, además, en callar y observar.

El emisario de Vaca no logró su objetivo: tuvo que esconderse en una cueva para burlar a un espía almagrista, aun más sigiloso que él. Era Juan Diente. Había logrado acercarse hasta Huamanga. Al advertir sobre el terreno, a la salida de la ciudad, las huellas frescas de un español, el agente de Almagro tuvo sospechas. Más astuto que su adversario, Juan Diente fue capaz de rastrear al espía lealista hasta su escondrijo. Le dio caza en el interior de la cueva, aunque no lo mató. Lo condujo hasta Almagro, donde los interrogatorios dejaron al descubierto la operación de Vaca para seducir a sus capitanes.

—Digo —la voz del espía de Vaca temblaba— que hay unos mil cien hombres y muy bien armados. Sabedlo, aunque me quitéis la vida.

Ante aquella declaración, un puñado de almagristas renunciaron: la composición de fuerzas que el prisionero acababa de describir resultaba disuasoria. En el momento en que el resto redoblaba con vivas a Almagro su convicción guerrera, llegó un nuevo y definitivo mensaje de Vaca: las exigencias se referían, sobre todo, a la condición ineludible de que Almagro entregase a los autores del asesinato de Pizarro.

Si quedaba algún resquicio para la duda en el alma de Almagro, ésta fue despejada por la noticia que le dio Pedro de Candía. El almagrista informó al jefe y a sus compañeros de la llegada de una carta que le enviaba su propio yerno, hombre de Vaca, invitándolo a traicionar al joven Almagro.

El jefe reunió a sus tropas y les comunicó que las negociaciones habían terminado.

—Yo soy —dijo alzando la voz— el legítimo gobernador. Vaca de Castro es un hombre del cardenal Loaysa, que era estrecho aliado de Pizarro en Sevilla. Si Dios quiere que seamos vencidos, al menos vendamos caras nuestras vidas.

Con el pulso batiendo sobre sus sienes, ya concluida su arenga, masticó entre dientes la determinación final:

—Hijo de perra.

V

La noticia del movimiento de tropas enemigas alertó a Vaca. Pensó que los almagristas intentarían huir hacia la costa, de modo que avanzó hasta la llanura de Chupas, cerca de Huamanga, para cerrarle el paso. El 14 de septiembre de 1542, la noche desató una tormenta de agua, rayos y centellas sobre las tiendas de campaña extendidas en Chupas. En la fría y nevada mañana del día 15, llegó a oídos de Vaca la suerte que había corrido su espía en el campo almagrista. Que un espía enemigo hubiera interceptado a su enviado era una indicación de que el joven Diego estaba más cerca de lo que pensaba. Vaca de Castro pidió a su secretario que registrara en los libros el nuevo crimen de Almagro: la ejecución de su espía.

Vaca intuía las dudas que inquietaban la conciencia de algunos de sus hombres: había quien no estaba seguro de la legitimidad de aquella guerra. Temían que el choque con Almagro, *el Mozo*, no fuera del agrado del rey, como no lo había sido el de Hernando Pizarro, en Las Salinas, con Almagro, *el Viejo*. Antes de retirarse a su tienda para implorar a Dios la victoria, mandó dictar sentencias condenatorias contra Almagro y sus secuaces a partir de una pormenorizada relación del asesinato de Pizarro. En los días anteriores se había encargado, asimismo, de hacer llegar a la Corona justificaciones detalladas de lo que iba a ocurrir. Acusó a Almagro de pretender conquistar Panamá y de haber establecido una alianza férrea con Manco Inca, el archienemigo de la Conquista. Esgrimió, además, argumentos estratégicos: llegaba la época de lluvias, escaseaba el maíz, sólo disponía de 750 hombres y debía evitar que ese número se redujera con el paso del tiempo.

Almagro estaba ya apenas a una legua de Vaca. Su primera intención fue pasar por un costado, evitar el encuentro en Chupas y llegar hasta Huamanga, donde se haría fuerte. Allí podría enfrentarse a los lealistas con más garantías. Contaba con dieciséis tiros de artillería, incluidas seis culebrinas. Era una pretensión optimista en extremo, al estar tan cerca ambos ejércitos, esquivar a Vaca desplazando tanto material.

Las tropas del rey tomaron las lomas principales que rodeaban el valle de Chupas; el resto estaba en manos de Almagro. Después de ordenar a sus escuadrones, Vaca entró en su tienda, de donde salió, como si la guerra hubiera mudado en un escenario teatral, con pompa y ceremonia: a lomo de caballo, armado de punta en blanco, con ropa de brocado sobre de las armas y con el hábito de Santiago. Tras una arenga en la que prometió respetar las haciendas y los repartimientos de los conquistadores y entregar nuevas prebendas a quienes no tuvieran aún indios tributarios y serviles, colocó a la infantería entre dos escuadrones de a caballo. Él se mantuvo en la retaguardia con treinta hombres de caballería.

Enfrente, Almagro colocó dos escuadrones, delante de los cuales ordenó fijar su artillería.

A dos horas de la puesta del sol, los primeros arcabuces rasgaron la quietud de la tarde serrana. Dos mil hombres en total, encomendados a Santiago, se dispusieron a matar y morir.

Desde el primer instante, el nerviosismo y la desesperación invadieron el bando almagrista. Juzgando que Candía, el jefe de artillería, no disparaba de frente al enemigo sino que elevaba los tiros por encima de sus cabezas con toda deliberación, Almagro lo atrevesó con su daga ante toda la tropa, a modo de ejemplo. Colocándose él mismo al mando de la artillería, logró abrir el escuadrón de Vaca masacrando a dieciséis de sus hombres. Con imprudencia y soberbia, avanzó entonces con su escuadrón hasta colocarse delante de su propia artillería, dificultando su marcha. La torpeza le costó la deserción de otro lugarteniente.

Las caballerías entraron en acción y se enfrentaron en las lomas, mientras los arcabuces seguían disparando y derribando hombres. El escuadrón de Vaca logró llegar hasta la pendiente en la que estaba emplazado Almagro. Los lealistas fueron recibidos con disparos de arcabuz que devastaron parte del escuadrón, pero los infantes de Vaca pudieron hacerse con el control de varias piezas de artillería.

La noche empezaba a extenderse. A estas alturas sólo era posible distinguir a propios y extraños por los gritos de identidad de ambas partes: «¡Chile!», vociferaban los almagristas; «¡Pachacamac!», ululaban los hombres de Vaca. Las lanzas, porras, hachas y espadas regaban de muertos y moribundos la tierra. El equilibrio se rompió cuando el escuadrón de Vaca, o lo que quedaba de él, pudo desbaratar finalmente al de Almagro, aunque a costa de buena parte de sus hombres. En un gesto bestial, Diego arremetió contra los contrarios, embistiéndolos en el centro. Mientras, muchos de sus hombres, despavoridos por el avance de Vaca y el enardecimiento descomunal de su propio jefe, huían desesperados.

A las nueve de la noche, un instinto de supervivencia aquietó la fiebre guerrera de Almagro. Acompañado de Diego Méndez y aprovechando la escasa luz nocturna, huyó hacia el Cuzco. Los hombres de Vaca —los que aún quedaban en pie— se abalanzaron sobre las tiendas de campaña de los vencidos y las saquearon.

En algún lugar del camino, en la dolorosa huida hacia el Cuzco, los secuaces de Almagro que aún quedaban con vida decidieron desviarse hacia Vilcabamba, el refugio selvático de Manco Inca. Era una apuesta menos arriesgada que el Cuzco, donde la nueva composición de fuerzas muy pronto se haría sentir. Manco había enviado señales de adhesión a los almagristas antes de la batalla de Chupas. Ahora algunos de los derrotados pasaban a ser sus huéspedes y aliados.

Almagro, en cambio, impulsado por una nueva negación de la realidad, se internó en la ciudad que juzgaba suya, dispuesto a resistir. Creía que su ejemplo sería suficiente para movilizar a los vecinos e indios del Cuzco. Pero nadie salió en su defensa y no tardó en caer en manos de su perseguidor.

Su encierro cuzqueño, en los antiguos predios de Hernando Pizarro, el verdugo de su padre, no pudo ser más irónico y cruel. Vaca —que se hizo recibir en el Cuzco con arcos triunfales cubiertos de juncias rojas— lo visitó con frecuencia, sin perder la compostura, regalándole perversas palabras de conmiseración. Se mostraba interesado en discutir con él las razones de su rebeldía, los argumentos legales, pero, sobre todo, le interesaban los impulsos humanos que habían arrastrado a Almagro al más grande de todos los delitos: la lesa majestad.

¿Cuántos interrogatorios más habría de soportar antes de que cayera sobre él la sanción varias veces pronunciada por el enviado del rey en vísperas de la guerra de Chupas? ¿Cuánto tiempo más antes de seguir la suerte de su propio padre? A sus veinticuatro tempestuosos años, el hijo mestizo del mítico adelantado no esperaría de brazos cruzados el destino que sus contrarios le tenían reservado. Una noche, encargó al único paje en el que creía posible confiar que reuniera caballos, los ensillara y los escondiera en cierto lugar, hacia el que escaparía al primer descuido de sus celadores. Juzgó mal la lealtad de su paje, o su capacidad de guardar silencio, porque, a las pocas horas, Vaca de Castro conocía al detalle el plan fugitivo de su prisionero.

Lo hizo juzgar con sumarísimo trámite. Lo declararon reo de muerte. Pero el enviado del rey tenía otros planes antes de ejecutar a Almagro. Puesto que había estado al mando del Perú durante más de un año, el condenado debía de tener escondidos grandes tesoros. No era de rigor quitarle la vida sin antes dar con el escondite de su fortuna y ponerla a salvo de la herrumbre y el olvido; de manera que el nuevo gobernador aplazó la ejecución. Pasaron algunos días, y otros más, y los tesoros se fueron difuminando en la fantasía de Vaca porque cada vez parecían más lejanos. Un tanto resignado y otro tanto enojado ante el mutismo del condenado, una mañana decidió que su paciencia había llegado al límite y ordenó que ejecutaran al reo.

Almagro, *el Mozo*, fue degollado en la misma plaza y por el mismo verdugo que decapitó a su padre. Murió con cierta dignidad: se negó a que le vendaran los ojos y miró fijamente al crucifijo. Su mediano cuerpo fue enterrado en la iglesia de La Merced. Vaca de Castro era el nuevo amo y señor del imperio.

VI

A las pocas semanas de la entrada de Vaca en la ciudad del Cuzco, Francisca recibió la noticia que esperaba. Llegó a Trujillo, donde había permanecido recluida durante el enfrentamiento entre Vaca y Almagro, la autorización del nuevo gobernador para que se trasladara a la capital. Acompañada de la insustituible Inés Muñoz y su hermano Gonzalo, la hija de Pizarro pudo cumplir el deseo por el que había rezado día y noche: podía regresar a su casa, la casa de Pizarro, donde los sirvientes de su padre estarían ahora a su disposición mientras la Corona determinase el destino de los menores de edad.

La Lima que encontraron, en ese despuntar de 1543, no había cambiado: habladurías y rumores sobre las verdaderas intenciones de Vaca, sobre lo que depararía el destino a los herederos de Pizarro y sobre las razones que habían llevado al nuevo gobernador a decretar la prohibición de fabricar confiterías, porque con ellas se hacen «los hombres ociosos y vagabundos».

Francisca, todavía una niña, estableció relaciones muy intensas con todo aquel y todo aquello que recordara al marqués. En especial, con el ama de llaves, Catalina de la Cueva, a quien dijo: «Nunca nos separaremos»; y con Francisco Hurtado, el viejo mayordomo, a quien concedió de inmediato, con un gesto de hada madrina, el don de la eternidad. No quedaban muchos objetos que pudieran recordarle a su padre, porque el saqueo almagrista había dado cuenta de ellos, pero desde el primer instante Francisca vio con una luz distinta el espacio físico, las paredes y el recinto, que volvía a ocupar después de aquella jornada siniestra.

Esos primeros días de vuelta en Lima fueron los más libres en la vida de la niña. Ya nada amenazaba a los pequeños herederos del marqués. Sólo el luto y una Inés Muñoz algo menos imponente en estos días limitaban el espacio vital de Francisca por ahora. Su rutina era curiosear, preguntar y preguntarse, y rescatar, en un ejercicio de vida interior novedoso en ella, el mundo que su padre había dejado atrás para siempre y en el que debía, a partir de ahora, encontrar un nuevo acomodo. A partir de ese instante, los escasos objetos y personas que evocaban en ella el espíritu del difunto le fueron más caros y cercanos.

Había crecido, en la imaginación de Francisca, la figura de su tío Gonzalo, de quien poco o nada había sabido en los meses anteriores, pues la lejanía aventurera del hermano Pizarro había hecho imposible las comunicaciones. En menor medida, en sus afanes por revivir a su padre, Francisca preguntaba por Hernando, que seguía purgando prisión en España.

En realidad, Gonzalo podía ser soñador y temerario, pero sabía bien lo que quería y, para reclamar sus derechos, tenía los pies bien puestos en la tierra. ¿Fue por razones de afecto y responsabilidad familiar o de sutil talante político que apenas terminada la guerra se dirigió a Lima, a casa de Francisca? Porque Gonzalo sabía bien —nadie lo ignoraba— que Vaca de Castro, con quien a partir de ahora debía entenderse, residía en el Cuzco, y que en Lima el pecho de los vecinos ardía más por el gobernador muerto que por el vivo.

En ausencia del padre, Gonzalo era el nuevo tutor de Francisca y de su hermano, de manera que no carecía de lógica que fuera a reunirse con los huérfanos y estrecharlos en sus brazos en señal de protección. Aunque sus verdaderas intenciones estuvieran puestas en otro lugar.

Francisca intimó con él casi de inmediato. Vio en cada uno de sus gestos y de sus rasgos, en su actitud algo soberbia y en su expresión una sombra de su padre ausente. Escuchó con atención y maravilla los relatos de la peripecia selvática de Gonzalo, en pos de El Dorado, y, aun si no los entendía del todo, memorizó los razonamientos políticos que su tío compartía en la sobremesa con los absortos comensales de la familia. La pequeña advirtió en él cierto fastidio por no haber podido participar en la derrota de Almagro y algún enojo por haber sido enviado al norte con excusas estratégicas.

A Francisca no le sorprendió, una mañana, ver a su tío plantado en la puerta de la casa, anunciando lo que parecía un desafío:

—Me marcho al Cuzco para hablar cara a cara con Vaca de Castro.

VII

Vaca demostró vocación por el puesto de gobernador desde el primer instante. El enviado del rey, con el encargo puntual de resolver una diferencia entre los conquistadores, se adaptó con naturalidad y enjundia a la nueva situación, y asumió sin ambages el cargo de gobernador.

Aprovechó con buenos reflejos, sin hacerse de rogar, las voluntades solícitas que lo rodearon de inmediato, especialmente de viejos conquistadores ávidos de nuevas encomiendas o temerosos de perder las que ya tenían, y curacas indígenas deseosos de ser recompensados por su lealtad a la Corona.

El nuevo reyezuelo del Perú era consciente de que todavía estaba libre el viejo enemigo de la conquista, Manco

Inca. Decidió no descuidar tampoco ese frente, aun cuando nada indicara que fuera a activarse con algún asomo de peligro. Surgió entre el inca y él, en la distancia, un comercio de gestos amables con segundas intenciones que no llegaron a constituir tratos formales aunque sí tanteos respetuosos. El inca enviaba espléndidos y abigarrados papagayos al español, que a su vez correspondía con brocados de fino acabado.

Honrando la misión evangelizadora que animaba la empresa de la Conquista, Vaca de Castro mandó erigir monasterios, solicitó más clérigos y ordenó trazar la división de los nuevos obispados: cuestiones de Estado que indicaban planes de permanencia y estabilidad. Aquellos planes, para reposar sobre fundamentos más seguros, debían responder tanto a los sentimientos de la Corona como a las realidades del Perú. Los primeros, a partir del debate sobre la legitimidad de la empresa conquistadora y el trato que se debía dar a los indios, exigían cierta moderación del rigor mostrado hasta ahora con los nativos; las segundas, realidades que Vaca experimentaba también, exigían lo mismo, pues, en un escenario tan convulsionado y fragmentado como el peruano, una población resentida era fácil instrumento de agitadores, blancos o cobrizos.

Sus primeras decisiones trataron la reglamentación del trabajo que los indios desarrollaban para los conquistadores. Emitió provisiones que limitaban la explotación humana, pero le resultó imposible impedir el abuso al que se sometía a los indios en el trabajo de las minas, donde muchos de ellos morían. Hizo llenar los tambos y graneros de provisiones, como en los tiempos incaicos, y pidió a encomenderos y caciques que poblasen los asentamientos, de modo que no se cometieran excesos constantes al obligar a los indios a hacer de bestias de carga. En la práctica, y el propio Vaca no fue una excepción, los jefes siguieron cargando bultos sobre los hombros de los indios.

De un plumazo dispuso que Nueva Castilla comenzaría quince leguas al sur del Cuzco, y que continuaría por el Callao y las Charcas. Resolvía de esta manera la vieja disputa de linderos entre las dos gobernaciones, que era ahora el conflicto potencial entre su propia gobernación y la del sur. Apenas se ocupó del comercio, excepto en lo que tocaba a la crianza de ovejas, que, por otro lado, aún eran escasas.

Para ocupar a muchos que no tenían encomiendas, el gobernador los envió a la norte, a la selva y al sur para explorar y conquistar nuevas tierras. A varios los despachó con el encargo de buscar minas, un encargo tan arduo como imperioso y necesario. Así, los más activos y ambiciosos podrían desplegar sus talentos... aunque lejos de los dominios de Vaca de Castro.

El asunto más sensible fue el de las encomiendas. El gobernador tenía la misón, fijada por la Corona, de limitar su extensión y número para evitar que los encomenderos adquiriesen excesivos poderes y el rey viera disminuir sus rentas. Pero Vaca de Castro entendía bien que su propia estabilidad pasaba por la acumulación de indios tributarios y por la distribución de otros tantos para pagar lealtades, especialmente en Arequipa. Apenas acabó de vengar la muerte de Francisco Pizarro, procedió a expoliar sus bienes: ordenó embargarlos con el argumento de que era necesario cobrar ciertos dineros para la Corona, confiscó una mina de plata en las Charcas y dirigió cartas a Panamá, donde el difunto Conquistador había dejado treinta mil pesos, para que aquel dinero fuera reembolsado. Muy consciente, por otro lado, de que Hernando Pizarro estaba entre rejas y sus propiedades abandonadas, puso las encomiendas del preso en manos de nuevos beneficiarios, a quienes envió a La Plata para defender el territorio contra los indios rebeldes.

En cambio, a Gonzalo Pizarro, el último de los hermanos con vida y libertad, no se las arrebató. Hubiera sido un paso en falso. Maquinó, más bien, que las encomiendas eran la mejor forma de lograr lo que más le interesaba respecto a Gonzalo: su alejamiento y distracción. Vaca de Castro se esmeró en presentar sus argumentos bajo las mismas consideraciones de alta política que antes había esgrimido para mantenerlo alejado en el norte. Ahora le sugirió que, en el sur, en las Charcas, donde tenía sus mejores haciendas, encontraría la serenidad que hasta ahora le había sido esquiva. Una serenidad de la que tanto podía beneficiarse la gobernación... Gonzalo podía ser de carácter tempestuoso pero no idiota: entendió que la composición de fuerzas por ahora aconsejaba la prudencia y accedió a retirarse. Los encuentros entre estos dos hombres estuvieron preñados de tensión. Una mañana, cuando se acercaba al gobernador con un gesto que la guardia presintió amenazante, Gonzalo fue rodeado por los hombres de Vaca.

—No, por favor, Gonzalo Pizarro es amigo nuestro y está de camino a las Charcas —anunció el gobernador, haciendo a la guardia una indicación para que lo dejaran pasar.

En las Charcas lo esperaban un repartimiento de cuatro mil indios que le había asignado su hermano Francisco y una renta anual de 140.000 pesos.

VIII

El regreso de Francisca a la capital estuvo marcado por la presencia de la muerte. A la de su padre, que había dado un vuelco a su protegida vida al exponerle a las peores incertidumbres y orfandades, se sumó, a las pocas semanas de su llegada a Lima, la de su hermano menor. Acababan de empezar a recibir clases con su viejo maestro, pues Inés Muñoz juzgaba que la educación de los niños era una de las grandes preocupaciones de Pizarro. También creía que recobrar una apariencia de normalidad era la mejor forma de superar el dolor. Pero la enfermedad se llevó repentinamente al pequeño Gonzalo y convirtió a Francisca en poco menos que una Pizarro superviviente.

Las consecuencias de aquella muerte prematura fueron importantes para la niña, porque pasó a ser la única heredera del Conquistador. Sólo quedaba vivo su medio hermano Francisco, el hijo de Pizarro con doña Angelina, pero éste no había sido legitimado y, por tanto, quedaba relegado en las disposiciones testamentarias. De pronto, en medio de las conflagraciones militares y políticas, la desvalida Francisca se convirtió en la mujer más rica de la Conquista y de los reinos de ultramar.

En cualquier caso, ya era heredera de una inmensa fortuna. Su padre le había dejado en dote varias encomiendas de indios, en Huaylas —la tierra de su abuela, madre de Inés Huaylas y señora del lugar—, Chimú y Conchucos. También le pertenecían los curacazgos de Lima y de Chuquitanta. Era costumbre que las encomenderas que tenían repartimientos alejados de su lugar de residencia contaran, además, con indios tributarios cerca de su hogar para disponer de mano de obra a fin de atender las huertas y el ganado.

Tres circunstancias atentaban contra la herencia de Francisca. Las tres tenían el apellido de Vaca de Castro. La codicia con la que el nuevo gobernador se abalanzó sobre los bienes de Pizarro afectaba, en primer término, a su heredera directa. Y se trataba de una heredera que, aun siendo precoz y espabilada, no estaba, a sus ocho años, en condiciones de sostener un combate de igual a igual con el nuevo poder —otra razón por la que Vaca mantenía al tío de Francisca, el impetuoso Gonzalo, alejado de sus dominios—. Y por último, la política de Vaca contra las mujeres encomenderas tampoco beneficiaba a la heredera. El gobernador afirmaba que sus decisiones emanaban de la voluntad expresa de la Corona, pero, en este terreno, siempre era difícil fijar la frontera entre las disposiciones peninsulares reales y las iniciativas particulares de los mandatarios en el Nuevo Mundo. Había iniciado acciones contra todas las herederas de encomiendas con la excusa de que eran fáciles presas de la codicia masculina y añadía que aquellas propiedades podían generar, mediante casamientos y enlaces, nuevos poderes patrimoniales ajenos al agrado de la Corona.

Esta política usurpadora afectó también a Inés Muñoz. La muerte de su esposo, el medio hermano de Pizarro, la había convertido a ella también en heredera. Era encomendera de dos repartimientos de indios cercanos a la capital, y otros en Jauja y Huánuco. Una de las primeras medidas de Vaca al tomar el poder fue despojar a Inés, con la que tan galante y protector se había mostrado en el norte, de su encomienda de Huánuco. Las otras podía perderlas de un momento a otro.

La muerte de Pizarro había desatado, pues, una forma distinta de guerra civil en torno a su legado, paralela a la que se libraba en el campo de batalla. Era la guerra de la propiedad, en forma de encomienda o mano de obra. La Corona intuía que en aquella guerra se jugaba una parte del destino de su propia autoridad en el Nuevo Mundo. Pero también sabía que los conquistadores y sus familias consideraban aquellos beneficios como un derecho adquirido que nadie, ni siquiera la sagrada autoridad real, debía amenazar. En medio de esa cruda pugna por el poder patrimonial y el control de la mano de obra de los indios, se encontraban ahora, a comienzos de 1543, una niña de ocho años y su tutora. Su destino cambiaba una vez más, en la incesante Rueda de la Fortuna: los salvadores se habían metamorfoseado en verdugos.

No todo estaba perdido. La inestabilidad política y jurídica era al mismo tiempo la desgracia y la esperanza de los nuevos dueños. Esta contradicción se confirmó al poco tiempo de tomar Vaca, henchido de poder, las riendas del Perú. En la capital, donde los excesos del Cuzco habían generado fermentos políticos, los vecinos del cabildo rechazaron las credenciales del teniente de Vaca: no querían que un forastero gobernara Lima. Era una afrenta. Uno de sus miembros viajó a Panama, expresó sus quejas ante la Audiencia y, también, dejó caer algunas maledicencias acerca de Vaca. El objetivo era, en realidad, que aquellas quejas llegaran a oídos de la Corona al otro lado del Atlántico.

Estos pequeños indicios de rebeldía despertaron en Inés Muñoz, que se los transmitió a Francisca en detalle, nuevas esperanzas. Vaca no parecía tenerlas todas consigo.

—Hay descontento, Francisca, por los excesos del gobernador —le comentó con un fulgor que la menor no veía desde hacía mucho tiempo en su semblante.

Algunas semanas después, un criado de Vaca llegó desde Panamá con noticias sorprendentes: en España se acababan de aprobar las Leyes Nuevas, que atacaban frontalmente la institución de la encomienda, y se constituía una nueva figura política, hasta ahora desconocida en el Perú mas no en otros territorios conquistados: el virrey.

—Este señor virrey que envía Su Majestad ¿es nuestro amigo o enemigo? —preguntó Francisca, con los ojos de un venado sorprendido por una luz de antorcha en la penumbra.

IX

El rey Carlos V observaba los acontecimientos con preocupación. Las disputas civiles entre los conquistadores sólo beneficiaban a sus enemigos: se trataba de facciones que se disputaban el poder y la fortuna, a costa —así lo veía la angustiada Corona— del propio rey y sus finanzas. Las encomiendas —objeto de codicia incluso para el propio enviado del monarca— habían creado núcleos de poder, parcelas de autoridad con una peligrosa inclinación a la autonomía respecto a España. Esta angustia real coincidió, para beneplácito de Su Majestad, con el intenso debate peninsular sobre el trato que se daba a los indios de ultramar. Así, los requerimientos contra el abuso de los indios otorgaron a la Corona en 1543 la excusa perfecta para llevar a cabo lo que pretendía: poner coto a tanta libertad.

A comienzos de año, siempre por intermedio del Consejo de Indias, se decidió establecer una Audiencia en Lima, con cuatro oidores, y, lo que era aún más importante, un virreinato. El virrey estaría a la cabeza de la Audiencia en calidad de presidente. La muerte de Francisco Pizarro y la sucesión de aventureros en el cargo obligaron a tomar esta decisión. Pero las cosas no quedaron así. En julio, en la resolución más audaz dictada hasta entonces por la Corona, se expidieron, con el consejo de curas y juristas, las Leyes Nuevas. Con ellas se limitaba, por fin, el poder de los encomenderos.

La Corona declaraba a los indios, paradójicamente, «hombres libres y vasallos reales». Esto significaba, en realidad, que la Corona, es decir, España, pasaba a interponerse entre los encomenderos y los indios. Al fortalecer el papel del Consejo de Indias —cuyo funcionamiento se reglamentaba a partir de ahora de modo más prolijo—, se limitaba la encomienda de varias formas: serían revisados los títulos de quienes abusaran de los indios o hubieran estado implicados en luchas civiles —¿quién no lo había estado?—, nadie tendría un exceso de tributarios —¿quién no lo tenía?—, las encomiendas pasarían a la Corona a la muerte de sus propietarios —muchos, incluido Francisco Pizarro, habían muerto—, no se darían en el futuro nuevas encomiendas —había muchos insatisfechos todavía— y las distintas Audiencias de los territorios americanos fijarían nuevos —menores— tributos para los encomenderos.

Las Leyes Nuevas disparaban un arcabuz al corazón de la encomienda. Los 480 encomenderos que tenía el viejo Tahuantinsuyo —además de los que había en otros lugares— podían ya sentirse expropiados. La mayor parte abusaba de sus derechos: no pagaban por los servicios que los indios les prestaban, vendían y revendían sus repartimientos, incumplían la exigencia de tener un cura para la evangelización de los vasallos y, en sus espaciosas casas de piedra, rodeados de sus parientes, amantes, criados y esclavos negros, concebían la encomienda como un derecho a perpetuidad, que pasaba de generación en generación.

El hombre encargado de poner en práctica estas leyes en el Perú, el primer virrey, era de buen parecer, de frente ancha y ojos claros, de rostro aguileño y espesa barba —y nulo conocimiento del pantanoso terreno—.

A comienzos de 1544, acompañado de los oidores que iban a constituir con él la Audiencia de Lima, llegó a Panamá. No hubiera sido muy distinto llegar a un pozo de cangrejos. Todo era intriga y maledicencia. Los enemigos de Vaca de Castro, descontentos porque no se habían beneficiado del nuevo reparto de encomiendas, vituperaban al gobernador y, desde Panamá, enviaban cartas e informes a la Corona acusándolo de haberse apropiado de los repartimientos de los almagristas. No tardó el virrey, Blasco Núñez de Vela, en contagiarse del animado ambiente y entender que Vaca no era un transitorio encargado de la gobernación, sino un pretendiente a la permanencia. Lo acusó, en una carta al rey, de querer apropiarse de todos los indios tributarios que Francisco Pizarro había dejado a sus herederos. Pedía también a Su Majestad que ordenara registrar la casa de Vaca en España, porque se rumoreaba que estaban allí escondidos algunos tesoros que el gobernador había enviado en secreto. Añadía, perverso, por si se trataba de una falsa alarma: «Conviene a su honra que se sepa».

Blasco Núñez de Vela —antiguo corregidor de Málaga— dio señales de que pretendía aplicar las leyes incluso desde Panamá, antes de haber puesto los pies en el Perú. Una culebra recorrió la espalda de los limeños. El cabildo capitalino, repentinamente, comenzó a apreciar insospechadas virtudes en el gobernador, y despachó a una delegación para reunirse con Vaca en el Cuzco y pedirle que defendiera los fueros de los encomenderos. Un mensaje idéntico fue enviado a Gonzalo Pizarro, a quien las nuevas disposiciones afectaban decisivamente.

La respuesta de Vaca fue de funambulista. Aceptaba defender los fueros de los encomenderos —y envió a un delegado para informar al rey de la ira desencadenada en el Perú—, pero aconsejaba esperar al virrey para no malquistarse con la Corona. Más que el virrey, lo que preocupaba a Vaca, ya familiarizado con los tornadizos temperamentos locales, era que quienes ahora lo aupaban, despues de haberlo desautorizado, volvieran a darle la espalda al menor desencuentro con el virrey. Los escandalizados vecinos de Lima enviaron mensajes a todos los rincones del territorio para alertar a los cabildos de la amenaza que se cernía sobre sus privilegios.

El virrey llegó a Tumbes en marzo, procedente de Panamá, y empezó su lenta marcha hacia el sur, por el camino de la costa, calculando que cuando llegara a Lima ya tendría consolidada su posición. Con la misma impaciencia treinteañera que había mostrado en Panamá, empezó a dictar provisiones para aplicar las controvertidas leyes, liberando a los indios del poder de los encomenderos. Sus órdenes llegaban a la capital: gobernaba a distancia y por mensajería. Como le había ocurrido a Vaca tiempo atrás, en el norte encontró el reconocimiento de los vecinos de los cabildos. Pero también resistencias a flor de piel. En Piura, desde los balcones y las ventanas, las mujeres increparon al virrey; en Trujillo le dio la bienvenida un atronador concierto de cencerros.

Empezaba a insinuarse en el territorio un triángulo de poderes en conflicto, cada uno midiendo a los otros dos a distancia. Vaca decidió bajar a la capital, por Huamanga, donde dejó oculta su artillería, y luego se encaminó a Huarochirí, no lejos de Lima, para evaluar los acontecimientos. Gonzalo Pizarro, en cambio, galopó hacia el Cuzco, donde existía un verdadero clima de rebelión contra las leyes y el virrey. La siempre dubitativa ciudad de Lima, de la que Vaca había aprendido a desconfiar, estaba y no estaba con el virrey, estaba y no estaba con Vaca, estaba y no estaba con Gonzalo Pizarro. Se oponía a las leyes pero decía reconocer al virrey; soliviantaba a Vaca con disimulo esperando de él un liderazgo que diera a la rebelión el manto de legitimidad peninsular, pero en los meses anteriores había recelado de su mando, y proclamaba su veneración por Gonzalo al tiempo que profesaba obediencia a las disposiciones reales.

El virrey y Vaca intercambiaron respetuosos mensajes de bienvenida y parabienes, pero tanta diplomacia y fraternidad no impidió que el primero pidiera al segundo dejar su cargo de gobernador en el acto. Vaca aceptó, pero ello tampoco impidió que a comienzos de mayo de 1544, tras dejar un arsenal de armas en las afueras de la ciudad, entrase a Lima escondiendo algunos arcabuces en los arzones de las sillas de montar, y que una vez en la capital siguiera repartiendo encomiendas a costa de Francisca Pizarro. Vaca no asumió cargos formales, no firmó nada contra el virrey, pero dejó que los vecinos se apoderaran de las armas que había traído del Cuzco. El gobernador destituido se acomodó en la antigua casa de Hernando Pizarro porque la de Francisco se preparaba ya para recibir al virrey.

La dudosa situación inquietaba en extremo a Francisca. De tanto en tanto, excitada y ensombrecida al mismo tiempo por las novedades contradictorias que llegaban desde el norte, desde el vecindario limeño y desde el Cuzco, y que la tenían en vilo noche y día, preguntaba:

—¿Que será de nosotros? ¿Adónde nos enviarán?

Los pensamientos de la niña, en esa intimidad sobre la cual ningún poder estaba en condiciones de legislar, no se repartían de forma equitativa entre los tres bandos en acción. Todos, o casi todos, los pensamientos, como las oraciones, estaban dirigidos a Gonzalo, que ya se había instalado en el Cuzco con bríos de mando. Ni siquiera cuando —tras cambiar algunas frases con Vaca en las afueras de la ciudad, sin apearse del caballo— el virrey entró en Lima, entre pompas y fastos, por las calles del Espíritu Santo y de Mantas, dejó Francisca de soñar con ilusión en su tío Gonzalo. Y él correspondió a esas expectativas, que no eran sólo las de su adorada sobrina sino las de medio territorio. Gonzalo Pizarro aceptó el cargo de procurador en defensa de los fueros vecinales —en realidad, de los encomenderos—, y más tarde los de capitán general y justicia mayor, entre gritos de «¡Viva el rey, mueran los ministros!». Utilizó el perfecto pretexto: la asunción de aquellos poderes eran imprescindibles para hacer frente a una eventual rebelión de Manco Inca.

Ante la llegada del virrey, muchos vecinos de Lima dejaron de vacilar y partieron al Cuzco, donde Gonzalo parecía dispuesto a tomar el liderazgo que Vaca, calculador y precavido, había evitado. El virrey Blasco Núñez de Vela, entre tanto, se instaló en la casa de Francisco Pizarro para molestia de la heredera del marqués. A pesar de tanto quebranto político, su rostro exhibió desde el primer instante esa placidez de Buda contento que sólo confiere el poder —y los treinta mil ducados del salario virreinal.

X

El virrey Blasco Núñez se hizo fuerte desde el primer día. Algunos vecinos del cabildo se esforzaron —tímidamente, a juicio de los rebeldes del Cuzco— en convencerlo de que dejara en suspenso la aplicación de los aspectos más controvertidos de las leyes. No sirvió de nada: el virrey hizo pregonar las disposiciones a todo pulmón en la plaza mayor.

El virrey desconfiaba de Vaca y no ocultaba sus recelos. Los almagristas, resucitados por el vuelco de la fortuna, se precipitaron a rodearlo de consejos y adulaciones. Pero incluso ellos se sorprendieron de la velocidad con la que el nuevo gobernante movió sus fichas. Apenas acababa de instalarse en sus dominios cuando mandó apresar a Vaca y encerrarlo en la cárcel pública para someterlo a un juicio de residencia. Las protestas, algo más bulliciosas de lo esperado, hicieron que Vaca fuera trasladado a la casa de una honrada viuda. Como aún no habían llegado a Lima los oidores de la Audiencia, el limbo jurídico daba al virrey espléndidas libertades de iniciativa y movimiento.

En el Cuzco, Gonzalo aprovechó los enredos capitalinos y ordenó que se recuperara la artillería que Vaca había escondido en la sierra central, antes de viajar a Lima. Pero el último de los Pizarro no estaba tan libre del catalejo virreinal como creía: Blasco envió a Diego Centeno, procurador de las Charcas, al Cuzco con despachos para Gonzalo: el virrey había comprendido bien que Vaca no era el único toro con el que debía lidiar.

Lima se convirtió en un escenario propio de una novela de espías. El virrey supo que un puñado de partidarios planeaban liberar a Vaca de Castro y divulgó la especie de que Gonzalo había llegado a la capital con intenciones levantiscas, lo cual le sirvió de coartada para endurecer las vigilancia. Respecto al antiguo gobernador, aprovechó la oscuridad de la noche para raptar a Vaca y trasladarlo a un barco anclado frente al puerto. Todas las embarcaciones, hasta ese momento bajo autoridad indirecta de Vaca, pasaron a manos del virrey, que ordenó desmontar velas y timones. Desde luego, también quiso proteger los dineros allí atesorados, en principio destinados al pago del quinto real a la Corona. Ahora el virrey consideraba que aquel oro era imprescindible para organizar un ejército contra Gonzalo. Blasco no se contentó con los barcos. Quería, aprovechando que Vaca estaba aislado, apoderarse de sus bienes. Tenía competencia: el administrador de los bienes del ex gobernador ya había cargado con una parte de ellos y, tras fraguar un poder para comprar y vender, se había escondido en un monasterio.

La presencia de tres poderes en conflicto suponía al menos una ventaja: la posibilidad de jugar a tres bandas, y una desventaja: que todo se enredara. En el Cuzco, un clérigo enviado por el virrey se puso en contacto con los hombres de Gonzalo para apartarlos de él y atraerlos hacia la causa real. Uno de ellos, Gaspar Rodríguez, engañó al clérigo y lo convenció para que volviera a la capital a recoger, de manos del virrey, un salvoconducto con el cual poder traicionar a Gonzalo con garantías de protección oficial. El clérigo regresó pronto al Cuzco con el salvoconducto y la carta de un espía de Vaca, que fingía ser hombre del virrey, y le contó a Gaspar detalles de la operación que tramaban en Lima para liberar al ex gobernador.

Las cosas tomaron un rocambolesco giro cuando Gonzalo se enteró de que el clérigo, rufián del virrey, repartía cartas a hombres de su entorno donde los exhortaba a darle la espalda. Mandó despojar al cura de sus prendas de vestir y, en jubón y calzas, lo despachó de vuelta a Lima. Infatigable, el cura, una vez en Lima, despachó nuevas cartas para Gaspar, que portó un indio mensajero. Los hombres de Gonzalo descubrieron al indio: en la suela de su calzado encontraron un autorización oficial para que Gaspar asesinara a Gonzalo.

Bajo tormentos insoportables, en vísperas de recibir el garrote, Gaspar confesó su triple juego. En realidad, no conspiraba con el virrey: estaba al servicio de Vaca, por lo que había tenido que llevar sus tratos mentirosos con el virrey al extremo de negociar un golpe contra Gonzalo, su jefe. Golpe que ahora le costaba la vida.

Mientras estos laberintos enredaban el forcejeo entre los tres poderes en conflicto, Vaca seguía amarrado frente al puerto, Gonzalo era fuerte en el Cuzco y el virrey imponía sus fueros en la capital con mano de hierro.

XI

Los cuatro oidores de la Audiencia llegaron por fin a Lima. No les llevó mucho tiempo darse cuenta de lo que ocurría. Sus vínculos y predisposición los acercaron, desde el primer momento, al bando de los encomenderos, que, alarmados por los aires ensoberbecidos del virrey, buscaban aliados. Calculando que los oidores tenían tanta legitimidad como el propio virrey, los vecinos les susurraban al oído toda clase de argumentos sensuales y lisonjas abrasadoras, y les hacían saber que se esperaba de ellos una conducta que frenara los desmanes del impulsivo Blasco Núñez. Los oídos de la Audiencia no estaban precisamente inmunizados contra estos cosquilleos turbadores: pronto no fue un secreto para nadie que los recién llegados juzgaban vulnerable la posición del virrey. Algunos vecinos se ofrecieron como correos entre los oidores y Gonzalo, cuya rebelión crecía como la espuma. Gonzalo hizo llegar un mensaje que decía a los magistrados que no tenía intenciones de deportarlos cuando se hiciera con el mando, a lo que los oidores respondieron con elegancias deferentes y arabescos retóricos, sin mostrar de forma explícita simpatías por su causa.

Blasco creyó que los oidores serían sus lugartenientes —el virrey presidía, después de todo, la Audiencia— y le irritaba pensar que, por ambición o desafecto, pudieran abrir grietas en su edificio político. Que estuvieran hospedados en casas de pizarristas notables hacía de ellos, a sus desconfiados ojos, gentes dignas de sospecha. La refunfuñante contrariedad del virrey era tan poco sutil como la creciente disidencia de los oidores respecto de él.

La crispación política mantenía disconforme y exaltada a la población de Lima. El virrey, en un movimiento táctico imprudente, suspendió las odiadas leyes a mediados de agosto. Lo hizo sin convicción, dejando claro que sólo el rey tenía autoridad para sobreseerlas y que, tan pronto se restableciera el orden, volverían a cobrar vigencia. No logró apaciguar a nadie. Un poco más tarde, una acción que tenía todos los visos de ser una revocatoria del auto de suspensión despertó la ira general: los vecinos se sintieron estafados y encontraron razones para desconfiar de su nuevo jefe. También consideraron que aquellas piruetas jurídicas merecían que expresaran en voz alta su enojo.

Cuando el 7 de septiembre Gonzalo se puso en movimiento desde el Cuzco, camino a Andahuaylas, en el inicio de una larga marcha de rebelión hacia la capital, el virrey entendió bien que los dados estaban echados. Las últimas ofertas de negociación habían fracasado y, aun cuando hizo un postrer intento despachando a un cura notable a Andahuaylas, ya nadie dudaba de que la guerra era inevitable, e incluso deseable.

Todos eran sospechosos en la imaginación del virrey. También el factor Illán Suárez, de cuyos sobrinos se decía, en ese nido de rumores que era la ciudad capital, que se entendían con Gonzalo. Vivían en casa de su tío, quien no podía ignorar lo que se decía de ellos. El día 12 de septiembre los parientes de Suárez partieron de Lima para dar la bienvenida a Gonzalo; el virrey tuvo entonces la oportunidad de dar un castigo ejemplar que conjurase veleidades subversivas en otros vecinos y notables. En su propia casa, que antes fue la de Francisco Pizarro y ahora servía de palacio virreinal, apuñaló a sangre fría al factor Illán Suarez y dejó que su gente lo rematara, a la vista de todos. Cuando los negros trasladaban a la iglesia su cuerpo sin vida, Lima era ya una revolución. Los oidores, sobre todo el ambicioso Vázquez de Cepeda, haciéndose eco del sentimiento general, hicieron saber que reprobaban la acción del virrey.

«¿Qué será de nosotras?», se había preguntado Francisca con un nudo en el estómago por su tío Gonzalo, cuya figura se agigantaba con los días en el alma de la joven. ¿Estaría Gonzalo en condiciones de rescatar la gloria de los Pizarro? ¿La salvaría a ella, única heredera del marqués conquistador, y restablecería una cierta idea del mundo, de las cosas como habían sido y debían ser siempre, que no acababa de morir del todo porque la nostalgia femenina y adolescente era así de apasionada y soñadora?

El virrey volvió entonces la mirada hacia Francisca, última heredera de Pizarro y pariente del sublevado. Ordenó que la llevaran junto a su medio hermano y su tutora, a bordo de un barco anclado en el puerto.

—Es por vuestro bien —les dijo—. Lima es hoy una ciudad peligrosa.

El virrey fortificó la capital con muros de barro y piedra, y colocó arcabuces y cañones en distintos lugares a la redonda. Pero sus enemigos estaban también murallas adentro.

Una mañana, Blasco sorprendió a todos: por fin había sido vencido por el sentido común. Ordenó a los oidores y a sus soldados abandonar la ciudad, junto a él, rumbo al norte.

—Allí reuniremos un vasto ejército y volveremos—explicó, delatando por primera vez su temor ante la inminente invasión de Gonzalo Pizarro.

Los oidores y los guerreros, escandalizados con la idea de abandonar sus haciendas en manos de la tropa invasora, se negaron a dejar la capital. Poco importaba que el invasor fuera el mismísimo Gonzalo Pizarro, adalid de la encomienda amenazada por las leyes y el virrey. Acaso precisamente por ello, opusieron resistencia. El virrey estaba decidido a viajar al norte, donde se sabía más respaldado. Los oidores comprendieron que era una situación desesperada. Avisaron a los capitanes de los barcos del peligro que todos corrían si el virrey lograba escapar. Venciendo a la guardia virreinal y su propio respeto a la autoridad del rey, el 18 de septiembre los capitanes apresaron a Blasco Núñez y dieron otro vuelco a la situación política.

—¿Quién manda? —preguntó con insolencia el virrey, convertido en reo.

Y lo condujeron, sin más dilación, ante el jefe de los oidores.

—¡Ah, el mozo! —dijo el depuesto virrey, respondiéndose a sí mismo. De los cuatro oidores —«un mozo, un loco, un necio y un tonto», como los había llamado—, Vázquez de Cepeda era el nuevo hombre fuerte.

—Señoría —corrigió Cepeda, reprimiendo su propia vacilación.

XII

Los oidores se vieron de la noche a la mañana en el mismo embrollo, pero agravado, que antes había sacado de quicio al virrey y, antes que al virrey, a Vaca de Castro: autoridad diluida, varios frentes abiertos y puñales en todas las esquinas. Contaban con Gonzalo, que marchaba con desquiciante lentitud hacia Lima para tomar el poder; Vaca se zangoloteaba, preso en un barco alrededor del cual se agitaban no pocas lenguas y espadas; Francisca y su medio hermano se hallaban recluidos en otra nave, en peligro de muerte o de secuestro político, y, por si fuera poco, el mismísimo virrey estaba encarcelado, mientras los parientes del factor Suárez exigían venganza.

El oidor Vázquez de Cepeda trató de disuadir a Gonzalo Pizarro y le pidió que no siguiera avanzando hacia Lima. El virrey ya no ejercía el poder y las odiadas leyes acababan de ser suspendidas. Gonzalo, sin embargo, no atendió los ruegos de Cepeda; tenía razones poderosas: sin una autoridad legítima, era él, heredero político de Francisco Pizarro, el llamado a conducir los destinos del reino conquistado. No había nada que negociar. Era su hora.

Los representantes de la Audiencia imaginaron que, como Gonzalo estaba todavía lejos de la capital, había, cuando menos, que aprovechar el tiempo y consolidar su nueva ventaja. Los oidores decidieron hacerse con las naves del puerto. Los barcos y el emplazamiento estaban todavía en manos del virrey preso, por su cuñado, que aún tenía el puerto bajo su poder. Pretendían poner a Blasco Núñez en uno de los barcos, donde estaría más resguardado de las iras ciudadanas. Pero, una vez en el puerto, los oidores se toparon con la terquedad del cuñado del virrey: no permitiría el acceso a las naves mientras el virrey siguiera preso. Volvieron a Lima con el rabo entre las piernas, pero acordaron regresar al puerto casi de inmediato, porque no encontraron solución alternativa. Allí, el cuñado del virrey, envanecido, volvió a negarles el uso de las naves, aunque accedió, tras un intenso tira y afloja, a dejar salir a Francisca y a su medio hermano del barco en que estaban recluidos. La incapacidad para resolver el enredo portuario ilustraba el vacío de poder: nadie, mejor dicho, todos mandaban.

Acudieron los oidores, por tanto, a pedir consejo a Vaca de Castro, que flotaba también en el presidio. Al fin y al cabo, él era miembro del Consejo del Rey y podría actuar con algo de legitimidad en aquel limbo gubernamental desesperante. Los oidores partieron a la capital con el virrey, y dejaron en manos de algunos vecinos la negociación con Vaca. Éste, aprovechando la oportunidad que se le presentaba, propuso al cuñado del virrey navegar juntos a la isla de Huaura, donde esperarían la decisión final de los oidores respecto a Blasco Núñez. Desde allí enviarían al rey un mensaje para ponerlo al tanto de los hechos.

En vista de que no había marineros suficientes para los seis barcos disponibles en el puerto, Vaca convenció a los demás de que quemaran tres de los navíos y partieran todos juntos hacia Huaura a bordo de los restantes. El cuñado del virrey hizo llegar a Blasco Núñez una carta en la que le daba cuenta de los pormenores de su decisión. El mensajero tenía instrucciones de dirigirse más tarde a Huaura y avisar si el reo había sido puesto en libertad o seguía preso. Debía colocar un paño negro en la punta de la espada en caso de que siguiera cautivo o un paño blanco en caso de que fuera hombre libre.

Enterados los oidores de que habían quemado tres naves, montaron en cólera y mandaron hacer unas barquitas con los restos.

—Síganlos, no tienen vituallas y no queremos que perezcan…—ordenó, con ternura, el oidor Vázquez de Cepeda.

Vázquez de Cepeda ordenó de inmediato la persecución y exigió que no los mataran. Los vecinos partieron de inmediato. Interceptado el mensaje enviado al virrey por su cuñado, tramaron la captura del fugitivo. Cuando llegaron a Huaura, uno de ellos desenvainó la espada y colocó un paño blanco en la punta. Vaca, el cuñado del virrey y sus hombres se precipitaron a tierra, donde fueron arrestados. Los vecinos saquearon las pertenencias de Vaca y compañía con prolijidad y buen humor, celebrando su propia astucia.

En la capital, el temor se iba apoderando de los oidores. Optaron por enviar al virrey a la isla de Lobos, frente al puerto, en una balsilla de anea, lo que ofendió y puso los pelos de punta al regio navegante. Más aun que su propia cautividad. Unos días después, acelerado el proceso judicial, se determinó enviar al virrey a España. Cuanto más lejos estuviera, mejor para todos. Dada la precariedad de la flota, había que hacer antes un desvío hacia Huaura para recuperar los navíos. El encuentro del virrey y el antiguo gobernador del imperio conquistado parecía el de dos pordioseros. Tuvieron que comer sin platos, sentados en suelo, haciendo esfuerzos intensos por contener la humillación delante de soldados y marineros.

—Te respondí con la misma moneda —dijo Blasco a Vaca para justificarse. El silencio gimió.

A comienzos de octubre, una nave partió con el virrey depuesto rumbo al norte con la idea de que siguiera camino hasta España, con escala en Panamá, como lo habían dispuesto los aterrorizados oidores. A Vaca, mientras tanto, lo enviaron de vuelta a la capital, donde debía procederse al juicio de residencia. El licenciado que acompañaba al virrey, súbitamente consciente de lo que podía ocurrirle si llegaba a España con tamaño preso, decidió poner a Blasco en libertad. Éste, ni corto ni perezoso, se dirigió al norte del Perú, dispuesto a cumplir su viejo objetivo de reunir allí un poderoso ejército. Pretendía enfrentarse a Gonzalo, a quien consideraba el verdadero enemigo y caudillo de la gran rebelión de los encomenderos.

Los oidores, ajenos a estas circunstancias, temían ahora la cercanía de Gonzalo Pizarro, que bajaba, imperturbable, hacia la costa. ¿A quién recurrir? A Vaca, por supuesto, antes valioso consejero que insoportable prisionero. Pero Vaca, escurridiza anguila, dice que sí y dice que no cuando se le consulta si debe reconocerse la autoridad de Gonzalo. Es un endemoniado cultivador de la ambigüedad defensiva. La autoridad de Gonzalo, en cualquier caso, ya está en el espíritu de muchos vecinos, le entra por los poros a media ciudad.

Y a ningún espíritu impregna tanto como al de Francisca, que paladea con deleite cada noticia sobre la gallarda aproximación de su tío, la paulatina disolución de las resistencias capitalinas contra él, el temblor de piernas de los oidores y las conjeturas que, en todas las esquinas, se tejen y destejen acerca de lo que será el regreso de un Pizarro al poder. Piensa como una adulta, siente como una niña, vislumbra como un poeta. Y se deja querer, después de tanta horfandad; se deja arropar, después de tanto frío.

Se multiplican con los días las atenciones a su persona; todo adquiere un aspecto irreal después de su largo ostracismo político, primero en el norte y después, tras un breve intervalo, en el puerto de la capital. Vuelve a ser la heredera de la gloria, diluyéndose en una bruma de recuerdos confusos su reciente condición de apestada. Ahora le brindan calidez los que sospechan que pronto será otra vez consentida del poder. El contador del cabildo, expresando lo que muchos piensan, dice de ella que es «una doncella crecida y hermosa y rica» y que «no es cosa decente» tenerla «entre marineros y soldados».

No pocos, entre los vecinos que ahora protegen su prematura adolescencia de casi diez años (y ven en ella, también, a la doncella rica y apetecible), fueron leales a su padre. El renacimiento político de la antigua facción pizarrista, la confianza con la que ahora caminan por la calle y el acento firme con el que se expresan, reconfortan a Francisca y devuelven, a sus ojos, sentido a las cosas del mundo. Al igual que la imagen, dibujada en su mente, del tío cabalgando hacia ella, la resurrección de los pizarristas le transmite la sensación de que Francisco Pizarro aún respira. ¡Qué rápidamente parecen hacerse y deshacerse las fortunas individuales! Pocos días antes, Hernando Pizarro escribió a Gonzalo, desde la cárcel de la Mota, en Extremadura, palabras de conmiseración por el destino azaroso e incierto que les toca vivir a sus sobrinos.

«No quiero ni hablar de ellos», decía tristemente, en una carta con aliento a derrota. «El mejor librado ha sido Juan», afirmaba en otra, rememorando al hermano muerto en el combate contra Manco. Juan, al menos, no vivió para acabar preso como el propio Hernando, ni destronado y traicionado, como Francisco, ni empeñado, como Gonzalo, en hacer reverdecer la gloria marchita de los Pizarro.

Gonzalo rechazó finalmente todas las ofertas de la suplicante capital. No lo convencen ni con el ofrecimiento de entregarle Nueva Toledo a cambio de que los oidores se queden con Nueva Castilla, ni con el argumento de que, suspendidas las leyes y expulsado el virrey, ya no hay nada que legitime la insurrección. Tampoco se arredra ante lo que pueda decidirse al otro lado del océano, porque desde allí se ha intentado arrebatar a los conquistadores sus fueros y privilegios. Gonzalo sabe bien que, por ahora, pisa terreno firme. El cabildo de Huamanga ya lo llama «señoría»; en Pariacaca, donde le dan la bienvenida algunos miembros del cabildo de Lima enviados a negociar con él y que repentinamente se ponen a su servicio, recibe prolijos informes sobre el aislamiento de los oidores y la expectación de los ciudadanos.

Cuando llega a Pachacamac, y lo golpea por fin el salitre del Pacífico, ya sabe que medio cabildo de Lima está con él y que los melindrosos espíritus que no lo están todavía apenas sienten valor para expresar sus reticencias. Los oidores ya no cuentan con más de cincuenta hombres armados, y Gonzalo tiene mil; entre ellos, el temible Francisco de Carvajal, que le ha dicho a lo largo del camino, cada vez que desde la capital intentaban disuadirlo:

—Las cosas de grande aliento no se logran sin grandes riesgos.

En Pachacamac, Gonzalo hace correr el rumor de que saqueará Lima. El oidor Vázquez de Cepeda, temeroso y cobarde, invita a Carvajal y le pide que venga a la capital para negociar una solución definitiva. Carvajal accede y, correspondiendo como un caballero a la hospitalidad, ahorca a tres limeños la misma noche de su llegada. Nadie duda de dónde está el poder. En un intento

153

desesperado, el oidor Vázquez de Cepeda visita a Gonzalo en su tienda de campaña. A su regreso a Lima, las autoridades capitalinas, a las que se suman los delegados de las demás ciudades, acceden por escrito a ungir a Gonzalo Pizarro gobernador y capitán general de todo el territorio, pero dejan el nombramiento —prevención prudente— sujeto a la decisión definitiva del rey.

—Juro —la voz del disidente vecino Ortiz de Zárate enturbió la escena— que firmo esta provisión de miedo.

El 28 de octubre, Francisca pudo emocionarse sin rubor cuando vio entrar a su tío en traje de terciopelo negro, con oro y plumas, para tomar posesión de su imperio. Creyó ver entrar a su padre. Precedían a Gonzalo las compañías de arcabuceros y piqueros, veinte piezas de artillería y el estandarte de Castilla. Las calles estaban adornadas con toldos y tapices. En el palacio, la antigua casa de su hermano, lo esperaban ochenta alabarderos.

Nada desafiaba el poder de Gonzalo, el heredero político de Francisco Pizarro, al cerrarse el abracadabrante año de 1544. Vaca flotaba otra vez a bordo de un barco que era también su cárcel. El virrey huía hacia el norte con sueños de recuperar el gobierno, que nadie más parecía compartir. Y hasta la selva se había acomodado a las conveniencias de Gonzalo: Manco y los almagristas asesinos de Pizarro refugiados con él se mataban en la maraña imposible de Vilcabamba.

XIII

Gonzalo asumió sus funciones de tutor de Francisca con el mismo temple con el que tomó las riendas de la gobernación. Dispuso que su crianza continuara entre los más notables y siguiera recibiendo instrucción en las diversas disciplinas. Convenía que la niña desarrollara las altas sensibilidades que correspondían a su alcurnia —y que los hermanos Pizarro no habían conocido—. Comprobó con orgullo que, a pesar de tantos avatares, su sobrina había hecho grandes progresos, porque sabía leer y escribir, y dominaba los enredos de la música, lo cual era muy apropiado en una señorita de su condición. La pubertad había hecho florecer en ella unas cualidades interiores y exteriores que permitían ya, en efecto, llamarla doncella. Una doncella de piel tenuemente cobriza y rasgos mixtos que la hacían interesante. Demasiado interesante, juzgaba su tío: como si su herencia no fuera ya peligroso atractivo.

Entre los objetivos prioritarios del nuevo mandatario destacaba la necesidad de restituir al seno de la familia lo que Vaca había expropiado. Pero no se trataba únicamente de recuperar encomiendas y repartimientos, sino de apropiarse, en perfecta reciprocidad, de todos los tesoros que Vaca hubiera podido amasar durante su voraz gobierno. A pesar de los mensajes conciliadores que el preso le hizo llegar desde su cautiverio marino, Gonzalo no se distrajo de su propósito. Pero, por desgracia, ni siquiera los tormentos que aplicó a los criados de Vaca pudieron revelarle el escondite de los tesoros.

La razón era sencilla: no había escondite alguno. Buena parte de aquel tesoro estaba en manos del propio Vaca. Sus amigos habían conseguido proteger su patrimonio gracias al silencio pagado de marineros y capitanes. Cuando menos lo esperaba Gonzalo, confiado en su propia autoridad y sin percatarse de que aún tenía enemigos en la ciudad y en el puerto, Vaca pudo escapar a bordo de su nave. Era el mismo barco en el que Gonzalo pretendía despachar una delegación para explicar al rey las razones de su enfrentamiento con el virrey. Cuando supo que Vaca se le había adelantado y tenía intenciones de llegar a España para difundir una versión distinta de la que convenía a sus propósitos, el nuevo jefe del Perú mandó aprehender a todos los colaboradores o allegados del antiguo gobernador. En seguida ordenó perseguir al fugitivo. Pero no había naves disponibles. Debieron improvisar dos barcos, construidos a partir de las precarias embarcaciones de los pescadores y reconstruyendo algunos desechos de las naves quemadas. Una semana después de la fuga de Vaca, uno de sus hombres partió al mando de la risible flota para cumplir el encargo. Éstas eran las órdenes: Vaca no debía llegar a España antes que la delegación de Gonzalo.

El virrey supo que Vaca había logrado escabullirse y le hizo llegar desde Tumbes, en el norte peruano, un mensaje de amnesia y felicitación. Vaca alcanzó la costa de Panamá y esparció toda clase de alarmas con respecto a las intenciones de Gonzalo. Dijo que Gonzalo tenía previsto marchar también sobre ese territorio, desafiando al mismísimo rey. Después, partió dando zancadas de avestruz hacia el otro lado del istmo, conocido como Nombre de Dios, donde tomó un barco rumbo a España.

El enviado de Gonzalo con el encargo de atrapar al fugitivo llegó a Panamá demasiado tarde, pero los delegados despachados a España se las arreglaron para embarcarse rumbo a Europa. Ya no habría dos sino tres versiones de lo ocurrido, porque también el virrey se había encargado de enviar un mensajero leal: su propio cuñado. La carta de Gonzalo afirmaba que el virrey había intentado ejecutar las Leyes Nuevas con excesivo rigor y que tal imprudencia había generado encono entre los encomenderos. Éstos, continuaba su relato, habían considerado que él debía ser quien ordenara el territorio y ahora gobernaba con la aquiescencia de los oidores. Se decía dispuesto a ser un fiel vasallo a la cabeza de la gobernación «hasta que Su Majestad disponga lo que crea conveniente».

En la capital, Gonzalo formaba su consejo asesor, compuesto por hombres de leyes y de guerra. Había realizado las gestiones oportunas para asegurarse de que los oidores de la Audiencia —la única fuente alternativa de legitimidad en Lima— se estuvieran quietos. Por lo pronto, dos de ellos iban rumbo a España con el encargo de presentar explicaciones al rey. Su ausencia dejaba sin quórum a la Audiencia, de manera que ésta no podía reunirse ni tomar decisiones. Al más ambicioso, Vázquez de Cepeda, lo incorporó a su consejo. Tanto Vázquez de Cepeda como Ortiz de Zárate habían suscrito, en privado, un acta de protesta para salvar su responsabilidad en la rebelión de Gonzalo Pizarro.

Francisca, atenta a todo lo que hacía Gonzalo, había recuperado esa porción de su amor propio que los reveses le habían robado. No perdía ocasión de estar con su tío y de hablar de su tío, como si en ese acto de afirmación familiar desagraviara a su padre y se desagraviara ella también. Había recuperado libertades, comodidades y una dignidad que los demás reconocían con gestos corteses y zalameros. Con el tiempo adquiría conciencia de sus derechos hereditarios y del patrimonio que le correspondía y que la rapacidad de sus enemigos había cercenado. La unía a Gonzalo la carnalidad del parentesco y del ausente común, que en ambos seguía tan presente; también, cada vez más, una genuina admiración personal y un instinto mutuamente protector. La experiencia les había enseñado que los Pizarro tenían muchos enemigos y arrastraban una condena: tal vez era el precio de haber hecho Historia. Ahora que tenían el poder de nuevo debían permanecer unidos como una roca. Su tío, apasionado por naturaleza y joven, sentía inclinación natural hacia ella, porque veía en Francisca la prolongación natural de su hermano. Pero, además, la sangre mestiza añadía legitimidad a la familia Pizarro ante el pueblo que debía gobernar.

Esa legitimidad, con la que ningún Vaca de Castro y ningún Blasco Núñez podían rivalizar, afirmaba su autoridad sobre la tierra conquistada. Ya no eran los extranjeros que habían ganado el dominio de estos territorios remotos para la Corona española: ahora eran hijos de esa misma tierra. Y Francisca guardaba una raíz ancestral que hacía legítimos a los Pizarro en el Perú por encima de los advenedizos y oportunistas de última hora. A medida que Gonzalo y Francisca exploraban su creciente afinidad, se sellaba también el pacto entre los nacidos allí y los llegados de fuera. En el subconsciente de los nuevos gobernantes, ese pacto era su mejor defensa frente a las hostilidades peninsulares. Un pacto, desde luego, que los indios no firmaban a voluntad y que muchos de ellos, acostumbrados a mudar de sometimiento de tanto en tanto, veían con indiferencia o resignación.

En octubre de 1545, Gonzalo, Francisca y el resto de la familia vieron coronados sus esfuerzos en defensa de su patrimonio, aunque tardaron en enterarse. Al otro lado del océano, una Corona derrotada por la magnitud de la rebelión y los hechos consumados, revocó varias disposiciones de las Leyes Nuevas; en especial, se modificaba el capítulo 30, que afectaba a los derechos de los encomenderos. Cuatro meses después, quedó sin efecto el mandato que privaba de sus feudos a los conquistadores comprometidos en las guerras civiles entre pizarristas y almagristas.

La rebelión, ahora sí, había triunfado.

En torno a Gonzalo Pizarro se iba concentrando un fervor místico. Su causa había sacudido los cimientos de España como ningún otro acontecimiento desde el inicio de la Conquista. La noticia, que había viajado de labio en labio de un confín a otro de las Américas, tenía un potencial efecto corrosivo para el poder de la Corona en todos los reinos conquistados. Gonzalo no albergaba pretensiones más allá de su territorio, pero él y sus secuaces habían llegado a convencerse a sí mismos de la justicia de su lucha hasta tal punto que le atribuían connotaciones universales. Esa causa no habría provocado tantos temblores de tierra en el Imperio de Carlos V si hubiera quedado reducida al derecho hereditario reclamado por el hermano de Francisco Pizarro. Pero al extenderse a la invocación de unos fueros que contrariaban las ambiciones absolutistas de la monarquía —camufladas bajo la solidaridad con el indio oprimido—, representaban una tronera a través de la cual apuntaban los espíritus autonomistas contra el edificio del imperio.

Para justificar el derecho hereditario, Gonzalo se amparaba en la decisión de Francisco Pizarro, debidamente registrada en su día, que lo nombraba gobernador en caso de que el hijo varón del marqués muriese antes que él. Puesto que eso era precisamente lo que había ocurrido, el hermano de Francisco Pizarro era el legítimo heredero político. La sucesión decretada por Pizarro no había sido caprichosa, pues la Corona le había otorgado provisiones para que pudiera nombrar a un sucesor. Pero las últimas disposiciones de Francisco ratificando a Gonzalo se habían perdido en la guerra civil entre pizarristas y almagristas. Además, el continuo tira y afloja entre la Península y los conquistadores había añadido complejidad a la sucesión, pues la Corona había decretado que el escogido por Pizarro quedaría sujeto a confirmación del rey. Todo fue confusión cuando la Corona otorgó a Vaca de Castro provisiones para hacerse gobernador a fin de pacificar a pizarristas y almagristas, y, más tarde, con Vaca todavía en el poder, cuando enviaron a un virrey.

Gonzalo Pizarro siempre sintió que él era el legítimo sucesor. Para él, tanto Vaca como Blasco eran unos advenedizos de última hora que pretendían cosechar la siembra original de los Pizarro. Por eso se había quejado ante el rey de que «en algunas cosas Su Majestad se olvide de la palabra real que dio a los conquistadores en las capitulaciones que hizo con el marqués mi hermano» y le había reprochado que se hubiera perjudicado a los encomenderos como si fueran «criminales».

Las cosas se complicaron mucho para la Corona cuando las reclamaciones de Gonzalo se mezclaron con la defensa del principio de propiedad y de una incipiente noción de autogobierno. Estas pretensiones, desde luego, contrariaban los intentos confiscatorios e intervencionistas españoles, que ahora pretendía imponer sus reglas mediante agentes designados por el rey. A ojos de los españoles de América, aquello significaba pasar por encima de quienes se habían ganado el derecho a ser propietarios y organizar el poder en el viejo Tahuantinsuyo. Así surgía una amenaza frontal al poder de la Corona y una rebelión frente al conjunto de supuestos en los que descansaba el poder real sobre los súbditos, incluso en la Península. Era pura subversión, cuyo ejemplo podía cundir en los muchos territorios que a ambos lados del Atlántico formaban el imperio de Carlos V.

Alrededor de Gonzalo se había formado un brillante grupo de letrados, el estado mayor civil, que revestía de argumentos históricos, políticos, legales y religiosos su empresa rebelde y aportaba a la insurrección un cuerpo ideológico imponente. Se comparaban con los «hidalgos de Castilla» alzados en reivindicación de sus libertades, evocaban los fueros castellanos y los levantamientos de las comunidades, citaban los códigos justinianos y blandían el derecho natural escolástico.

Como Aquino, creían que la ley pierde fuerza cuando agrede el bien común. Juzgaban los derechos naturales superiores a la ley positiva y, por tanto, sus derechos justificaban la desobediencia al rey. Desde luego, no reconocían semejantes derechos en los indios, que constituían la mano de obra de las encomiendas cuya propiedad defendían con ardor. En su visión del mundo, el poder de la Corona debía limitarse a las disposiciones que los súbditos consintieran. En este caso, las leyes del rey sólo deberían cumplirse en tanto los encomenderos las acataran.

Muchas de las cartas que enviaba Gonzalo al rey eran redactadas por el ideólogo principal de su rebelión: el licenciado García de León. En ellas, el nuevo gobernador nunca se enfrentaba a la figura del propio monarca: defendía su causa en contra de las disposiciones reales y hacía invocaciones para que el rey entendiera sus razones. «Consideraremos justo el que nos quiten las haciendas, nos priven de la vida y opriman nuestra libertad», le decía en una de ellas, «si antes nos escuchan; pero sabemos que, una vez que Su Majestad escuche y entienda nuestros reclamos, hará lo justo».

El manifiesto de la rebelión era la *Representación de Huamanga*, redactado por el mismo García de León. En él se criticaba la ausencia de consentimiento popular en la promulgación de las Leyes Nuevas, lo que cuestionaba en cierta forma la esencia del absolutismo monárquico. Esta misma idea —que las leyes del poder político debían reposar en el consentimiento de los gobernados— impregnaba otra de las cartas que Gonzalo envió al rey: «Es justo que Su Majestad tenga en la memoria que los que tan gran reino ganaron, y con tanta fidelidad y lealtad lo han sustentado, merecen ser llamados y escuchados cuando se hacen leyes contra ellos». Los insurrectos se alzaban contra las disposiciones del rey sin alzarse contra su persona o contra la institución de la Corona. El argumento era de una sutileza endemoniada, propia de la época, pero que espantaba al destinatario. En la *Representación de Huamanga* se afirmaba: «... Estando previsto por la ley real que cuando Su Majestad decrete alguna cosa en perjuicio de alguien, que se suspenda su ejecución hasta hacérselo saber, cosa que ha obedecido y no cumplido». Con súbditos así, pensaría el rey, quién quiere rivales ingleses o franceses...

Todas estas consideraciones jurídicas, éticas o ideológicas alimentaban también la pasión de Francisca por la empresa de su tío. Aprendía estas argumentaciones y las hacía suyas en conversación familiar o en su trato cotidiano con el mundo exterior, aunque con fórmulas más sencillas y atractivas. Porque, para ella, la justicia era el sinónimo de su padre Francisco, causa que hoy encarnaba su tío y que ella había convertido en religión.

También Hernando Pizarro había vuelto a la vida con los éxitos de Gonzalo. Aun preso, su injerencia en los acontecimientos del lejano Perú no había sido modesta.

Aprovechando algunas libertades que atenuaban el rigor de su cautiverio, había logrado infiltrar en la flota del virrey a un mensajero con cartas conspirativas destinadas a Gonzalo y los encomenderos disconformes con las Leyes Nuevas. Había otorgado poderes a este emisario para cobrar dineros suyos en Panamá. Había dado instrucciones a los administradores de sus haciendas en el Perú. Con el pretexto de una vieja deuda, había hecho llegar a su hermano dinero muy necesario. Pero sus consejos políticos no habían sido menos precisos: en las cartas secretas que había hecho llegar, con insolencia, a bordo de la flota del mismísimo virrey, animaba a Gonzalo a no ceder ante Blasco y a no negociar un acuerdo con él.

Estas inteligencias subversivas no habían pasado inadvertidas para la Corona, de modo que el éxito de la rebelión de Gonzalo empeoró la situación de Hernando, cuya prisión se seguiría dilatando por tiempo indefinido. Aun así, el triunfo de su hermano tenía para el presidiario un doble valor vindicativo. El más importante: permitía la perpetuación de su patrimonio, anhelo que movía a Hernando por encima de cualquier otro. En segundo lugar, desagraviaba a su apellido, ofendido por el hijo de Almagro y la posterior usurpación de Vaca de Castro, con sus apetitos sobre las encomiendas y las granjerías de las familias dominantes, empezando por la de los Pizarro, a quienes había juzgado demasiado débiles para protegerse y oponerle resistencia. A ojos de Hernando, la insurrección de Gonzalo devolvía las cosas a su justo lugar —y preservaba sus sacrosantos dineros.

A trompicones, con graves ausencias, distancias geográficas considerables y privaciones, la familia lograba ahora, a estas alturas, reconstituirse como tal y resucitar su imperio sobre los territorios conquistados.

Francisca rezaba por la pronta liberación de Hernando, su otro tío, también crecido a míticas proporciones en su protectora imaginación, que sostenía a pesar de limitaciones terrenales el trascendental legado de su padre.

XIV

Nada perturbaba el poder de Gonzalo Pizarro: apenas el rumor de que el virrey había reconstituido un modesto ejército en el norte. Un ejército que esta vez, a diferencia del que Vaca había reclutado en su día para castigar a Almagro o del que el propio virrey había reunido para marchar a la capital y desplazar a un ensoberbecido Vaca, no contaba con el respaldo de los pizarristas. Ahora éstos veían en Blasco Núñez a un advenedizo y usurpador que pretendía despojar a los lugareños de sus legítimas conquistas y haciendas. Esta vez, por tanto, el ejército del norte era bastante menos temible.

Algunas disidencias esporádicas contra Gonzalo se vistieron de mujer. Doña María Calderón organizó en Arequipa, en reclamo de paz y en defensa de la Corona, a un grupo de agitadoras que llamaron la atención del rebelde. Francisco de Carbajal, el implacable jefe militar de Gonzalo, las encarceló y las arrastró al Cuzco, donde las encerró en casas privadas para tenerlas vigiladas. Desde su prisión, volvieron a la carga, en especial doña María, que llamó «sangriento tirano» a Gonzalo. La actitud de esta mujer despertó emulaciones y el gobernador, temiendo que cundiera el ejemplo, mandó a Carbajal a poner orden en el gineceo de una vez por todas. Carbajal ordenó a los vigilantes negros que la estrangularan y la colgaran en la ventana para que todos la vieran.

—Si este remedio no la hace callar, ya no sé lo que haré —filosofó no sin cierta melancolía.

También en la capital surgieron algunos brotes de reacción femenina. Inés Bravo ayudó a escapar a su esposo y algunos amigos, animándolos a unirse al virrey en el norte. Gonzalo respetó su casa, desde donde ella siguió disparando cañonazos verbales. La antigua criada de la mujer de Carbajal, ya emancipada de su patrón y casada, convirtió su hogar en un santuario de los legitimistas. Un día se le apareció Carbajal, que todo lo sabía. Crecida, ella le entregó un cuchillo para que la matara y matara también a los demás. Carbajal, que tenía instrucciones de Gonzalo de no provocar más reacciones de las necesarias, se dio media vuelta:

—Déjame solo, mujer, y vete con el diablo.

Estas turbulencias no hacían perder del todo el sueño a Gonzalo y sus secuaces. Desde mucho tiempo atrás se sentían invencibles. Los movía una audacia nacida del poder de la espada. En una ocasión, en el Cuzco, Carbajal organizó un banquete para sus capitanes. Tras la cena, todos se desplomaron, derrotados por el alcohol. Entró Catalina, la amante de Carbajal, y vio al estado mayor de Gonzalo desparramado por el suelo.

—¡Pobre Perú! —exclamó—. ¡Mira qué aspecto tienen sus gobernantes!

—¡Calla, vieja! —respondió Carbajal—. ¡Y déjalos dormir un par de horas, que cualquiera de ellos puede gobernar solo la mitad del mundo!

Mientras tanto, el virrey, convertido en un tábano en el lomo de la bestia, no cejaba en su campaña por reunir a los legitimistas. Las noticias llegaban ahora con más frecuencia que en los días inmediatamente posteriores a su fuga y con suficiente fundamento como para que

Gonzalo decidiera tomar medidas. Como marchar frontalmente contra el vicario del rey era cosa seria, auque ese virrey estaba disminuido a la condición de ave algo huérfana de plumas, pensó que debía escudarse en la legitimidad de los oidores. Los miembros de la Audiencia ahora eran poco menos que sus rehenes y quiso utilizarlos para dar un barniz de legalidad a su empeño. Los rebeldes obtuvieron de los oidores provisiones reales que autorizaban a Gonzalo a castigar al virrey por el hecho de haberse levantado con su soldadesca, en lugar de haber cumplido con el encargo de ir a España a explicar a la Corona la oposición popular contra las Leyes Nuevas.

Aquella autorización era todo lo que Carbajal y los capitanes militares de Gonzalo necesitaban para acometer la tarea. Con un ejército imponente, frente al cual muchos partidarios de la Corona no osaban enfrentarse porque lo dirigía el fantasma de Pizarro, los nuevos amos del Perú se movilizaron en Piura y Trujillo, y avanzaron hacia el Ecuador, más allá de Quito, donde masacraron a las huestes del virrey. La victoria de Añaquito, en enero de 1546, fue seguida de un acto de bestialidad que era a la vez una venganza y un pronunciamiento: decapitado el virrey, su cabeza fue exhibida como un trofeo de guerra. Con ello, Gonzalo castigaba la osadía de Blasco Núñez, que había secuestrado a su hijo antes de la batalla —tras ella, había recuperado su libertad— y avisaba con perfectos modales a sus nuevos súbditos de que ninguna majestad, ni siquiera la de la Corona española, estaba por encima de su espada.

Como era costumbre, y como habían hecho todos los vencedores a lo largo de los últimos tiempos, se preparó una probanza o documento que justificara aquellas acciones. El argumento más solvente se refería al hecho de que el virrey había malversado fondos e iniciado hostilidades contra el poder constituido y legítimo. Pero ni Gonzalo ni sus secuaces ignoraban que una acción de tanta envergadura debía ser explicada con detalle a la Corona. Convenía guardar apariencias y evitar malas interpretaciones que pudieran generar, en España, una corriente de opinión general en contra sus propósitos. No todos estaban de acuerdo en enviar procuradores a España para justificar las acciones. Carbajal, fiel a su talante, al ser consultado por Gonzalo sobre la conveniencia de enviarlos, respondió:

—Los mejores son muchos arcabuces, muchas armas y muchos caballos; el vasallo nunca debe tomar las armas contra su rey, pero, una vez tomadas, no debe dejarlas nunca.

Sugirió, por fin, que se apresara a los oidores —es decir, que pasaran de ser prisioneros de situación a prisioneros de cárcel—. La idea era enviarlos a España, custodiados por celadores, a dar las explicaciones del caso. Cuanto más lejos flotara ese bulto en el océano, mejor para los rebeldes. El temperamento de Carbajal no era excepcional. Los hombres de Gonzalo, que en tan poco tiempo habían amasado tanta gloria, no tenían muchos frenos interiores. Los consejeros y paniaguados se acercaban al nuevo jefe del Perú con palabras melifluas que adormecían su tímpano. Hasta el oidor Vázquez de Cepeda lo adulaba dándole a leer pasajes de la historia latina, en particular aquellos relacionados con Escipión el Africano o Pompeyo el Grande; este último célebre por haber salido de su retiro, como el propio Gonzalo, para hacerse con el gobierno.

Su cabeza podía estar volando entre silbidos de pajarito, pero Gonzalo mantenía al menos un pie rozando la tierra. Una carta del rey, la única directa, escrita en tono muy seco y circunspecto, le hizo intuir en febrero que no debía descuidar ni por un instante el frente metropolitano. Mandó reunir una convención de delegados de todos los cabildos para escoger procuradores y enviarlos a España a pedir una amnistía para la causa rebelde, el reconocimiento de la Corona a su gobierno y la suspensión, durante dos períodos, de la Audiencia y sus oidores. Gonzalo pretendía, como lo había hecho en circunstancias distintas Hernán Cortés en México, obtener de la Corona la aceptación de los hechos consumados.

Una fórmula para comprar las indulgencias de la Corona podía ser la restitución de los quintos reales, que habían caído de forma notable, para angustia de la hiel regia desde los comienzos de las guerras civiles y la muerte de Pizarro. El propio Gonzalo había rechazado la posibilidad de hacer envíos de oro y plata a la Corona cuando el cabildo se lo había sugerido, pero algunas voces interesadas, como la del tesorero, hacían creer ahora que la Corona estaría dispuesta a reconocer al gobierno rebelde a cambio de recibir los quintos reales. A nadie se le ocultaba que aquellos dineros se necesitaban con urgencia para sufragar los enormes gastos de sus campañas europeas. Esta sibilina sugerencia confirmó a Gonzalo en su seguridad de salir airoso ante el poder real. Confiaba que los procuradores solucionaran el conflicto y había incluido en la terna de delegados a su propio hermano Hernando, que desde la prisión del castillo de la Mota abogaría por la causa rebelde.

Pero estas consideraciones respetuosas —o temerosas— respecto a la Corona no impidieron que pronto, libre de nubarrones el horizonte, surgieran voces que aconsejaban a Gonzalo la máxima de las conquistas: pro-

clamarse rey. Carbajal fue uno de los principales instiga-
dores. Éste recordó a su jefe el ejemplo de Sancho Gar-
cés, que en 905 instauró el reino de Pamplona separan-
do a Navarra de Castilla, obligando a los soberbios
castellanos a admitir los hechos consumados. La segre-
gación de Portugal en el siglo XIV no era una fuente
menos estimulante de inspiración. Por último, *Las Parti-
das*, el conjunto de leyes aprobadas un siglo atrás por Al-
fonso el Sabio que los rebeldes habían invocado muchas
veces para legitimar sus acciones, señalaban la avenencia
de los futuros súbditos como una de las justificaciones
para la coronación de un rey.

Al principio sólo fue un rumor, como lo era todo en
aquella ciudad. Pero después se organizaron comisiones
y grupos encargados de evaluar la posibilidad: desde los
guerreros hasta los eclesiásticos, pasando por los juristas,
hubo gentes de mucha autoridad que veían la coronación de Gonzalo como una consecuencia lógica y justa
de todo lo ocurrido. Los dos centenares de extranjeros
que habían participado en la movilización pizarrista, entre quienes había desde portugueses hasta franceses,
húngaros e italianos, secundaban con avidez la idea.

La propia Francisca, por razones de sentimiento antes que de otra naturaleza, no era ajena a estas cavilaciones. No podía serlo. De un confín a otro de Lima la con-
jetura movía lenguas y conciencias, excitaba expectativas
y cálculos. La joven, a la que ya en ese momento el propio Carbajal describía en una carta a Gonzalo como
«hermosa», no era insensible a otro murmullo, que pre-
ñaba la imaginación limeña con no menos fecundidad
que la idea de hacer rey a Gonzalo: el posible casamiento con su tío. Ni él reprimía una mirada cada vez menos
paternal y más carnal cuando estaba con ella, ni ella, flo-

reciente y púber, ignoraba que en el trato de su pariente latía una forma del deseo. No era un deseo arrollador ni en bruto, sino refinado por las convenciones del parentesco y la edad de Francisca, a pesar de que no eran inamovibles entonces ni nunca, y sobre todo por las consideraciones políticas, que en él no dejaban de empapar cualquier movimiento del ánimo y la voluntad.

¿Qué consideraciones podían mover a Gonzalo, además del deseo que le inspiraba, hacia su rozagante sobrina, la mujer más rica del Perú a la huérfana edad de doce años? Desde luego, un rey no debía carecer de una consorte y el nuevo monarca afrontaría problemas de legitimidad tanto por parte del Imperio español como por parte de su hogar de adopción. ¿Qué mejor que contraer nupcias con una princesa inca para dotar a esa nueva monarquía de una raíz que nadie pudiera arrancar?

Sin el conocimiento de una parte del estado mayor político, partieron hacia Roma, y Gonzalo no hizo esfuerzos sobrehumanos por detenerlos, unos embajadores nupciales encargados de la misión más delicada hasta entonces: lograr una dispensa del Papa para que el gobernador del Perú pudiera desposarse con Francisca Pizarro, su sobrina. Si se lograba esta dispensa, el reino sería de Gonzalo: la que sería su esposa, la mestiza Francisca, nieta de Huayna Cápac, era una heredera natural del linaje monárquico de los incas. Había sido legitimada por expreso deseo de su padre ante la monarquía española, y se fundían en ella dos derechos: el español y el inca, y dos linajes incuestionables: el de los ancestrales habitantes de estas tierras y el de su primer Conquistador. Sería el perfecto reino mestizo.

Pero la dispensa papal no era lo único que se pretendía en Roma. Para proteger a Gonzalo de la reacción del emperador ante su futura coronación, no estaría de más que el Sumo Pontífice diera al nuevo gobernador una investidura inobjetable. Para ello, era necesario revocar la gracia otorgada a los reyes castellanos por las bulas alejandrinas. No faltaron juristas que invocaran el derecho canónico que siglos atrás otorgaba a los papas la potestad de poner y deponer reyes, ni frailes, especialmente los franciscanos y dominicos, que sustentaran la legitimidad celestial de esta tesis. Hasta el oidor Vázquez de Cepeda, solícito privado de Gonzalo, miraba con buenos ojos estos juegos de imaginación política.

Gonzalo fingía no dedicarse a estas tratativas. Al menos en apariencia, prefería concentrarse en los grandes asuntos de gobierno. Proveía autoridades políticas, confirmaba cargos edilicios y adjudicaba encomiendas. Exigía a los encomenderos mantener a sus expensas a personas que enseñaran a los indios la doctrina cristiana, al tiempo que les negaba el derecho a usar a los nativos como transporte de carga. Llegó incluso a prohibir que los indios trabajaran en las minas de Potosí, donde la altura y las condiciones de la actividad extractiva causaban estragos en la población.

La noticia de que se gestaba una misión a Roma aterrizó, entre cuchicheos, en el oído del escandalizado rey de España. La amistad de Carlos V con el papa Paulo III lo protegía, en principio, contra la pretensión de los rebeldes, pero el emperador desconfiaba: Gonzalo había alterado ya las leyes de la probabilidad en demasiadas ocasiones. Si las gestiones en nombre de Gonzalo se veían coronadas por el éxito, sabe Dios qué consecuencias se derivarían en el Imperio de los Austrias y el conjunto de los territorios conquistados. El precedente podría carcomer por dentro al imperio en Europa y ultramar.

El soberano despachó de inmediato, también envuelto en la más brumosa discreción, a un emisario encargado de trabar y sabotear, de todas las formas posibles, la gestión de los hombres de Gonzalo en Roma.

Francisca, mientras tanto, se dejaba abanicar por las habladurías que traía y llevaba el aire; no era ajena, aun cuando no estuviera minuciosamente al tanto de ellas, de estas furtivas gestiones, ni dejaba de prestar vivo interés a todo lo que, al respecto de sus amores castos con Gonzalo, comentaba la inflamada ciudad. Ella, a pesar de que había desarrollado, a fuerza de ser despojada de patrimonios y tesoros, y de recuperarlos al menos de forma parcial, unos instintos muy apegados a la tierra, habitaba por esos días el mundo de las nubes. Había perdido el sentido de la gravedad, transportada hacia reinos nefelíbatas, donde las cosas perdían sus ángulos más ásperos y afilados, y donde todo cobraba una cualidad tersa y fina, sobre la que se deslizaban, sin fricciones, la imaginación y el deseo. ¿Llegaría Francisca a ser reina? ¿Lograría, con su anfibia condición, fundir al viejo y el nuevo mundo en un linaje original del que descendieran los soberanos del futuro en la tierra de sus ancestros, que su padre había conquistado para Dios? ¿Sería la última de las incas y la primera de las reinas occidentales de América, junto a su trepidante tío?

En la desmesura de Gonzalo siempre había un poso de prudencia. Era una virtud improbable en tan alado soñador, pero que siempre acudía a su espíritu en ocasiones decisivas. Esa prudencia le había desaconsejado enfrentarse a Vaca cuando éste lo apartó de su lado antes y después de vencer a Almagro, *el Mozo*; más tarde le había permitido calcular el avance de su marcha a Lima y, en contra de sus termocéfalos asesores, lo había impulsado a presentar la justificación de sus actos ante la Corona. Ahora frenó sus arrestos cuando todos esperaban que diera el paso. Gonzalo coqueteó, deliró con los sueños de esplendor y grandeza —llegó a acuñar monedas con sus iniciales—, pero dilató la decisión final como si prefiriese que unas fuerzas invisibles actuaran sobre los acontecimientos y lo arrastraran, sin esfuerzo por su parte, hacia su íntima ambición: megalomanía atemperada por el olfato.

Las tentaciones carnales y las consideraciones de Estado no alteraban las realidades generacionales, de manera que, en lo que tocaba a ciertas convenciones, Gonzalo era el tío y Francisca, la sobrina. A comienzos de 1547 el gobernador envió a Francisca al Cuzco en compañía de su propia hija, Inés, para que ambas recibieran allí la confirmación. Como ocurría de manera invariable, los que entraban en contacto con Francisca la rodeaban de atenciones y la encontraban llena de «gracia» y «buena moza», impresión que no tardaban en hacer llegar al propio Gonzalo. Nunca quedaba claro si aquellas opiniones eran fruto de una apreciación sincera o disimulaban segundas intenciones. El matrimonio que la acogió en el Cuzco le puso profesor de música y maestro de lectura, y al cabo de un tiempo se encariñó tanto con ella que no tardó Juan de Frías, el jefe del hogar, en escribir a Gonzalo pidiéndole dejar a Francisca con ellos indefinidamente. Puesto que se consideraba a sí mismo un hombre casado «con las armas y los caballos», a Gonzalo no le parecía mal que ella tuviera, por parte de encomenderos y vecinos notables, la atención que no estaba siempre en condiciones de prodigarle en persona. Pero de allí a permitir que quedara para siempre en casa ajena había un trecho insalvable.

Estaba embebido en estas contradictorias emociones cuando un pobre clérigo sin más armas que una capa y un breviario desembarcó, en puntas de pie, en los puertos del norte.

Rumbo al exilio

I

En agosto de 1546, un curita menudo, con más secretos que explicaciones, desembarcó en Panamá. Dedicó más tiempo del que era usual, en esos días de personalidades y lenguas enjundiosas, a callar y observar. Lo que observaba no estaba en Panamá, sino más al sur. Nadie imaginaba, en este hombre de cuidadas maneras, propósitos de envergadura. La discreción benefició su intención inmediata, que era recoger, uno a uno, los elementos que le permitieran hacerse una composición de lugar sobre lo que acontencía en el turbulento Perú. Como una arañita laboriosa, fue tejiendo, primero entre panameños vinculados a la suerte del Perú, y un poco más tarde entre los viajeros que llegaban de aquellas tierras con noticias, intrigas y temores, una delgada tela de relaciones humanas. Así logró saberlo todo y conocer las interioridades de la gobernación de Gonzalo.

Con el paso de los días, fue más difícil para Pedro de La Gasca disimular que, detrás de sus movimientos parcos y prudentes, unos nervios muy alargados conducían hasta el cerebro político de la Corona española. Las sotanas del imperio habían hecho entender al rey que sólo las habilidades diplomáticas de un eclesiástico y sus comercios elevados con el Cielo podían salvarlo del mayor desafío al que se enfrentaba el imperio. La misión de La Gasca no se había definido de un modo preciso, porque tampoco se contaba con información concreta sobre la solidez y el poderío de Gonzalo, y porque no se sabía cómo podía hacerse frente al ejército del nuevo reyezuelo. En estas condiciones, el cura debía emplear a fondo sus pacientes talentos para conocer el terreno que se pisaba y, de acuerdo con la información obtenida, proceder de la forma más eficaz posible. La indefinición de su encargo le confería amplios márgenes de libertad; tenía permiso, por ejemplo, para negociar con Gonzalo —tal era la inseguridad de la Corona frente al tamaño de la rebelión—. En todo caso, Gonzalo debía ser neutralizado aunque el precio que tuviera que pagar el Estado fuera humillante.

Cuando los hilos que ligaban a La Gasca con la Corona se hicieron más visibles para los residentes o visitantes de Panamá, la voz empezó a correr: todo aquel que tuviera cuentas pendientes con Gonzalo, temor ante la reacción del emperador contra los rebeldes o lealtades legitimistas, encontró en este emisario razones para la esperanza. Comenzaron a llegar con más frecuencia, desde el norte del Perú, visitantes impacientes por informar y ser informados. Por ahora, estos ajetreos eran lo bastante limitados y a primera vista inofensivos como para no perturbar, en el lejano sur, a Gonzalo y sus partidarios. La Gasca y sus pequeños conciliábulos en Panamá no representaban ningún peligro en las tierras de Pizarro. Es más: si algo circulaba de boca en boca por los confines norteños de su gobernación, y esporádicamente se deslizaba hacia los mentideros de la capital, era la versión de que La Gasca tenía la orden de confirmar ante la Corona que Gonzalo gobernaba sin resistencias y que resultaba razonable que se procediera a reconocerlo como rey de manera definitiva.

El propio curita alimentaba estas especulaciones o, al menos, no las desmentía, porque la ambigüedad era un arma importante en quien no reunía todavía casi ninguna otra. Pero la ambigüedad requería alternar estas versiones benignas con gestos de signo contrario, de modo que, a finales de año, La Gasca tuvo el pulso para despachar una carta a Gonzalo Pizarro para recordarle algunas cosas incómodas sobre las acciones emprendidas por él. La Gasca se sentía respaldado, ya que aumentaban las manifestaciones de adhesión, gotita a gotita. Cuando, al cerrar el año, la precaria flota de Gonzalo que patrullaba la costa norte desertó y se pasó al bando de La Gasca, se oyó, ahora sí, el primer zumbido de la mosca en Lima. Apenas era un zumbido molesto, que los rebeldes en el poder interpretaron como inútiles esfuerzos de algunos nostálgicos o felones por resolver viejas cuitas.

El oidor Vázquez de Cepeda, algo más nervioso o quizá incauto, propuso incoar un proceso contra La Gasca, iniciativa que no obtuvo eco en los otros magistrados. También intrigó con el médico de cabecera del curita español para que le propinara un inapelable tósigo.

No podía esperarse que las relaciones entre los rebeldes y el enviado de la Corona española fueran amables. Cuando, finalmente, Gonzalo recibió la carta de La Gasca, la respuesta fue soberbia. El sacerdote había solicitado una entrevista con el pretendiente al nuevo trono y los rebeldes contestaron con desdén: «No es segura su entrada en estos reinos». Los contactos, a partir de entonces, se mantendrían en un segundo nivel y los llevarían a cabo un enviado de La Gasca y algunos lugartenientes de Gonzalo.

Pero La Gasca sintió que su paciencia, discreción y diplomacia de pasitos cortos empezaban a rendir sus primeros frutos. Y pronto los segundos, los emisarios de Gonzalo encargados de gestionar ante el Papa dispensas y bendiciones, decidieron, durante la escala obligada en Panamá, cambiar de bando. El regente de los dominicos, fray Tomás de San Martín, pieza clave de la delegación secreta, trabó alianza con La Gasca.

La reacción de Vázquez de Cepeda, convertido en el jurista del régimen, fue implacable. Argumentó, con astucia, que, si La Gasca fuera realmente un emisario del rey con el encargo de combatir la insurrección de Gonzalo, no habría ocultado su misión ni habría enviado mensajes conciliadores; todo indicaba, añadió, que aquel clérigo había sido «nombrado» antes de la muerte del virrey. La actitud de La Gasca y el nuevo escenario político restaban al clérigo cualquier autoridad y era razonable considerarlo exclusivamente como un aventurero ambicioso. Vázquez de Cepeda redactó entonces una sentencia de muerte contra el intruso, que debía aplicarse una vez capturado. Sólo él la firmó.

Gonzalo, por su parte, escribió al rey: «Si en lo que ahora sucediese hubiera algo que no complaciera a Su Majestad, la culpa será de La Gasca». El rey pidió a Gonzalo aceptar a La Gasca como presidente de la Audiencia. En su sibilina respuesta, añadió: «Usted no ha tenido la intención de incordiarme y ha reaccionado contra la aspereza y el rigor de que el virrey hizo uso».

II

Hacia el mes de marzo de 1547, las aspiraciones de convertir al Perú en una monarquía bajo el reinado de Gonzalo Pizarro alcanzaban el paroxismo. Nadie más exaltado que Francisco de Carbajal, brazo derecho del hipotético monarca. Envió una carta a su futuro rey desde Andahuaylas, y en ella dejaba por escrito el tamaño de su utopía. «Habrá gran concurso de gente», vaticinó, «para la corona de rey con que en tan breves días hemos de coronarlo». No se trataba, desde luego, de cualquier corona, sino de un ejemplar de oro fino con esmeraldas refulgentes. Pero, como queda dicho, estos entusiasmos, que halagaban a Gonzalo, no terminaban de desterrar en él la prudencia. La brillante corona, por tanto, debía seguir esperando una testa dispuesta.

Atento a todos los detalles, inclusive los más nimios, de lo que acontecía en los antiguos territorios del Tahuantinsuyo, Pedro de La Gasca compulsaba las opiniones y los consejos de los espontáneos o los consultados y sus propias conclusiones a fin de tomar una decisión. La tomó, sin aspavientos, cuando nada hacía pensar a Gonzalo y sus secuaces que el curita tendría las agallas de entrar en territorio tan hostil. Lo hizo en abril, por el norte, sin declaraciones de guerra, pero con un sobrio temple que conmovió a sus anfitriones. Lo acompañaba un pequeño contingente de españoles llegados de México y Panamá.

Un mes, o algo menos, tardó La Gasca en sacudir la displicencia de los rebeldes. Diego Centeno, uno de los guerreros más audaces del bando legitimista en los días del virrey, hizo su reaparición y prometió que recuperaría la presencia que tuvo en los días del virrey. En ese momento La Gasca dejó de ser un curita conspirador y se convirtió en la figura en torno a la cual cristalizó el nuevo asalto de los leales a España. La intentona no contaba con las adhesiones ni los recursos ni la organización de otras ocasiones, pero era al menos suficiente para obligar a Gonzalo a prestarle atención. Le recordaba a él y a sus secuaces independentistas que España no se iba a quedar de brazos cruzados mientras sus colonias le hacían una higa soberana.

En julio, La Gasca siguió maniobrando con astucia. Si podía evitar un choque frontal, lo evitaría. Por un lado, la ventaja militar, todavía abrumadora, estaba del lado de Gonzalo; por otro, las guerras civiles no eran la mejor forma de tener quietas y obedientes a las colonias. Existía aún una tercera razón: su temperamento eclesiástico era más dado a la intriga monacal que a la sangre.

Escribió a Gonzalo una nueva carta, una pizca más altanera que las anteriores, aunque sin perder el trato respetuoso y protocolario: lo invitaba a retroceder en sus aspiraciones como se llamaría a un niño a disciplina. Aquel rasgo de paternalismo era también una forma sutil de ostentar su investidura real; el cura le prometía perdón si deponía su actitud. En las semanas anteriores, había escrito a varios lugartenientes rebeldes para recordarles sus deberes para con el rey; también razonaba que la Corona ya había revocado varias de las cláusulas más hirientes de las Leyes Nuevas, lo que restaba justicia a su causa.

Pero Gonzalo Pizarro no podía volverse atrás. Su temperamento no era ya el de un rebelde, sino el de un iluminado. Se había convertido en un ferviente devoto de su propia causa: había llegado, en cartas dirigidas a colaboradores o simpatizantes, a hablar de España como de una nación ajena que quería apoderarse de su país. Sin embargo, aún tenía lucidez para abogar con respeto ante el rey, cuya autoridad socavaba, y en el mismo mes de julio le recordó a Carlos V que «jamás» lo había ofendido «en dicho o en hecho». Pero a un emisario de La Gasca respondió sin contemplaciones:

—Yo tengo que ser gobernador y debo morir gobernador.

Todo hacía presagiar un nuevo baño de sangre.

La Gasca no estaba seguro todavía de haber reunido una fuerza capaz de enfrentarse a Gonzalo. Éste contaba, desde luego, con un ejército imponente, pero también gozaba de una ventaja psicológica importante: el fantasma de Francisco Pizarro. El cura optó por seguir avanzando, con parsimonia y algo de ceremonia, hacia el sur, midiendo los equilibrios de fuerzas. Iba por el camino de los incas, bordeando quebradas y trepando cumbres, y recibiendo informes y adhesiones. La prueba de fuego sería el primer encuentro con Diego Centeno, que ya estaba en el sur y había reunido un contingente decoroso.

Gonzalo entendía también que Centeno era una pieza clave del rompecabezas enemigo. Aunque su ejército había sido derrotado en ocasiones anteriores, él había sobrevivido y ahora volvía a la carga con bríos de desquite. Para debilitar a La Gasca y acaso provocar la estampida de sus hombres, era preciso enfrentarse y derrotar antes a Centeno. Gonzalo entendía que la lealtad de sus propias huestes dependía de la eficacia, de los resultados, no menos que de las consideraciones nostálgicas, defensivas o idealistas.

No todos los ánimos alrededor de Gonzalo Pizarro tenían a estas alturas la misma convicción guerrera ni los mismos ideales. El instinto de supervivencia había empezado a desmenuzar las certidumbres políticas de Vázquez de Cepeda, el antiguo oidor —la Audiencia había sido desactivada—. El que fuera figura intelectual del andamiaje rebelde era también en esos momentos teniente general y justicia mayor de Gonzalo. Pero empezaba a desmoronarse. Urgió a su jefe a tratar con La Gasca para calcular si podía llegarse a un entendimiento.

—Si derroto a Centeno, quizás trate con ese La Gasca —contestó Gonzalo a Vázquez de Cepeda.

A fin de guardar apariencias, Vázquez hizo jurar lealtad a varios de los hombres de Pizarro. Y —en jubón y calzas, y tocado con un coqueto gorro de plumas— capitaneó un destacamento de caballería.

Gonzalo y Centeno chocaron como con la contundencia de dos elefantes en Huarina, al borde del Titicaca, en octubre de ese año. Muchos aguantaron la respiración, hubo quienes reservaron pronósticos bajo sus propias bravatas y abundaron los que suspendieron toda decisión con respecto a sus lealtades hasta después de la batalla. Prevaleció, agigantado, y feroz, Gonzalo Pizarro. Pero de ese lance salió Vázquez de Cepeda adornado por una marca de cuchillo en la nariz que debió cubrir con un paño de tafetán negro durante varios días —perturbadora enseña de la autoridad real que los rebeldes habían desafiado hasta entonces.

III

La Gasca resultó ser un maniático epistolar. Inasequible al desaliento, siguió escribiendo a Gonzalo y, de tanto en tanto, a su estado mayor para desmoralizar al enemigo con argumentos revestidos de autoridad real. No renunciaba a dar al conflicto, en vista de su desventaja militar, una salida sin armas. La campaña epistolar respondía a una estrategia que había dado ya algunos frutos. Gonzalo había tenido que afrontar deserciones; para evitar una sangría de traidores, había empezado a endurecer su mando con un drástico sistema disuasorio. Decenas de colaboradores de espíritu quebradizo habían sido detenidos y, en algunos casos, ejecutados. Los informes de inteligencia que llegaban a La Gasca, a lo largo de su procesional marcha al sur por el camino de los incas, indicaban que la guerra de nervios se cobraba cada vez más víctimas en el entorno rebelde. Había quienes, como Carbajal, eran inmunes a cualquier ofrecimiento de indulto real, pero otros vacilaban y ya no ocultaban sus dudas.

Al cerrar 1547, La Gasca volvió a dirigirse a Gonzalo para darle una nueva oportunidad de deponer su actitud. Como lo había hecho antes, acompañó estas ofertas de admoniciones y reprimendas. «Usted no pretendía protestar contra las ordenanzas y obtener su revocación», lo riñó, «sino usurpar la jurisdicción y la gobernación. A pesar de que el virrey suspendió la ejecución de las ordenanzas, usted lo persiguió hasta la muerte, dando a entender que, en lugar de impedir la ejecución de las ordenanzas, usted pretendía conseguir la gobernación y quitar de en medio al virrey, que estaba en condiciones de impedírselo».

Pocas semanas después, en febrero, La Gasca volvió a la carga haciendo llegar a Gonzalo una carta en la que justificaba el derecho de la Corona a disponer sobre la gobernación de los territorios conquistados por encima de la familia Pizarro. El cura invocaba la antigua «donación pontificia» de los territorios a la Corona y aclaraba que, en la capitulación de Toledo, el rey había dejado establecido que el dominio de las tierras que se descubrieran le pertenecería a él, a lo que Francisco Pizarro había dado su consentimiento en el momento de embarcarse en su empresa conquistadora.

Como parte de la estrategia de debilitamiento —ya que pretendía demostrar a Gonzalo su orfandad política—, el cura escribía con frecuencia a los cabildos. En sus comunicaciones, adoptaba el tono de quien manda, más que el de quien escucha o dialoga. Nada provocaba ira tan destemplada en el orgulloso Gonzalo como estas libertades que se tomaba el intruso en sus dominios y ante sus propias narices.

En marzo, Gonzalo llegó al Cuzco, donde estableció su cuartel general. Si este enfrentamiento debía llegar a sus últimas consecuencias, sería la vieja capital del Tahuantinsuyo, como había ocurrido en las guerras civiles anteriores, la que aupara al vencedor. Los indios lo llamaban «Inca» a su paso, con no menos fervor del que había recibido antes la larga sucesión de barbudos encumbrados.

—Te prometo que destruiré a La Gasca —le había dicho Carbajal, al vadear el Apurímac, con ojos de pantera.

La Gasca, que había reforzado a sus tropas al pasar por Jauja, se acercó al Cuzco. Carbajal aconsejó a Gonzalo esperar al enemigo a orillas del Apurímac y talar los campos por donde había de pasar, pero Gonzalo, por instinto militar o por un pálpito supersticioso, prefería estar lo más cerca posible de la vieja ciudad de los incas. Escogió, para esperar la embestida del cura, el llano de Jaquijahuana. Era abril, habían pasado las lluvias y no había inconvenientes meteorológicos que amenazaran el combate. La Gasca vadeó el Apurímac secundado por los indígenas con los que también contaba su bando.

La cercanía del sacerdote, que era la cercanía del rey, acabó de romper los nervios de Vázquez de Cepeda. El oidor intentó desertar. Los hombres de Gonzalo lo alcanzaron a orillas de una ciénaga, mientras salía de Jaquijahuana. Derribaron con una lanza el caballo que montaba. Vázquez de Cepada rodó por el suelo. Allí recibió otra lanzada, que esta vez se incrustó en su muslo derecho. En el momento en que lo iban a matar, un grupo de soldados enemigos sorprendió a los hombres de Gonzalo, y lo rescataron malherido.

—Le ruego clemencia —imploró Vázquez cuando fue conducido a presencia de La Gasca.

—¡Cómo, licenciado, qué tarde llega usted!

Le regaló una mirada de compasión, pues lo sabía reducido a escombros humanos, y acercándole la frente a sus labios, lo besó. La Gasca sabía bien el impacto que esta deserción tendría en el ánimo del estado mayor de Gonzalo. Vázquez era la columna ideológica que sostenía el templo rebelde; la autoridad de que hacía gala, como magistrado designado en su día por el rey, daba a su capitanía militar una dimensión que multiplicaba el arrojo de los soldados.

Esa noche, el cura descansó en su tienda como un arcángel.

A la mañana siguiente, como para prolongar el disfrute de un careo intelectual con su instruida presa, La Gasca recordó a Vázquez su preponderante papel al lado de Gonzalo y, en especial, su constante argumentación política en favor de la causa rebelde:

—¿No era usted, licenciado, quien le leía pasajes de *La historia imperial cesárea...* de Pedro Mexía y los *Apotegmas* de Plutarco para mostrarle precedentes históricos de grandeza imperial alcanzada mediante hazañas militares?

—Verá usted, en realidad... yo acudía con frecuencia a los pasajes de la historia con el propósito propedéutico de volver al servicio real, que es donde siempre han estado mi corazón y mi cabeza. Y, enseñándole a don Gonzalo la historia de los grandes reyes, me parecía que podía despertar en él veneración por la institución monárquica de la que se había apartado.

—Mmmm...

—Y fíjese usted en algo muy importante. Me preocupaban las influencias guerreras en torno a él, usted sabe... los malos consejos. Opté, para compensar esos consejos de guerra, por leerle pasajes de la vida de Arcadio y de Honorio, y en particular ilustrarlo acerca de la conducta cizañera de Estilicón.

—Admirable —respondió La Gasca sin esbozar una sombra de sonrisa.

—Y yo preguntaba a don Gonzalo —prosiguió Vázquez de Cepeda— quién era este Estilicón, a lo que él respondía: «Ese viejo que está en el relato que me has leído». Y yo le explicaba: «No, en realidad es Carbajal y es Pedro de Puelles, que andan intrigando para que a costa de su conciencia usted esté siempre en guerra».

La Gasca escuchó su defensa con atención, mostrando vivo interés en los pasajes más brillantes y en apariencia agradado por la fina, elegante presentación de los hechos. Se refociló observando cómo la eminencia gris del régimen se deshacía como una bolita de nieve ante el abrasador fuego de su propia humillación. Como buen jurista, Vázquez de Cepeda era capaz de argumentar maravillas sin sonrojarse. La Gasca se inclinó por tratarlo con guante de seda; aun cuando lo mantuvo preso, no procedió a hacerlo ejecutar: dispuso que lo embarcaran a España en la primera oportunidad. Por ahora, había otros asuntos que resolver: Gonzalo afilaba sus cuchillos en Jaquijahuana.

Por medio de su capellán y de su mayordomo mayor, el 8 de abril, el jefe de los rebeldes hizo llegar a La Gasca un mensaje en el que lo conminaba a mostrarle la provisión original que ordenaba su cese como gobernador. «De lo contrario, seguiré en armas», concluía. Por lo visto, la instrucción propedéutica impartida por Vázquez a Gonzalo no había preparado con el mismo éxito al rebelde que al instructor en el arte de obedecer a la Corona… El uso de un pabellón propio y las monedas acuñadas con sus iniciales constituían afrenta al rey. Ahora Gonzalo se aprestaba a clavarle su espada en el pecho.

La Gasca, inclinado hacia la semiótica, prefería los símbolos a las armas. Cultivaba la elipsis antes que la línea recta. Su fuerza era la de la conquista por el dominio del espíritu antes que el sometimiento brutal del adversario. La única esperanza de prevalecer en esta batalla residía en librarla con esas armas —la simbología y la superioridad espiritual—, porque las otras, las de hierro, estaban del lado de Gonzalo. La batalla de Jaquijahuana, el 9 de abril de 1548, se desenvolvería en ambos campos. Si La Gasca era capaz de apoderarse de la mente y la voluntad de los pizarristas como lo había hecho con Vázquez, lograría su única posibilidad de victoria: que el enemigo se derrotase a sí mismo.

Bastó la vista del estandarte real sostenido por el representante legal del rey para que el ejército de Gonzalo sucumbiera a la desmoralización. Seguro de provocar nuevas deserciones, La Gasca amagó y retrocedió, demorando el encuentro final. Esta estrategia contribuía a sembrar el miedo entre los partidarios de Gonzalo. Observando a su alrededor flaqueza en las piernas, el rebelde provocó el enfrentamiento: trataba de infundir ánimos a su gente y conjurar el maleficio psicológico que había impuesto La Gasca con sus demoras calculadas y el uso de símbolos reales. Gonzalo cargó valerosamente, decidido a reunir en él todo el arrojo del que carecían sus hombres, pero no pudo evitar que una parte considerable de la tropa se pasara al bando contrario aun antes de cruzar espadas. Sólo un hombre perdió La Gasca, mientras que 45 de Gonzalo se desangraron en el teatro de batalla.

Pizarro, solo contra el mundo —pero no suicida—, entendió que era inútil proseguir. Entregó su espada y pidió que lo llevaran ante La Gasca.

—Me asistían la razón y el derecho —afirmó el reo con altivez.

—Ninguna razón puede satisfacerme —contestó un La Gasca por primera vez autoritario— existiendo el delito de desobediencia y rebelión, y más aún habiéndose cometido tantas crueldades e injusticias.

Cruel e irónico en su hora de triunfo, el vencedor ordenó poner a Gonzalo bajo la custodia de Centeno: el militar a quien el rebelde había derrotado en Huarina. Encargó un juicio sumario tras consultar con una junta de eclesiásticos, juristas y militares, entre quienes había algunos antiguos acompañantes de Francisco Pizarro. Al día siguiente, tras la batalla de Jaquijahuana, se pronunció la sentencia: culpable de lesa majestad. Gonzalo Pizarro debía ser ejecutado.

Lo degollaron ese mismo día y enviaron su cabeza a Lima para ser exhibida con una inscripción infamante. Francisca Pizarro recibió la noticia en la capital. Su padre moría por segunda vez.

A la ejecución del cuerpo siguió la del fantasma. La Gasca mandó confiscar los bienes de Gonzalo, demoler las casas y sembrarlas de sal. Era la forma de borrar la memoria de una casta de los Pizarro. Francisca recordó, petrificada, haberlo visto todo antes.

—Gobernaba bien para ser un tirano —musitó La Gasca al oído de sus más cercanos hombres—. Hubo más templanza en todas partes.

IV

Pedro de La Gasca sabía bien que los descendientes de los hermanos Pizarro eran un reto de Estado más delicado y complejo que todos lo demás, incluyendo las encomiendas y el refugio inca de Vilcabamba. Porque esa prolongación del apellido Pizarro encerraba una promesa de turbulencias políticas futuras. Por tanto, desde sus primeros días al frente del gobierno, el enviado imperial concibió la presencia de Francisca y su medio hermano como un desafío.

La decisión inmediata fue buscarles un tutor que reemplazara a Gonzalo y pudiera reunir a la vez la confianza de las autoridades. En el caso de Francisca, lo encontró en la persona de Antonio de Ribera, pizarrista antiguo y fundador de la capital. El matrimonio de Antonio de Ribera con Inés Muñoz, la cuñada de Pizarro que había sido tutora de Francisca, lo convertía en la solución ideal. La primera responsabilidad del flamante tutor consistió en regalar a Francisca atuendos de luto, incluidas una saya y calzas, en señal de respeto a la memoria del fallecido. Francisca llevó el luto con sobriedad y elegancia, sin exhibir en público la herida sangrante de esta nueva pérdida y de un destino que parecía marcado por la desaparición de todo lo que daba sentido a su existencia.

Tambien Inés, la hija de Gonzalo, estaría al cuidado de Antonio de Ribera. Francisco, el medio hermano de la heredera de la Conquista, quedaría bajo la responsabilidad de doña Angelina, su madre, la segunda mujer de Pizarro, ahora casada con el cronista Juan de Betanzos. Éste se ocupaba de recopilar, fascinado, relatos de la Conquista desde la perspectiva de los perdedores.

Antonio de Ribera entendía las implicaciones económicas y políticas de tener bajo su cargo a la joven Francisca, pero no sospechaba las consecuencias ideológicas y sentimentales. Media ciudad pretendía a la muchacha, que, cercana a los quince años, poseía ya plena conciencia de su propio atractivo y de las tentaciones que despertaba a su paso. El primer hombre que la hiciera suya accedería a la primera fortuna de América y a un apellido que, a pesar de las derrotas militares, seguía infundiendo respeto. Tanto que La Gasca, temeroso de reacciones pizarristas, extremaba los cuidados para no parecer abiertamente hostil a los descendientes.

Antonio de Ribera e Inés Muñoz —esta última particularmente asombrada de ver a su pequeña protegida convertida en una mujer hecha y derecha— debieron soportar las manifestaciones encendidas de los pretendientes de Francisca. La doncella encontró alivio a sus penas en estas atenciones. Dedicaba sus pensamientos, con coqueta ponderación, a sus amantes, tal vez para engañar a la aflicción que la embargaba. Entretanto, también asistía a las clases de gramática y de cuentas que dispuso su tutor.

Por manos de un aturdido y a la vez orgulloso Ribera pasaban las ropas que se confeccionaban para ella a pedido de corazones masculinos: sayos, corpezuelos de terciopelo y satén, camisas bordadas de oro y perlas, espejos de plata, collares de esmeraldas. Llovían sobre su hogar, con destino al aposento de Francisca, los más variados guadamecíes, cojines y reposteros. La joven disfrutaba de estas compensaciones a una vida rica en emociones crueles y pérdidas irreparables, y quizás pretendía encontrar en la comodidad material un refugio para su alma dolida.

El clérigo Cristóbal de Medina tocaba el clavicordio para su entretenimiento y un tañedor le enseñaba a danzar. A su servicio tenía un médico y un abogado, muy necesario en esa cultura de trámites y documentos. En el caso de Francisca, un letrado era especialmente útil, ya que contaba con numerosas propiedades a las que rondaban los lobos oficiales.

A pesar de la muerte de Gonzalo, la Corona seguía preocupada por lo que pudo ser. Consultó con La Gasca cuán cierta era la versión de que Gonzalo había pretendido casarse con su sobrina Francisca y fundar una dinastía mestiza, a lo que La Gasca, para aplacar las alarmas póstumas, respondió que no debía tomarse muy en serio la especie, pues «las mujeres entre estos naturales nunca heredan» y porque «no les hacen caso, especialmente a ésta, que viene ya de tantas quiebras». La respuesta de La Gasca no era sólo la que la Corona quería escuchar: también era una forma de prevenir, mediante la conjura argumental y escrita, futuras aventuras dinásticas. Con una moza fértil, ambiciosa y herida como Francisca, heredera de ambas civilizaciones y portadora de un apellido que era en sí mismo un ejército, el peligro era permanente. Las elucubraciones monárquicas y adánicas de Gonzalo habían abierto una fuente constante de resquemor y acaso habían despertado en Francisca, todavía calladas, tentaciones inefables.

Sin dejar de estar atento a esta inquietud, La Gasca procedió a ocuparse de otros asuntos. Por ejemplo, el viejo asunto de los encomenderos. Éstos habían salido airosos en su pretensión de impedir la confiscación, pero debían someterse a ciertos límites de una forma u otra, o al menos su actividad debía ser reglamentada en beneficio de la Corona. La Gasca ordenó, por tanto, una primera visita general para evaluar la situación de las encomiendas a fin de fijar las bases para calcular y confeccionar una tasa impositiva. Los encomenderos, a despecho de la muerte de Gonzalo, se sabían fuertes, porque sus propiedades habían salido ilesas del enfrentamiento. Retardaron las visitas con tácticas dilatorias tanto como les fue posible. En contra de la intención original de La Gasca, la tasa que se decretó resultó elevada.

Como todos sus antecesores, La Gasca no perdía de vista el refugio de Vilcabamba, donde los descendientes de Manco seguían atrincherados. Era cierto, de todos modos, que tenían escasas posibilidades de movilizarse más allá de su propio escondite. Ahora la figura inca de la resistencia simbólica era el joven Sayri-Tupac, a cuyo cargo estaba un grupo de regentes. Pero los esfuerzos por negociar con los refugiados fueron inútiles, como lo habían sido desde los días de Manco. Ni siquiera se obtuvo ningún avance con la intermediación de Paullu, el indio que hacía a la perfección el papel de títere en el Cuzco español —y que falleció en plenas negociaciones—. Las artes disuasorias y las sutiles añagazas de La Gasca no fueron capaces de ablandar y arrancar de la selva a Sayri-Tupac.

Pero allí seguían, asediando la cabeza del gobernante entre tantas cuestiones de Estado, los hijos de Pizarro. Nada agitaba tanto su mente como el futuro de los jóvenes. También a él, como a todos los gobernantes anteriores y perforando sus defensas espirituales, el fantasma del primer Conquistador lo perturbaba. Esa niña, de la que hablaba todo el mundo todo el tiempo, lo inquietaba y estorbaba su paz de Estado. El solo hecho de ser, de estar, y de ser vista siendo, estando, agobiaba al sacerdote. Por eso había sugerido, en diversas comunicaciones con consejeros de la Corona, la posibilidad de alejar a Francisca del Perú. También al otro lado del océano, Francisca, su medio hermano y, en menor medida, sus primos ocupaban las disquisiciones de los más atentos a las cuestiones americanas, aglutinadas alrededor del Consejo de Indias. Todos parecían inclinarse por la idea de que el exilio era el mejor seguro contra los efectos potencialmente corrosivos de los herederos de Pizarro. Pero faltaba la decisión final.

Mientras la resolución definitiva se gestaba, La Gasca buscó el medio de prevenir el futuro encumbramiento de Francisca. Al ver a su medio hermano menos favorecido que ella, el nuevo gobernador pidió al rey autorización para otorgarle el repartimiento de Yucay, que había pertenecido a su padre. Sus actuaciones se desarrollaban en el ámbito de alta política: distribuyendo más poder entre los hermanos, quizá sembraría futuras discordias y rivalidades entre ellos. Sólo trataba de mutilar las esperanzas de Francisca, la heredera legítima. Ya había limitado, en parte, la cuantiosa herencia de la muchacha, pues una de sus primeras disposiciones fue arrebatarle la encomienda de Chimú, juzgando que el padre se había excedido en la distribución de tantos privilegios. Ahora proponía robustecer al medio hermano y, de paso, legitimarlo.

Pero el rey, cuyas arcas no estaban para generosidades o sutilezas indianas, indicó que los repartimientos que motivaban la consulta de La Gasca pasarían a la Corona y

Francisco recibiría una renta. A su vez, la hija de Gonzalo Pizarro —Inés— y la hija de Juan Pizarro —Isabel— recibirían una porción de esa renta. Pero no radicaba allí la importancia de la carta que el rey dirigió a La Gasca, sino en un párrafo que hizo poco menos que levitar al curita gobernante: «… nos parece adecuado que el hijo y la hija del marqués no estén en esa tierra, por lo cual usted organizará su traslado a estos reinos».

En un mundo donde su voluntad contaba poco, Francisca reprimió manifestaciones de sentimiento o emoción ante la cédula real que el 11 de marzo ordenó su traslado a España. En ella se agitaban impulsos contradictorios y un sabor agridulce le teñía los labios. El alejamiento de su tierra era el alejamiento de su padre, de todo lo que conocía y había ocupado su infancia, su juventud y su dolorosa madurez anticipada. Aquel viaje significaba también el alejamiento de su madre, con quien no había tenido casi ninguna comunicación. Cenizas, vacíos y silencios familiares, pues, dejaría en el Perú. Eso, y una fortuna, la primera del territorio, cuyas rentas sería difícil extraer a la distancia y sobre la que planeaban los cóndores de la codicia.

Pero conocería por fin España, la tierra donde habían nacido su padre y sus hermanos, y de la que su imaginación se había alimentado durante interminables comidas familiares a fuerza de escuchar a sus parientes hablar de la mítica Extremadura. En sus los labios, pues, el sabor era agridulce. Con el mismo mecanismo defensivo con el que había respondido a las tragedias de su corta vida, ahora respondió a la tristeza de la partida. Y encontró refugio en la íntima cavidad de su magín, poblado de curiosidades: ¿Cómo sería la España de sus ancestros? ¿Tendría ocasión de visitar a Hernando, el último de los hermanos, esa otra figura mítica que la distancia y la leyenda habían erigido en su panteón de glorias familiares y sucedáneos paternos? Estos pensamientos absorbieron su vida durante muchos meses, en los cuales sus amigas y sus allegados notaron en ella una creciente tendencia hacia la introspección. Como había ocurrido después de la muerte de su padre, se había acaracolado dentro de sí misma para no dejar traslucir ansiedades y miedos. Lo disimulaba con gracia y esa jovialidad que sabía regalar a sus interlocutores, por lo general solícitos admiradores o aspirantes que se deshacían en requiebros y galanterías. Su formación de señorita noble exigía cumplir con el riguroso y altivo mundo de las formas, pero su interior, forjado en la fragua de tantas derrotas, no tenía por qué atenerse a lo que se esperaba de ella. Allí, sus dolores e ilusiones, sus instintos de autopreservación o venganza campeaban libres y arrolladores, transportando su mente hacia todas las conjeturas posibles. ¿Estaría ya germinando en su espíritu lo que vendría después, una nueva tentativa de resucitar a su padre y rescatar a la familia, esta vez desde la otra orilla del mundo, que llamaban viejo y para ella era el nuevo?

La travesía transatlántica era arriesgada. La amenazaban los piratas que infestaban los mares, los huracanes del Caribe y las enfermedades, como el escorbuto. En previsión de sucesos fatales, Francisca debió redactar, a la edad de diecisiete años, su testamento.

V

Francisca encaró sus últimas voluntades como algo más que un documento legal para distribuir las propiedades entre parientes o amigos ante la eventualiad de su muerte. En aquellos tiempos, los privilegiados redactaban testamentos elaborados de acuerdo con ciertas fórmulas aceptadas, a las que Francisca también debió ceñirse. Pero, para ella, que pronto abandonaría su tierra y se vería forzada a encarar su propia muerte aunque fuera como hipótesis de trabajo, fue una experiencia contradictoria: por un lado, de recogimiento, introspección y sentimientos maduros, lo cual, en una joven con un pasado cargado de tantos muertos notables, no era de extrañar; por el otro, experimentaba cariños y gratitudes juveniles. Por encima de todo, se sentía libre. Era su primer gran encuentro con la palabra escrita: podía reflejar su propia vida y era la primera vez que dejaría algo de su propia identidad impreso en caracteres inmortales. La primera vez que decidiría en función del libre albedrío, no de la autoridad de sus mayores o de los hombres que gobernaban su vida.

Como una señorita educada, a pesar de su origen mestizo y los muchos infortunios, en los usos y costumbres de alcurnia, no le sería fácil desbordar el corsé ajustado de unas convenciones que obligaban a respetar ciertos tópicos testamentarios, sobre todo el tono notarial. Las celosas asesorías que guiarían la expresión de sus deseos y voluntades impedirían, por lo demás, excesos sentimentales o torrentes verbales. Pero era imposible pedir frialdad a una doncella que no llegaba a los dieciocho años, de modo que, entre tanta enumeración catastral y, asomando la nariz por entre tanto lugar común, debía quedar reflejado algo de su mundo interior sin pedir mucho permiso. Una nueva experiencia para ella, que la excitó y en la que se volcó como si se tratara del descubrimiento y la conquista de sí misma.

Como era costumbre, pero también por un movimiento natural de su formación cristiana, Francisca separó dineros para limosnas, obras pías y donaciones. Aunque no regaló una sola palabra de ternura a su madre, la princesa inca Inés Huaylas, de quien estaba emocionalmente distanciada, rescató el mundo indígena que era también el de su origen y le reservó un rincón de su legado con gestos de genuina compasión. Pidió que vistieran a su costa a seiscientos indios pobres, mujeres y hombres, de su encomienda de Huaylas, la tierra de su madre y de su abuela, y a cincuenta indios de sus repartimientos de Lima y Chuquitanta. Asimismo, separó cuatrocientos pesos de su fortuna para el hospital de indios de Lima, una obra por la que sentía especial interés.

A pesar de que los indios habían sido siempre los perdedores y los ciudadanos de segunda, o quizá precisamente por eso, esta hija de india criada entre conquistadores desarrolló una actitud maternal y condescendiente para con ellos. Al ser la heredera del jefe de la Conquista, asumía gestos de responsabilidad respecto a los hombres y las mujeres que habían sufrido la llegada de los barbudos. Actuaba como si fuese, no la hija, sino la madre de la Conquista.

A pesar de ello, su madre, que había sido apartada del mundo de sus afectos o acaso no había tenido tiempo de habitarlos nunca, era una extraña, casi un pie de página en el texto de su legado. Sólo la mencionó de paso, como beneficiaria de las sobras —nada desdeñables— de una fortuna que tenía varios destinatarios antes que ella, y con justificaciones explícitas. La primera persona vinculada a su padre —el íntimo destinatario de su testamento—, a la que hizo figurar con prominencia entre sus afectos, fue su tío Gonzalo. Por primera vez, dando expresión a lo que había estado protegido en su celoso espacio mental (y había agitado lenguas por doquier), confesó haber sentido algo más que cariño de sobrina por su tío Gonzalo: «Lo amé y quise mucho», escribió con una seguridad que parecía excluir el sonrojo. Un sentimiento que Gonzalo, en su caso no sin una dosis de cálculo político y patrimonial, había correspondido al extremo de considerar en serio casarse con ella.

Francisca encontró en una deuda de su tío la modesta manera de desagraviar la memoria del ejecutado. En los días de la rebelión contra la Corona, Gonzalo había gastado unos 20.000 pesos de oro del patrimonio de su sobrina. Ella había accedido de absoluto buen grado por más que no hubiera estado en su poder impedirlo en ningún caso. El fiador de esa deuda emprendida por Gonzalo a costa de su enamorada sobrina había sido el veedor García de Saucedo. Derrotado el rebelde, Antonio de Ribera, el tutor de Francisca, había iniciado un juicio contra el fiador para obligarlo a responder por la deuda con su propio peculio. Fráncisca nunca estuvo de acuerdo con aquella reclamación, que le parecía un acto de mezquindad insultante ante la memoria de su tío, pero no había tenido ocasión de hacer prevalecer sus deseo.

En su testamento, en la primera oportunidad que se le presentaba para expresar voluntades con alguna libertad, sin la imposición masculina y autoritaria que la había rodeado desde niña, Francisca corrigió la mezquindad. Dejó establecido que habían de devolverse al fiador de Gonzalo o a sus herederos 12.000 pesos de oro. Justificó esta decisión por el cariño que sentía por su tío. También recordaba que Gonzalo había devuelto al apellido de su padre la gloria de otros tiempos, y dispuso también que 4.000 ducados fueran para Inés, la hija de Gonzalo.

La hija de Pizarro ordenó que su medio hermano, Francisco, heredase un tercio de su patrimonio, que debía luego pasar a los hijos legítimos de éste. A falta de descendencia, pasaría a Hernando, otro hijo de Gonzalo. Si él moría, la fortuna debía beneficiar a su tío Hernando, preso aún en el castillo de la Mota.

Reservó para la memoria de su padre los mayores deseos. En especial, encomendaba la conclusión de una capellanía que ya se había empezado a construir en la iglesia mayor de Lima para que descansaran en ella los restos mortales del Conquistador. A ultimar los detalles para la culminación de esta obra dedicó su empeño precisamente Francisca, después de terminado el testamento, y, en vísperas de la partida a España, logró que quedara fundada la capellanía y estableció una renta para comprar los ornamentos necesarios; además, mandó traer de Sevilla una escultura de la Virgen María.

Su testamento fue un raro episodio de libertad. Para una mujer cuya vida había estado regida por el peso abrumador de su familia, de las armas y el poder invasor del Estado y la Corona, este respiro debió de ser casi una experiencia mística. En cierta forma, pudo significar el descubrimiento de su propia identidad, o, al menos, la revelación de una identidad que, hasta entonces, ella había tanteado en sus adentros sin que terminara de cobrar forma. Ese texto no fue su paso definitivo al mundo adulto: fue el descubrimiento de una identidad individual.

VI

A mediados de marzo de 1551, después de algunas gestiones legales ante la Audiencia en relación con los bienes que dejaba tras de sí, Francisca zarpó del puerto del Callao, en contra de su voluntad, rumbo a la España de sus ancestros. La acompañaba su medio hermano Francisco, así como su aya: la inseparable Catalina Cueva. Pero también viajaba con ella una presencia menos grata: Francisco de Ampuero, el esposo de su madre y antiguo criado de su padre, un trepador de cuidado. Inés Huaylas, su madre, permaneció en Lima junto con sus dos hijos varones, pero Ampuero llevó consigo en el barco a Isabel, la hija que tenía en común con la madre de Francisca. Aquel hombre desconfiaba de la crianza que le daría la princesa inca a su hija y temía las costumbres de los indios, para quienes la pérdida de la virginidad en las muchachas no representaba el mismo tabú que para los peninsulares. Codicioso, y autoritario, Ampuero era la última persona a la que Francisca hubiera deseado como compañero de travesía, pero debía soportar su presencia como una suerte de tutor de viaje. Su verdadero tutor, Antonio de Ribera, entregó —en pesos de oro y plata, maravedís y marcos de plata— el peculio necesario para los meses de trayecto.

Cuando el barco se alejó de la costa, rumbo al norte, y empezaron los primeros vaivenes del mar abierto, a Francisca se le cerró la garganta. Por sus ojos pardos y levemente rasgados, húmedos sin perder la compostura, desfiló una sucesión de cerros áridos bajo la bruma capitalina aun en ese fin de verano, y la ciudad fue adquiriendo una silueta irreal que la desconcertó. La última vez que había navegado en ese mismo mar, también en dirección al norte, había sido para escapar de las turbas almagristas que habían fulminado a su padre. Pero había partido en circunstancias tan agitadas y siendo ella tan niña que no guardaba un recuerdo preciso de su ciudad en aquella ocasión. Su breve refugio en un barco anclado en el puerto muy cerca de tierra, en los días del virrey, tampoco había ofrecido perspectiva alguna.

Antes de llegar a Panamá, el barco debía hacer varias paradas a lo largo de la costa peruana para renovar las provisiones y recoger agua y leña. En el puerto de Chimbote, los pasajeros fueron sorprendidos por una multitud de indios que venían a despedir a Francisca. Desde lugares aledaños, incluido el callejón de Huaylas, bajaron los caciques con sus mujeres y sus hijos cargados de regalos para ella en una explosión de cariño que la conmovió. Prendidas de su retina, las imágenes del pueblo indio despidiéndola viajarían con ella para siempre.

Siguieron navegando hacia el norte, deteniéndose sólo para comprar botijas de vino y refrescos, y, en Paita, cargaron los mejores toyos secos del litoral por encargo expreso del rey. Llegaron a Panamá a comienzos de mayo con estragos de mareo y encargaron al barbero conseguir algo que aliviara su estado.

Para cruzar de la costa occidental de Panamá, a orillas del Pacífico, a la costa atlántica, llamada Nombre de Dios, fue necesario el sudor de los esclavos: cargaron con los arcones y las petacas. También se ayudaron de bestias en aquel transporte. A Francisca le confeccionaron un lecho con estrado y una mesa, y mandaron reunir toda suerte de víveres para llegar hasta La Habana, desde donde emprenderían la travesía del océano.

En las escalas del trayecto, Francisca hacía donaciones y repartía limosnas para los necesitados y las iglesias, pero también admiraba —y adquiría— sin mayores remordimientos las vestimentas y los objetos preciosos que en todas partes le ofrecían. No rehuyó tampoco productos más expeditivos para las inhibiciones de un viaje semejante, como un purgante por el que pagó dos pesos. En Panamá compró siete varas de grana para una camisola y dos sombreros, uno de los cuales dio a su aya. También regaló cuatro pares de botines a Isabel, su media hermana. Y no olvidó encargar presentes para su prima Inés, la hija de Gonzalo, a quien los poderes máximos habían despachado a España antes que a ella.

Llegó a La Habana, sin huracanes, a fines de junio. Permaneció allí unos días, al cabo de los cuales la comitiva, a la que se habían sumado algunas terneras, partió rumbo a las Azores en un galeón que llevaba el coqueto nombre de *La Graciosa*. Aunque nada podía evitar los rigores de la travesía, llevaban todo lo que, en aquel entonces, podía hacerla soportable. Francisca sobrevivió, aunque con sobresaltos, gracias al entusiasmo que provocaba en ella el pensamiento de que su padre había hecho el mismo trayecto en ambos sentidos.

Después de la escala en las Azores, donde adquirieron abundante pescado y gallinas, llegaron a Sanlúcar de Barrameda a comienzos de septiembre. Era el final de un viaje que había empezado casi seis meses atrás. Francisca había podido conjurar la nostalgia y la grima de un exilio forzado con las múltiples mudanzas de escenario y circunstancia de una travesía cargada de paisajes, ciudades y caras nuevas.

Pero el mayor de los antídotos contra la navegación fue el lujo. Por primera vez en su corta vida, podía disponer con alguna libertad de sus propios recursos. Y así lo había hecho en cada parada del trayecto, alternando la avidez con la generosidad, y llenando su vacío con la manía de adquirir y poseer, de sucumbir a todas las tentaciones materiales que tenía reservado para esta primorosa joven el demonio de los puertos.

En Sanlúcar, donde por fin pisó tierra peninsular, dejó una donación para el convento de Nuestra Señora y, de inmediato, se dirigió con la comitiva a Sevilla, que podía considerarse la capital de las Indias. Allí, en la turbamulta de una ciudad cosmopolita y pujante, Francisca quedó deslumbrada por la oferta de telas y joyas de los mercaderes. No había visto hasta entonces nada que se pareciera a aquella marmita bullendo de actividad mercantil. Tanto ella como su medio hermano, Francisco, habían cultivado en Lima el gusto por las prendas finas y una cierta elegancia propia de ricos encomenderos, pero, a pesar de que en ella había crecido el comercio, Lima todavía su tierra estaba lejos de ofrecer tanta variedad y abundancia por las calles.

En Sevilla, la joven viajera gastó sumas considerables en paños y sedas, en vajillas y objetos domésticos irresistibles, como candelabros, saleros de plata y escudillas, mientras que su medio hermano, en lugar de perder la cabeza por las espadas y las dagas, como hubiera cabido esperar de un muchacho en los tiempos de todas las guerras, se gastó casi todo su caudal en tafetanes y terciopelos, y en camisas, jubones, calzas y gorras.

Ambos contrataron a los mejores sastres de Sevilla para poner las telas a buen uso. Habían entrado en España bajo el signo de la cornucopia.

El castillo de la Mota

I

La derrota y muerte de Gonzalo dejó a Hernando desarmado ante la Corona. Preso en el castillo de la Mota desde 1543, se había comprometido tanto desde su cautiverio con la causa rebelde que los cimientos del edificio real habían temblado. Su actitud llegó, incluso, a excitar las iras de algunos pizarristas, que no faltaban en el Consejo de Indias y el Consejo del Rey. Hernando no conocía, pero podía adivinar, las cartas que cruzaba el rey con sus guardianes y servidores para asegurarse de que el último de los hermanos Pizarro con vida estuviera bien vigilado. Desde Bruselas, a comienzos de 1549, el rey expresaba preocupación a su secretario por «la seguridad de Hernando Pizarro»; pedía que lo tuvieran «apartado de lo del Perú» y que no se le permitiera huir a Francia.

Hernando entendió que debía mover sus fichas con prontitud: su intención era confundir a la Corona con protestas de respeto y amistad, y adelantarse a cualquier medida contraria a sus intereses con gestos suplicantes que favorecieran la conmiseración del poder, o, al menos, debilitaran las intenciones más hostiles. Pero conseguir que fueran mitigadas las condiciones de su prisión o alcanzar la mismísima libertad no eran en él un propósito excluyente. Angustioso y perenne, sí, pero no excluyente. Lo acompañaba, con similar obsesión, la voluntad de proteger —y, de ser posible, aumentar— su patrimonio, en esos tiempos de asechanzas contra la propiedad, más aun tratándose de la adquirida en tierras americanas, donde toda noción de autoridad y derecho, empezando por las que aplicaba la Corona desde la Península, era arbitraria y fugaz.

Así, Hernando se puso en contacto con Juan Bautista Cocón, un vecino de Valladolid, para confiarle una misión secreta. Debía llegar con disimuladas artes hasta el emperador, por entonces en Flandes, e implorarle que ordenara trasladar al preso a la corte real, donde él aceptaría de buen grado estar recluido; o, en el peor de los casos, solicitar cierto alivio en el castillo de la Mota para que pudiera quitarse de encima al alcaide, un tacaño que lo obligaba a pagar el salario de sus propios guardianes. Pero la misión abarcaba otra solicitud, no menos urgente: una autorización real para que Francisca pudiera viajar a España.

Hernando había hecho gestiones ante los jueces para lograr este último fin, alegando que tenía cartas de su sobrina en las que ella expresaba, muerto ya Gonzalo, el deseo de visitar la tierra de su padre y volver a ver a su último tío vivo. Los jueces habían exigido ver los originales de las cartas, que Hernando decía no tener consigo porque estaban en Trujillo. La decisión quedaba, por tanto, en manos del rey. El enviado de Hernando debía gestionar, además de su traslado a una cárcel más amable, el permiso para que su sobrina pudiese ir a juntarse con él. Una sobrina tan rica y joven no debía quedar varada en el Perú, donde ya no tenía la protección de ningún Pizarro y donde ser descendiente del marqués y jefe de la Conquista era en una condena.

En los últimos meses de 1549 y en enero del año siguiente, Hernando escribió una y otra vez a su enviado, insistiendo en los detalles de la gestión. «Ofrezca todas las fianzas necesarias», le sugirió. Era un intento desesperado por comprar la indulgencia del rey, aunque se trataba también de una estrategia que desde hacía poco menos de una década llevaba a cabo sin éxito. Le daba a Juan Bautista Cocón detalles del maltrato del alcaide —«es inconveniente que mi comida y bebida vengan de su mano y de la de sus criados»— y le pedía volver de inmediato, una vez cumplido el encargo, a organizar las nuevas disposiciones que esperaba obtener. A cambio de esta misión, Hernando ofreció a su enviado mucho dinero, que pagaría después.

Para hacer más confortable su estancia en el castillo de la Mota, Hernando también pidió a su correo un órgano y una vihuela, manteles y servilletas, y un blandón con hachas de metal, porque enloquecía por los candeleros de Francia. No olvidó encargar algunos perros de caza —«perdigueros y zorreros»— para aquellas contadas ocasiones en que se le permitía salir al exterior del castillo.

La misión de Cocón concluyó en abril con éxito parcial. Las condiciones de la prisión no sólo no serían mitigadas, sino que Hernando dejaría por un tiempo de recibir visitas y cartas. El rey pidió al alcaide incomunicar al preso «con el mayor disimulo» para que no fuera evidente que esta decisión era «un nuevo mandamiento» de la Corona. Mejor suerte corrieron los encargos suntuarios, que el enviado cumplió con embarcarlos desde Amberes, rumbo al castillo de la Mota. Por último, la solicitud de autorización para que Francisca pudiese viajar a España había caído sobre un terreno abonado, pues la Corona llevaba unos meses discutiendo en su seno, y también en discreta comunicación con las autoridades del Perú, el exilio de la heredera de Pizarro. La orden se dio poco después. Para entonces, Hernando había recibido, desde Trujillo, los originales de las cartas en las que Francisca se dirigía a su último tío vivo desde el luto y la derrota; en ellas expresaba, menos por inclinación consciente de ruptura con su tierra que por cariño y necesidad de aferrarse a los últimos vestigios de su padre, el deseo de visitar España.

Mientras tanto, Hernando siguió dedicando sus horas con fanatismo religioso a la administración de sus riquezas. Por medio de criados y escribanos ante los que formalizaba documentos, había impartido órdenes de vender, comprar, recaudar o entablar demandas por doquier. La temporal incomunicación ordenada por el rey complicó un tanto la rutina administrativa, pero el presidiario siguió arreglándoselas para impartir instrucciones. Buena parte de sus intrigas tenían que ver con la Corona, tan celosa como él en cuestiones metálicas. En 1551, cuando ya su sobrina navegaba hacia España, Hernando luchaba por conseguir 3.000 marcos de plata correspondientes a la herencia de Gonzalo: la Casa de la Contratación, que gobernaba el comercio con los territorios conquistados, los tenía retenidos.

II

La cárcel no había atemperado los rasgos de soberbia en el carácter de Hernando. Aquel viejo guerrero, curtido en las campañas militares de Italia y Navarra, y luego en la Conquista y las guerras civiles del Perú, no dejaba entrever ningún remordimiento por la crueldad mostrada hacia sus enemigos ni melancolía por la situación en que lo sorprendía la cincuentena. Pero incluso en un alma tan poseída por la ambición y la avidez había espacio para el sentimiento hacia terceros. Porque no fue sólo la carnalidad sino también el sentimiento lo que llevó al ilustre preso, un año después de ser encerrado en el castillo de la Mota, a invitar a una perturbadora mujer, Isabel de Mercado, a compartir con él su aposento.

Hija —y huérfana— de una de las familias principales de Medina del Campo, Isabel vivía con su tía cuando Hernando entró en la cárcel. A nadie dejó de conmocionar la presencia de aquel hombre de leyenda en la fortaleza vallisoletana, sobre todo, en tan infortunadas circunstancias. La tía de Isabel, un poco por novelería y otro poco por instinto femenino, llevó a su sobrina, que no llegaba a la edad de dieciocho años, a visitar el castillo de la Mota y distraer, con preguntas sobre la Conquista peruana y algunos chismes locales, el encierro del Conquistador.

Cuando Hernando, deslumbrado por la belleza de Isabel, propuso a la joven quedarse con él, la celestina decidió permanecer también en el castillo de la Mota, lo que complació a la joven en extremo. Hernando e Isabel compartieron a partir de ese momento el aposento del presidiario y la tía se recluyó en otro lugar del castillo, que no era nada estrecho. El alcaide autorizó a Isabel a traer a una negra, Catalina, para su servicio.

Y así organizaron una vida familiar que deparó a la pareja dos hijos, nacidos en la cárcel, de los cuales el varón murió muy pequeño y la niña, llamada también

Francisca, pasó a formar parte de la rutina de la Mota. No había en aquella unión nada que prometiera acrecentar el patrimonio de Hernando, apenas algún prestigio asociado al apellido Mercado; de manera que, al lado del afán por mitigar su soledad, debió surgir en el conquistador algo parecido al afecto, y alguien excepcionalmente zahorí hubiera quizá detectado hasta el amor. Por parte de Isabel, una muchacha que hubiera podido aspirar a una vida menos opresiva y en quien el amor no ocultaba su fuego, Hernando recibió pruebas de abnegación y sacrificio extremos. El primer año sólo salió del castillo en dos ocasiones, y el segundo una, para confesarse; después borró de su horizonte toda noción del mundo más allá del presidio. Cuando vio la luz del día fue para pasear por el amplio patio interior del castillo.

En los primeros meses de 1551, Isabel notó un alejamiento paulatino de Hernando, en el trato y la voz. Hasta que, una mañana, el curtido guerrero la sorprendió con un anuncio inapelable:

—Quiero pedirte que nos separemos y te vayas al monasterio, donde encontrarás paz y protección.

Con «el monasterio» se refería al de las beatas fajardas de la Orden de Santo Domingo, situado en la misma Medina, no lejos del castillo de la Mota.

No pidió demasiadas explicaciones; tampoco se las dieron. Hernando no fue agresivo con ella, por quien sentía gratitud, y le ofreció una renta de 20.000 maravedís anuales para el sustento de su hija. Algún brillo de picardía y segunda intención debió apreciar Isabel en los ojos de Hernando, porque en un hombre que no da muchas puntadas sin hilo estas cosas se terminan notando. Había sido bueno con ella y, sin duda, lo seguiría siendo en la distancia.

La todavía hermosa y algo más ajada Isabel, después de renunciar a su juventud y su libertad durante siete años de prisión por amor, estaba de vuelta en el mundo. Ahora no podía, por disposición y por vergüenza, vivir entre las gentes. Debía recluirse otra vez. Escogió recluir su silencio en el monasterio.

El día que salió de la cárcel, Isabel no notó que en una esquina del aposento que había compartido con Hernando descansaba una copia del testamento en el que Francisco Pizarro legaba sus bienes a sus dos hijos legítimos, convertidos, por la muerte temprana del varón, en una sola heredera: Francisca Pizarro.

III

A principios de septiembre, después de su paso fructífero por Sevilla, Francisca se dirigió, nerviosa y emocionada, a la ciudad de Trujillo, tantas veces imaginada. Su llegada y la de su medio hermano provocaron tanto revuelo entre los parientes y vecinos como el que se desató en su propio corazón. Su abuela paterna, Francisca González, había muerto, pero todavía existían algunas tías para quienes la llegada de los hijos del legendario Pizarro era un acontecimiento magnífico.

Francisca tuvo poco tiempo para digerir todo lo que vio y escuchó en las semanas que permaneció en Trujillo y sus alrededores. Sobre todo, quedaron en su memoria los lugares donde su padre había nacido y vivido, las callecitas que alguna vez habían visto pasear su enjuta sombra, la placita principal donde seguramente se había detenido a imaginar el mundo más allá del océano y reunir fuerzas para lo que pudiera venir. La intención original de Francisca había sido la de permanecer con una tía y hacer una breve visita a Hernando en el castillo de la Mota, pero desde que puso los pies en la tierra de su padre, su tío la asedió con invitaciones perentorias para que ella y su medio hermano se trasladaran a la cárcel y lo acompañaran allí durante un tiempo. ¿Y qué fuerza o voluntad tenía Francisca para desafiar la voz del último hermano vivo de su padre?

Ella misma escribió al rey anunciando su llegada a España. El soberano no tardó en responderle que guardaba «memoria de los servicios del marqués don Francisco Pizarro» y que sería complacida «en lo que hubiese lugar». Con esta autorización abierta, pudo partir, a finales de 1551, fecha en que cumplía los diecisiete años, al castillo de la Mota, en Valladolid. A ella y su medio hermano los escoltó, todavía, Ampuero, y se les sumó, a petición de Hernando, la hija de Gonzalo Pizarro, Inés, que llevaba algún tiempo en España también por orden de la Corona.

Impresionó a Francisca, apenas entró en el castillo, el porte de Hernando. Era el más imponente de los hermanos, como había dicho, en sus días de cautiverio cajamarquino, el inca Atahualpa. Era alto y robusto, tenía los labios muy gruesos y la punta de la nariz algo encendida, con un toque que le otorgaba un aire cómico. El tío, que le triplicaba la edad, la abrazó como a una nieta, encerrándola en la mole de sus brazos, impresionado al descubrir la transformación que se había producido en ella... La niña que sólo tenía cuatro años cuando la vio por última vez era ahora una mujer hecha y derecha.

Hernando mostró su cárcel —los salones y los patios del castillo— como si mostrara un palacio, tratando de que sus palabras y su ademán hicieran ver que era el dueño de la casa en vez del huésped forzoso.

—Este aposento lo ocupó en su día Francisco I después de la derrota de Pavía —les contó, como se narra un cuento heráldico, mientras Francisca abría los ojos como platos, admirada de que en esa celda hubiera tapicerías y doseles, vajillas suntuosas e instrumentos de música, y de que en la mesa hubiera dados, naipes y joyas. Miró todo con aprobación, reconfortada al comprobar que al menos a su tío se le permitía cierta dignidad.

Supo también, y le complació, que su pariente tenía algunos esclavos a su servicio, aunque había dado libertad a la más apreciada, al cumplir la muchacha los veintiocho años, diciéndole: «Por lo mucho que me has servido desde pequeña». No todos sus esclavos, sin embargo, habían recibido tales recompensas. Poco antes de la llegada de Francisca, Hernando había despachado a otro de ignominiosa manera tras encontrarlo orinando en la cama para espanto de sus compañeros de habitación. Entre las compensaciones que tenía el encierro estaba el derecho a comer con caballeros visitantes y, desde luego, la prerrogativa de levantarse al mediodía para digerir bien el vino de la víspera.

Como el castillo era espacioso, había lugar para que los sobrinos se pudieran instalar en otros aposentos. De manera que a finales de año podía decirse que los tres jóvenes —Francisca, Francisco e Inés—, recién llegados a España con sueños de esplendor en la corte y de amores caballerescos, residían en la cárcel de su tío.

Hernando y Ampuero dedicaron unos días a revisar las cuentas del viaje. Hechas las sumas y las restas de lo que había entregado el tutor de Francisca y de lo que se había gastado en el trayecto, Ampuero quedaba debiendo una suma, que se comprometió a pagar al año siguiente. Pero, ni corto ni perezoso, aquel miserable entabló una demanda exigiendo que Francisca pagara el costo de haber tenido que traerlos, a ella y su medio hermano, hasta la Península. Francisca, con novedosos aires de independencia, respondió que había sido trasladada a España en contra de su voluntad y, por tanto, no debía nada. La joven Pizarro se estrenaba así en el mundo de los pleitos legales, que hasta entonces, en los muchos casos en que ella fuera nombrada, habían pasado por encima de su cabeza, pilotados por los adultos varones que gobernaban su vida.

Nada la podía hacer más feliz que la partida de Ampuero, su celador. Resueltas las cuentas del viaje y pendiente el pleito para ser visto en la lejana Lima, Ampuero partió por fin del castillo de la Mota, no sin antes intentar obtener de Hernando, en tanto que jefe de familia, una carta de dote a favor de su esposa Inés Huaylas, la madre de Francisca, en caso de que ésta falleciera sin descendencia. Se marchó a Santo Domingo de la Calzada, donde dejó a su hija bajo el cuidado de su primera mujer —lo que indica el concepto que tenía de su propia esposa, la ñusta Inés Huaylas, por cuyos intereses abogaba con ardor—. Terminada la escala, partió de vuelta al Perú. Francisca, aunque no se lo planteara de un modo muy consciente, albergaba cierto resentimiento contra Ampuero, a quien culpaba en parte del distanciamiento de su madre; también éste miraba con enojo a la muchacha, porque ésta había sido la depositaria de los tesoros y las glorias de Francisco Pizarro, que hubiera preferido destinados a Inés Huaylas; es decir, a él mismo.

Francisca se sentía segura en la compañía de su medio hermano, de su prima y de su aya, Catalina, aun cuando estuviera, de hecho, bajo la tutoría de un tío al que no conocía y que, para colmo, estaba preso. Hernando se esmeró en recuperar todos los años durante los cuales no había podido relacionarse con su sobrina. Desde el primer momento y con cierta delicadeza, introdujo en ella, con una delicadeza de ritmos y tiempos insospechada en hombre tan frontal, revolucionarias ideas de soberanía individual, carta de ciudadanía y mayoría de edad. La estrategia consistía en hacerla sentir una mujer hecha y derecha que no necesitaba de la tutoría de un notable de Lima para el gobierno de su vida y que no debía seguir permitiendo que otros administraran sus haciendas: esa irresponsabilidad había menguado ya su patrimonio y podía seguir haciéndolo en el futuro. Una hija de Francisco Pizarro tenía derecho a dirigir su propia existencia y a tomar sus libres decisiones.

No era la primera vez que Hernando agitaba en Francisca instintos de soberanía individual hasta entonces adormecidos —o avergonzados— por las circunstancias imponentes que dirigían su destino desde el exterior de su propio ámbito de voluntad o albedrío. Poco antes de su viaje a España, la princesita había recibido, junto a otras personas, un encargo del tío Hernando para hacer, en su nombre, gestiones relacionadas con sus repartimientos ante la chancillería de Lima. Ahora, en la Mota, buen intérprete de la mujer que pedía crecer en el interior de la doncella Francisca, Hernando siguió educando con tacto el incipiente sentido de ciudadanía y libertad que anidaba en la joven. Alguien con tantas responsabilidades patrimoniales no podía seguir siendo una niña mimada, un corderito balando entre los lobos. Debía salir de su interior esa mujer dispuesta a hacer valer lo suyo, incluso en los ambientes donde se ventilaba el poder político.

Estas consideraciones sonaron como el arpa de los arcángeles en los oídos de Francisca. Una mañana despertó con la impresión de haber cambiado de piel. Le embargaba una sensación de fortaleza y le pareció que podía hacer valer su propio destino. Escribió a la Corona para pedir que se le permitiera administrar sus bienes sin necesidad de curadores. Al no recibir objeciones frontales —en parte, porque el propósito esencial de sacarla del camino peligroso ya estaba logrado con ella fuera del Perú y, en parte, porque, con su tío preso, era poco lo que podía hacer—, procedió a gestionar poderes ante el teniente de corregidor para pedir cuentas a su tutor en Lima. Era cierto, como decía Hernando, ese perspicaz lector del alma humana, que si descuidaba su hacienda sería engullida por los depredadores intereses que la rondaban. ¿Y qué mejor aliado, en la tarea de recuperar la parte de su herencia andina confiscada por sucesivas autoridades, que el curtido Hernando? Su tío le ofreció, pues, la ayuda de sus propios colaboradores para actuar como apoderados de sus reclamaciones en Lima y para asegurarse de que las rentas llegaran todas a destino y las deudas se cobraran puntualmente.

Francisco, el medio hermano de la rica heredera, también tenía patrimonio en Lima, aunque en muy menor cuantía. Convenía proteger o recuperar aquel caudal, y no declinó la asesoría del solícito tío. Hernando no tenía por él la misma consideración que por ella. El trato, sin embargo, era algo más frío, sin ese aliento tierno con el que envolvía a Francisca, protegiéndola como a una hija o una hermana menor. Lo incomodaban las extravagancias del joven. Pero se ofreció como curador del patrimonio del muchacho y éste lo aceptó de buen grado, haciendo ante las autoridades las gestiones de rigor. Francisco no ponía demasiada atención a los viles asuntos terrestres —a pesar de su debilidad por el lujo— porque, para entonces, su cabecita estaba poblada por otros númenes: su prima Inés, la hija de Gonzalo Pizarro, por ejemplo, de quien se iba poco a poco prendando en los ambientes de la Mota. Eran todavía unos escarceos tentativos, pero prometedores. Y Hernando no iba a precipitarse a matar la gallina de los huevos de oro: nada podía convenir más a su estrategia que estos tientos entre primos. Con suerte, algún día ambos unirían sus vidas más allá de la fortaleza vallisolitana y permitirían preservar las distintas ramas de la fortuna familiar en el ámbito de los Pizarro.

Hernando despertaba en Francisca una contradictoria emoción: la hacía sentir libre en el ambiente menos libre del mundo; le ofrecía toda la seguridad y estabilidad que una mujer podía pedir en un mundo donde los hombres habían hecho de la zozobra el estilo de vida permanente; la educaba como heredera y ciudadana, haciendo de ella una mujer independiente, pero ejercía sobre su sobrina un ascendiente tal en los complejos asuntos legales y patrimoniales que la iba sometiendo, sin que ella, distraída por su creciente soberanía, se diera mucha cuenta, al imperio de su autoridad. Para Francisca, Hernando era la libertad en la cárcel de la Mota; la seguridad en la tiniebla del imperio; un bastión de perdurabilidad familiar entre las cenizas de los Pizarro.

Hasta que un día la abrazó. Y ella sintió que no la abrazaba un padre, un tío o un hermano mayor. En aquel instante de leve turbación, acaso ni ella misma supo cuánto hubo de verdadera sorpresa y cuánto de fatalidad anticipada, casi forzada por ella misma en la búsqueda constante del padre ausente.

A mediados de 1552, Francisca se casó con Hernando, pues obtuvo sin dificultad la dispensa para un enlace entre parientes y ante la Iglesia. La noche de la luna de miel, mientras hacían el amor en la fortaleza, Francisca pensó en lo orgulloso que estaría su padre, observando, desde el Cielo, este acontecimiento que preservaría su legado y su memoria.

IV

En el encierro de la Mota, Francisca descubrió en sí misma una capacidad emprendedora de la que hasta entonces nada sospechaba. También, bajo el acicate de su marido, fue desdoblándose en una mujer de negocios. Se interesó, con suspicacia defensiva y minuciosidad, por cada uno de los detalles de su dispersa y atribulada hacienda. Cuando tuvo en la cabeza el mapa de su fortuna potencial, nombró abogados e impartió instrucciones, presentó reclamaciones y persiguió deudores, asignó recursos para obras pías y para gastos suntuarios, aprendió que la Corona era voraz y tramposa, y les disputó palmo a palmo, a ella y a la humanidad, cada pulgada del territorio que pretendían arrebatarle.

Al principio, observó con detenimiento y afanes de emulación la forma en que Hernando administraba o reclamaba sus bienes —a pesar de las limitaciones de su condición—, y se dejó asesorar en todo por su esposo, que prestaba a los asuntos de ella tanta atención como a los suyos propios. Más tarde, tomó iniciativas, propuso nombres, firmó papeles e incluso dio consejos a Hernando. Y en cada iniciativa encontró la satisfacción de estar sirviendo a una causa poderosa, que trascendía su propia fortuna material. Entendió que de ese patrimonio dependía la herencia espiritual de su padre y el rescate de su familia. La lucha por el tesoro de Pizarro era la lucha por la preservación de su alma.

En una muchacha de su edad el amor no se negocia a cambio de nada, ni siquiera entonces. Francisca estuvo dispuesta a convencerse a sí misma de que su relación con Hernando estaba fundada en ese sentimiento. La empresa común, la recuperación del patrimonio familiar, adquirió cualidades sentimentales que situaron la relación por encima de la contabilidad a la que dedicaban muchas horas de cada día. No era difícil para Francisca confundir esa comunión de pasiones vitales con el auténtico amor. Abroquelada contra el hostil mundo en el último bastión de los Pizarro, en la improbable Mota, la rica heredera sintió que el rescate de su padre dejaba de ser una nostalgia vindicativa y se convertía, por fin, en un cúmulo de iniciativas palpables que absorbían de manera productiva lo mejor de su inteligencia y su virtud. En esa frenética actividad empresarial, toda duda acerca de si su relación con Hernando estaba fundada en el amor auténtico era una impertinencia que debía ser ignorada.

Desde luego, una causa que tuviera como objetivo la recuperación y multiplicación del patrimonio familiar no podía prescindir de la garantía última de la perpetuidad: la descendencia. Francisca pensaba en los hijos desde hacía algún tiempo. Durante su viaje a España, más de una vez había hecho conjeturas sobre lo que podía significar la vida en la corte del rey, donde le correspondía ser aceptada y donde, seguramente, los nobles caballeros la cortejarían como lo hacían sus mejores vecinos en Lima. Alguno de ellos, había soñado, sería digno de perpetuar la sangre de los Pizarro. Pero las circunstancias se habían confabulado para abrirle las puertas de una corte mucho más afín al sentido profundo de su existencia aun cuando algo menos rutilante. Porque al haberse unido con un hermano de su padre, garantizaba por partida doble que sus descendientes fueran herederos del apellido Pizarro, una prolongación perfecta de aquél cuyo legado anhelaba restaurar.

Francisca salió algunas veces del castillo para visitar Extremadura, donde se interesó de forma muy especial por la restauración de la vieja casa solariega de los Pizarro en la Zarza y trató asuntos relacionados con el patrimonio de su esposo en el mismo Trujillo. Pero lo cierto es que la mayor parte de su tiempo lo pasó en la fortaleza. Y allí, en la solidaridad del cautiverio y entregados a la misión pizarrista que les era común, Hernando y ella quisieron hacer firme su deseo de tener descendencia. No tardó Francisca en quedar encinta una vez que se casó con Hernando, a quien entregó con orgullo su virginidad, y desde entonces casi no pasó un año en el que la emprendedora mujer no estuviera embarazada o pariendo. La pareja tuvo tres varones —Francisco, Juan y Gonzalo— y dos mujeres —Isabel e Inés—, a quienes bautizaron en honor de los hermanos Pizarro y de sus hijas. Incluso ahí, el matrimonio estaba señalado por el fervor de familia. Con una visión más bien ontológica de la causa de los Pizarro, Francisca pretendía defenderse del depredador mundo creando alrededor de ella y su marido otra fortaleza, tan cerrada como la Mota. Reproducir en sus hijos los nombres de sus parientes cercanos era, además de una costumbre extendida, una forma de cerrar el círculo, de proteger a los Pizarro contra el asedio de la Corona, los enemigos y el tiempo.

Este instinto de preservación le permitía soportar y hasta guardar sentimientos de debilidad por la cárcel que era su morada. Después de todo, para resistir la constante hostilidad que la rodeaba —su destino desde pequeñita—, ¿qué mejor que un macizo castillo? Allí precisamente, presa por vocación y circunstancia marital, Francisca quiso transmitir a sus hijos, por los que sentía devoción, las glorias de su sangre y las verdades dolorosas del mundo que les había tocado vivir. Pretendió inculcar en ellos, a edades tiernas, un orgullo de casta, un sentido de defensa a ultranza de lo propio y un instinto de propiedad que era también un apostolado contra el despojo. Porque el mundo era hostil y la vida, traicionera, pero lo último que debía hacerse era sufrir de brazos cruzados. Sus hijos debían dar guerra como ella la daba ahora después de haberla padecido en inapelable impotencia. La Mota, ese desafío de fortaleza contra el hostil exterior, era la perfecta metáfora de lo que Francisca entendía por vida y de lo que se propuso enseñar a sus hijos: su cometido era prepararlos para la alta responsabilidad de perpetuar, contra viento y marea, el nombre y la fortuna de que eran herederos.

Sus contactos con el lejano Perú no estaban del todo copados por pleitos, reclamaciones y cobros. Se escribía con Inés Muñoz, a pesar del enfriamiento notarial de sus relaciones con el esposo: su antiguo tutor Nicolás de Ribera. Por ella recibía algunas noticias sobre los cambios que seguía experimentando la ciudad de su adolescencia. Francisca imaginaba Lima poblada de sastres, carpinteros, albañiles, barberos y zapateros, pero también de médicos, procuradores y abogados, y, desde luego, de comerciantes. Le contaban que desde su partida habían proliferado los distintos oficios entre una población española que se acercaba a las ocho mil personas, pero que, por su influencia y poder, daba la impresión de ser mucho más numerosa. Pensaba también, desde su aposento, en las grandes casas de los encomenderos, con sus familias, sus sirvientes y sus amantes. No faltaban en su imaginación los clérigos, que debían educar a los indios en la fe cristiana. En sus comunicaciones con el Nuevo Mundo, se interesaba vivamente por los conventos mercedarios —una orden muy estimada por su padre— que se proyectaban en Lima y el Cuzco, y que ella se había comprometido a apoyar. Recibía con deleite cualquier noticia acerca de ellos porque honraban una inclinación espiritual del Conquistador.

Pero el ensueño peruano debía ceder a los menesteres inmediatos. Sin arrebatar a sus hijos ni un instante de ternura, Francisca se ocupó de administrar su hacienda en las Indias y la hacienda de su padre en Extremadura. Dio poderes para rescatar sus bienes del control de su antiguo tutor y escogió al mayordomo de Hernando, Martín Alonso, para recibir, en su nombre, el fruto de todo lo que le correspondía en propiedad: tributos, rentas y deudas, esclavos, vacas y yeguas, bueyes, carretas, cabras y puercos. Lo despachó al Perú con instrucciones de nombrar un contador que administrara sus encomiendas. Éste, además de cobrar los tributos de manos de los caciques, debía nombrar un clérigo para adoctrinar a los indios en el cristianismo y defenderlos de cualquier abuso o vejamen; también debía comprar esclavos para explotar las haciendas. Francisca dio un poder para que se cobraran en Sevilla el oro, la plata, las joyas, las piedras preciosas y los maravedís que le enviaran del Perú. Todo se lo debían llevar a la cárcel. No mucho tiempo después de llegar a la Mota, ella y su medio hermano pudieron obtener de la Casa de la Contratación una pequeña fortuna en ducados de oro retenidos —no sería la última vez— por las autoridades de la Corona: aquel primer éxito animó a Francisca a emprender nuevas acciones. Otros envíos debían reclamarse, con igual tesón, a las autoridades comerciales. Por último, tampoco olvidó Francisca pedir a su antiguo tutor en Lima su espléndido vestuario, compuesto por sayas y basquiñas de terciopelo y tocas refinadas, o sus almohadas de holanda en seda, alfombras y guadamecíes. No por vivir en una prisión dejaría de hacerlo como Dios manda.

Los juicios y pleitos marcaban su vida. De los juicios que entabló y le fueron entablados, en ninguno puso tanto empeño como en el que pidió iniciar contra todo aquel que hubiera tenido algo que ver, de forma directa o indirecta, con la muerte de su padre. Pero hubo muchísimos más, buena parte de ellos endemoniadamente largos y complejos, en esa cultura jurídica que no venía de abajo, como la inglesa, sino de arriba y bien arriba. Dedicó no poco tiempo a cobrar una deuda de Vaca de Castro, cuyo pago se difería mediante laberínticos ardides legales.

Al cabo de un tiempo, las dificultades de gobernar tanto patrimonio amenazado en la distancia aconsejaron un cambio de estrategia. Francisca consideró prudente la recomendación de su esposo para que vendieran ciertos bienes en el Perú. Hernando procedió a vender sus fincas y tierras alrededor de Lima, y su esposa hizo lo propio con el estanque, las viñas y las huertas de las que era propietaria. Las reclamaciones y los pleitos demoraron el proceso, y les obligaron a otorgar poderes a sucesivos allegados para lograr el cometido. Aún más complicado resultaba el negocio de las minas, una fuente de tantas riquezas como dolores de cabeza. Hernando había dado poderes en los últimos años para que se siguieran haciendo prospecciones en su nombre, sin resultados importantes, y las antiguas minas estaban bajo asedio de un fiscal con el que forcejeaba a través de sus representantes. Entre tanta venta y cobro, también pidió a Antonio de Ribera que invirtiera quince mil ducados.

Las rentas y propiedades de Hernando en España, fruto de sus dineros de la Conquista peruana, ya eran cuantiosas. Poseía casas, prados, encomiendas, molinos, cultivos y corrales en Trujillo, Medellín, Mérida, Serena y Plasencia, además de Montánchez, donde se permitió el lujo de comprar una encomienda al mismísimo rey. Y gozaba de un juro de 324.000 maravedís cada año consignados sobre la aduana y el almojarifazgo de Sevilla.

Logró cobrar, no sin esfuerzo, sendas herencias por la muerte de sus hermanos Juan y Gonzalo. Esto último era especialmente importante para Hernando, porque en el gran diseño de su estrategia patrimonial era esencial reunir la dispersa herencia de la familia: ir haciendo, una a una, que las distintas haciendas de los Pizarro confluyeran en el último de los hermanos vivos.

Francisca conocía perfectamente todos los pasos que daba Hernando y ella misma participaba de sus conquistas o derrotas patrimoniales, como él participaba de las de su esposa. Lo que había comenzado como un cálculo matemático para sumar haciendas —no del todo exento de calor familiar— se había deslizado hacia una genuina comunión de intereses cuyas defensa y consecución, por momentos épica, habían acercado a esas dos almas a las que un extraño hubiese podido tomar por las de un abuelo y su nieta.

No todos los juicios en los que se enfrascaban Hernando y Francisca eran trascendentales. Algunos resultaban más bien frívolos. Hernando encargaba, y Francisca aprobaba vivamente el encargo, objetos de lujo que, con frecuencia, no se entregaban a tiempo o llegaban en mal estado. Ocurrió con un brasero de plata para cuya elaboración el viejo guerrero dio instrucciones maniáticas a un conocido platero —«lo quiero tan bueno como el del conde de Buenavente»—. El dichoso artefacto tardaba tanto en hacerse que fue reclamado por Hernando antes de su acabado. Cuando comprobó el mal estado del brasero, Hernando demandó al platero. La batalla legal se prolongó una eternidad.

En parte por su disminuida condición de presidiario y, en parte, porque así era el mundo en que vivían, todo aquel que intentaba engañar o reclamar algo al matrimonio pasaba por los tribunales; de manera que apenas mantenían ninguna relación humana más allá de la familia, tanto privada como política. Con los días, Francisca aprendió a nadar en el piélago jurídico como pez en el agua. Buena parte del valor con que se hizo respetar en la jungla judicial de su vida se debió a la roca de marido con el que convivía en la Mota. Cuando la suerte le fue adversa, lo que ocurrió a menudo, volvió a la carga con renovados bríos, como lo había hecho su padre con cada revés sufrido a manos de los indios o de los españoles.

Francisca veía con poca frecuencia a su medio hermano, que se había ido, invitado cordialmente por Hernando, a vivir a Trujillo. A mediados de la década se había casado con su prima Isabel. Las relaciones de Francisca, por tanto, estaban circunscritas a Hernando y sus hijos —además de su aya—. Lo que a cualquiera hubiera podido parecer insoportable, para una mujer dedicada a salvar un apellido era más que suficiente. Su verdadera cárcel no era la Mota sino Pizarro. Y, como en la Mota, habitaba en ella con una voluntad que no sería exacto llamar mártir, porque no estaba en sus planes acabar vencida o derrotada.

Dos de sus pequeños hijos, Gonzalo e Isabel, murieron en el castillo. El sufrimiento, esa vieja condena, volvió a ensombrecer su alma. Torturada por la pérdida de dos Pizarro nacidos de su propia entraña, siguió adelante, decidida a prevalecer contra el infortunio. Como si no fuera bastante la muerte de dos hijos, también debió soportar en la Mota la noticia del fallecimiento de su medio hermano al año siguiente de haberse casado. Francisca temió que la obra de su vida empezara a desmoronarse antes de estar concluida. Se aferró más que nunca a sus tres hijos vivos y a su esposo. Desde su luto infinito, continuó reclamando y, con algún traspiés, accediendo a las rentas de sus jugosas encomiendas en Lima y la sierra peruana, dando instrucciones para cobrar, invertir o litigar, y poniendo todo el aliento del que era capaz su corazón en las muchas obras pías que apadrinó pensando en que, de esa forma, hacía tanto honor a su padre como a Dios.

No tardó Francisca, siempre en consonancia con Hernando, en reclamar la herencia de su medio hermano fallecido. Francisco había declarado en su testamento que, si su viuda, Inés, la hija de Gonzalo Pizarro, se volvía a casar, sus bienes pasarían a poder de su hermana Francisca. Eso mismo —volverse a casar— es lo que hizo Inés poco tiempo después de enviudar. Francisca, que ya anticipaba la posibilidad, exclamó de inmediato:

—¡Pretendo su herencia!

Y otorgó un poder para reclamarla. Sintió como un logro importante de su causa que también este legado pasara a sus manos, que permaneciera dentro del ámbito agónico de los Pizarro. Todo vestigio de legado pizarrista debía ser incorporado al patrimonio de Hernando y Francisca porque ésa era la garantía última de perpetuidad y justicia. Si evitaba la dispersión de las herencias de los Pizarro, mantendría intacta, sin fracturas, su memoria.

V

En mayo de 1561, dieciocho años después de su encarcelamiento en la Mota, Hernando fue puesto en libertad. Era todavía un hombre corpulento y animoso, pero el encierro, la edad y las incesantes refriegas judiciales habían atemperado en parte su dureza y su crueldad. A ello, quizá, había contribuido también la compañía de su princesa mestiza. Porque Francisca, al tiempo que mujer de empresa y misionera de su padre, era una mujer dulce y elegante, que cultivaba los modales con arte y pulcritud. Su conducta diaria, intensamente femenina, se expresaba en todo cuanto había a su alrededor.

Hernando y Francisca abandonaban la prisión inmensamente ricos... aunque no habían conseguido recuperar una buena parte de la fortuna, por lo que su riqueza era más ficción que realidad.

La pareja se dirigió de inmediato a Trujillo, donde fueron recibidos como héroes, seguidos por una comitiva triunfal de doncellas y esclavos, y de carros que trasladaban vajillas suntuosas, vestuarios de fábula y objetos preciosos, mientras las bandas de músicos y los bufones poblaban de alegría y color el regreso de los Pizarro a la libertad. Desde la prisión, Francisca había dirigido con esmero la restauración de la vieja y campestre casa familiar de la Zarza, en las afueras de Trujillo. Allí decidieron instalarse con sus hijos. Tras recorrer, en loor de multitud, las calles de la ciudad —pasando por el antiguo alcázar de los Vargas, donde estaba sepultado Gonzalo Pizarro, el padre de los conquistadores, y por la iglesia de Santa María la Mayor, el arco de Santiago donde habían permanecido un tiempo los Reyes Católicos y la torre del Alfiler, con sus ventanas góticas—, la pareja se dirigió a la casa solariega de los Pizarro, dispuesta a recuperar en paz el tiempo perdido.

Para llegar a la Zarza había que tomar un caminito que en tiempos de lluvia invernal se convertía en un lodazal. Se accedía después, a cuatro leguas de Trujillo, a una entrada sin pretensiones, a mano izquierda. Allí, el pueblecito no era otra cosa que la casona de los Pizarro: su padre la había legado a Hernando, y Francisca la había mandado restaurar desde la cárcel, con añadidos propios para una pareja que aspiraba a encabezar la nobleza trujillana. Las casitas rústicas y la pequeña iglesia local giraban alrededor de esa casona. Con la llegada de Francisca y su esposo, el lugar se pobló, súbitamente, de cofres con ropas espléndidas y una corte de vasallos y doncellas que hicieron pensar a los ancianos en la justicia del tiempo circular: de allí había salido Francisco Pizarro a la conquista del otro mundo y allí volvían, para engrandecerla con los triunfos de ultramar, su hija y su hermano mayor, enlazados para perpetuar el legado. Con estos ancianos pasó Francisca muchas horas de charla, o, mejor dicho: escuchaba absorta el relato de las viejas historias del pueblo, que eran también las de su padre y su abuelo. Francisca, como las mujeres de su linaje materno, había preferido siempre escuchar a hablar.

La paz campestre de la Zarza y su vida de señores feudales —un torreón que se erguía nítido sobre el pueblo sugería semejante condición— no los apartó de Trujillo, desde luego, donde todos reclamaban la presencia del matrimonio. En la plaza principal del pueblo mandaron construir un palacio en homenaje a Pizarro y su Conquista: de allí mismo, de la plaza de Trujillo, en Extremadura, habían salido más de una treintena de conquistadores. La supervisión de esa obra barroca y magnífica conducía con frecuencia al matrimonio a la ciudad, donde su llegada invariablemente agitaba los ánimos y atraía a los curiosos. El hosco Hernando había visto florecer en su personalidad, a su madura edad, debilidades de las que él mismo se sorprendía: se permitía gestos de generosidad con los vecinos y con algunas empresas locales en marcha que requerían el aliento del señor de la ciudad. Francisca, que veía en cada rostro la sombra de Francisco Pizarro, gozaba saludando a unos y otros, y ofrecía limosnas y contribuciones para obras de caridad cada vez que tenía ocasión.

El Perú estaba en el aire de Trujillo. Al menos así lo percibía Francisca, que se encariñó con la ciudad desde el primer instante. Entre los detalles que se habían proyectado para el palacio de la Conquista, cuya edificación se hacía sobre una antigua casa del padre de Hernando y parte de la carnicería de la ciudad, figuraban un escudo y cuatro cabezas de piedra: las de Francisco e Inés Huaylas, así como la de Hernando y la de Francisca, tocada con una pamela y con leves rasgos indígenas. Era la primera vez que, en todos estos años de ausencia, Francisca delataba un sentimiento afectivo por su madre, la princesa inca, a quien volvía a restituir, en un acto de justicia poética, al lado de su padre. También ordenó, en ese momento en que inmortalizaba en piedra los emblemas de su existencia, la colocación de unas figuritas indias que llevaran en la cabeza, como las había visto por últi-

ma vez en su parada en el puerto de Chimbote, al norte
de Lima, el día que el pueblo de Huaylas bajó a despe-
dirla, esos cestos colmados de regalos que ella llevaba
impresos en su memoria de las gentes oriundas del Perú.
Entremezcladas con las figuritas tocadas con cestos estarían otras en trance de tañir instrumentos de música.
Una de ellas, sentada a la orilla del mar, vería alejarse
una nave...

Francisca seguía interesada por lo que ocurría en el
Perú. Después de su exilio se instituyó de nuevo el virreinato, en manos del marqués de Cañete, al cual había sucedido en el mando, el mismo año de la liberación de
Hernando, el conde de Nieva. Dos asuntos excitaban úl-
timamente las lenguas perversas de Lima —donde seguía
haciendo estragos la institución del rumor, el otro nombre de la maledicencia—. El libertinaje del nuevo virrey
competía con la truculencia reciente de una expedición a
El Dorado, cuyos detalles habían tardado en llegar a la
capital y durante mucho tiempo habían ido inflándose
con nuevos y escandalosos pormenores. Creyendo que
era bueno reunir a los aventureros de las guerras civiles
para tenerlos ocupados, el anterior virrey había enviado
una expedición al Amazonas, capitaneada por Pedro de
Ursúa, en un nuevo intento por dar con el imposible El
Dorado. Bajo el mando de Ursúa, habían participado de
la aventura un puñado de mujeres, entre ellas su amante,
Inés de Atienza. Derrotada esta expedición, como las anteriores, el jefe se había retirado a descansar en la selva
con la mestiza Inés, de perturbadora belleza. Ursúa había
caído enfermo y se había aislado del mundo, incluidos sus
compañeros de expedición, y se entregó por completo al
gobierno de Inés. Creyendo que lo había embrujado, los
expedicionarios temieron que Inés fuera depositaria de

poderes oscuros y heréticos. Sus compañeros, por fin, mataron a Ursúa y se mataron entre ellos con el único deseo de poseer a Inés. Se decía que la mestiza había embrujado de amor a todos los expedicionarios. Hasta que el misógino Lope de Aguirre, comprendiendo los devastadores efectos de aquella pasión, la mató a ella y, después de una orgía de crímenes, mató también a su hija para que no fuera un «colchón de villanos». Luego se empecinó en hacer del Perú un reino independiente... Sus extravíos y hazañas de sangre habían viajado por el Perú, habían cruzado el Atlántico y, finalmente, ocupaban las callejuelas de Trujillo, donde Inés la mestiz aún causaba estragos en la imaginación de los extremeños. Francisca también soñaba cómo pudo ser aquella locura y sintió especial admiración por la figura de Inés, mestiza como ella.

De la otra Inés, Inés Muñoz, su antigua tutora, recibía noticias desalentadoras. El virrey, temeroso de una mujer que guardaba una memoria tan viva de Pizarro, había iniciado los trámites ante la Corona para poder despojarla de sus encomiendas. Ella, fiel a su espíritu, había opuesto tenaz resistencia: sólo cuando murió su esposo Antonio de Ribera aceptó deshacerse de los repartimientos, pero únicamente para cederlos a su único hijo. Un único hijo que no tenía descendencia, de modo que, más temprano que tarde, esas rentas serían de la avarienta Corona.

Había muerto Sayri-Túpac y lo había sucedido en el remoto trono de Vilcabamba el inca Titu Cusi, con el que el nuevo virrey intentaba negociar, aunque sin éxito. Los españoles dominaban el territorio, pero no acababan con ese foco simbólico de resistencia; ni podía el arzobispo, a pesar de sus empeños, erradicar el culto clandestino en torno a las momias de los incas muertos y las huacas y tumbas sagradas.

Cuando en 1564 murió el libertino virrey y lo sucedió un gobernador a la espera de un nuevo virrey, la imaginación popular atribuyó la muerte del regio representante a ciertos excesos pasionales.

El nuevo virrey, Francisco de Toledo, no llegó hasta 1569, pero lo hizo pisando fuerte, con menos veleidades eróticas, decidido a establecer de una buena vez un régimen estable y permanente de gobierno colonial. Entre sus prioridades, que eran también las de los jesuitas, destacaba la idea de confinar a los indios que vagaban por las rancherías y los corrales en ciudades especialmente diseñadas para ellos y vedadas al hombre blanco; en esos asentamientos levantarían una iglesia, abrirían una plaza y ordenarían un cabildo; además, construirían muros altos que garantizaran la «protección» de los internos.

Las nuevas del Perú ilusionaban o entristecían a Francisca, pero nunca la dejaban indiferente. En su fantasía nostálgica, sus pensamientos siempre desembocaban en su padre, al que había dejado de ver muy pequeña pero de quien conservaba un retrato físico muy preciso. Desde la Zarza, Francisca y Hernando emprendieron un nuevo enfrentamiento de titanes contra la Corona, esta vez para reclamar la restitución de 300.000 pesos por la exitosa campaña de Francisco Pizarro contra el rebelde Manco Inca, que había salvado la Conquista para el imperio; y exigían la concesión de 20.000 vasallos prometidos al Conquistador por su marquesado. La pareja soñaba con poder hacer del título nobiliario, desaparecido con el propio Francisco Pizarro, una herencia, de modo que pudiera correr de generación en generación en honor del marqués original. Mientras tanto, Francisca usaba el título de marquesa de Charcas, en honor a su abolengo; Hernando tenía minas precisamente en Charcas. Pero la Corona no estaba dispuesta a ceder. Para contrarrestar la demanda, presentó testimonios devastadores contra Francisco Pizarro, que acusaban al héroe de toda suerte de crímenes y expolios en sus años de conquista. A estos testimonios respondieron otros, presentados por la rica heredera y su esposo, y la pugna, como todas las otras, se prolongó… y prolongó…

No fue el único enfrentamiento con las instituciones de la Corona. Felipe II había sucedido a Carlos V en 1556 tras la abdicación de éste y su monacal retiro. Y el nuevo monarca también se empeñó en alterar la paz señorial y bucólica de la pareja en la Zarza. En 1566 sufrieron nuevos embargos de sus bienes, de modo que iniciaron una serie de procesos legales para recuperarla. Como de costumbre, estaban a la altura del enemigo que los asediaba: se entregaron sin titubear, en cuerpo y alma, a la tarea de recuperar lo que les habían arrebatado.

VI

El paso del tiempo, a diferencia de todas las demás adversidades, no era un poder al que se pudiese desafiar.

Hernando envejecía; Francisca, aunque conservaba la figura delicada y elegante de sus años mozos, ya no era una muchacha. A ambos les preocupaba que, en un ambiente tan inseguro, cualquier eventualidad pudiera dejar la herencia de Pizarro a merced de los muchos buitres que revoloteaban alrededor olisqueándola con apetito. Había llegado la hora de constituir un mayorazgo que garantizara la perpetuidad de la herencia y protegiera los bienes y las rentas ante pretensiones ajenas a la familia Pizarro.

A pesar de las turbulentas relaciones con la Corona y de los contenciosos pendientes, Francisca logró autorización, a fines de 1571, para instituir un mayorazgo que abarcaba sus bienes, tanto los de la Península como los del Perú, en su condición de heredera de Francisco Pizarro, Conquistador del Tahuantinsuyo. Esto permitiría que sus tres hijos —Francisco, Juan e Inés— pudieran heredarla y, a su vez, garantizaría a la siguiente generación la inviolabilidad del legado. Y a la siguiente. Y a la siguiente. Francisca había ocupado muchas décadas pensando en la muerte ajena; ahora le correspondía preservar sus propias cenizas. Porque ¿qué sentido tenía haber entregado su vida a rescatar el legado de Pizarro si ese legado moría con ella?

Pero Francisca no estaba satisfecha. Desde hacía mucho tiempo, había hecho suya la idea, inculcada por Hernando, de reunir todos los patrimonios dispersos de los Pizarro en una sola persona. La herencia de Pizarro era —debía ser— la de todos los Pizarro. La gloria del apellido nacía del más célebre de los hermanos y cualquier patrimonio o memoria que escaparan al cuidado personal de la mestiza podrían desdibujar el perfil de su padre en la Historia. Por otra parte, la dispersión de la herencia material de la familia podría desleír su significado trascendente. Un mayorazgo de Francisca distinto del de Hernando podía entrañar, más tarde o más temprano, un nuevo desmembramiento y, por tanto, renovadas oportunidades para su debilitamiento. La Corona, sin embargo, ponía obstáculos para que Hernando pudiera inscribir un mayorazgo en común con su esposa, en vista del eterno enfrentamiento entre el Estado y el viejo guerrero, a quien las autoridades atribuían también buena parte del contestatario y vindicativo ánimo de la mestiza.

Fiel a su temperamento, Hernando perseveró. Por el camino quedaron, como era habitual, heridos y muertos, y él mismo tampoco se vio libre de algunas magulladuras. Por fin, en mayo de 1577, la Corona emitió una cédula real autorizándolo a unir su mayorazgo al de Francisca.

Esa unión no implicaba, en la práctica, igualdad en la distribución del poder en el seno del matrimonio. Hernando, cuyo irascible carácter había chocado siempre con la díscola e indisciplinada personalidad de su hijo mayor, Francisco, prevaleció sobre su esposa y desplazó de la herencia al primogénito, depositando la preferencia en Juan, el segundo de sus hijos. Francisco dispondría de 4.000 ducados si se casaba. Sólo si Juan fallecía, la herencia recaería en el hijo mayor; en ausencia de éste, iría a parar a Inés, la tercera. Para Francisca, que tenía con su hijo mayor una relación especialmente cómplice e indulgente, y que creía ver reproducidos en él muchos atributos del abuelo, la decisión fue dolorosa. La aceptó, como había aceptado siempre las decisiones de su marido, con esa resignación exterior y engañosa procedente de la cultura materna.

En junio de 1578, cuando la vida de Hernando se apagaba, quedó oleado y sacramentado el mayorazgo, la obra de una vida y la culminación de los sueños de Francisca. De todos los mayorazgos —hubiera podido decir con fundamento la hija de Francisco Pizarro—, si alguno tenía alma además de cuerpo, era ése. Ella había sacrificado todo, incluida su libertad, por aquel objetivo, como se hace en favor de un Dios.

Quien creyó que Hernando se iría sin cálculos patrimoniales y órdenes domésticas se apresuró. A las pocas semanas de dejar instituido el mayorazgo redactó, con la exquisita prolijidad con la que se rima un verso, su último —enésimo— testamento. En éste, el hombre noble que también lo habitaba volcó muchos años de gratitud sobre su esposa. Proveyó todo lo necesario para ella y dejó expresa la voluntad de que su futuro fuera confortable. Dispuso asimismo una dote generosa de 15.000 ducados para un posible casamiento de su hija. Redactado el testamento, tampoco allí se detuvo. Ni la ceguera, que ya era total, ni el cansancio, que era notable en todo el cuerpo, impidieron que siguiera añadiendo codecillos, como si con ellos quisiera probarse a sí mismo que todavía era capaz de gobernar el destino propio y el de los suyos. Dio nuevos detalles sobre sus últimas voluntades, en especial las referidas a obras religiosas que dejaba encargadas. La más importante era una iglesia colegial para Trujillo dedicada a Nuestra Señora de la Concepción, viejo anhelo de su célebre hermano. También pedía construir un hospital para atender a los enfermos de la ciudad.

Hizo el postrer añadido el 29 de agosto. A comienzos de septiembre, su desbocado corazón se detuvo para siempre.

VII

Los vecinos de Trujillo arroparon a la viuda mestiza, acompañándola en su hora de dolor. Tres décadas junto a esa fuerza de la naturaleza llamada Hernando Pizarro no podían dejar indemne a nadie. La muerte del esposo de Francisca era la muerte de toda la generación de su padre. La conciencia de esa muerte aumentó su dolor.

Francisca era y no era la misma que cuando llegó, jovencita, presumida y mareada a la Península. Entonces ocupaban sus pensamientos las incertidumbres y la determinación de reivindicar a su padre. Ahora, en sus muchas horas de recato y recogimiento, pudo hacer una pausa y reflexionó acerca de su existencia, por completo entregada a la gloria y la fortuna.

Con los meses, para llenar el vacío que no podían colmar ni siquiera sus hijos, volvió a entablar relaciones con los muchos vecinos. Éstos habían formado en todo este tiempo algo parecido a una pequeña corte en torno a Francisca y Hernando. Esta princesa inca seguía siendo ahorrativa con las palabras en un mundo, el español, que tenía inflación de ellas; sus silencios eran ahora algo más prolongados y sus miradas tendían hacia el infinito. En ellas reposaba algo más que simple quietud o vacío...

Una de las familias trujillanas amigas de los Pizarro emparentó con la viuda mestiza al cabo de poco tiempo, pues al año siguiente del fallecimiento de Hernando, para alegría de la ciudad, la única hija de Francisca contrajo matrimonio con Diego Mesía de Prado. El acontecimiento dio a Francisca un respiro emocional, aunque por poco tiempo. La tragedia, el fiel escudero de Francisca desde el primer día, no se hizo esperar demasiado: su hija Inés murió apenas un año después de haberse casado, y algunos meses más tarde también falleció Aldonsa, hija de Inés. Después de ver morir a sus mayores, la heredera veía morir a una hija crecida. Aunque la muerte era entonces menos respetuosa de las jerarquías generacionales de lo que sería en siglos venideros con el aumento de las expectativas de vida, la sensación de estar cercada por la muerte desde todas las direcciones debió de resultarle opresiva.

Francisca absorbió con la dignidad inca que parecía natural en ella, ajena a todo esfuerzo consciente, el fallecimiento de las dos. Pero esa dignidad estaba hecha para confundir al hombre blanco, tan expresivo. Que sufriera en silencio no significa que no sufriera mucho. Sufrió y se aferró a sus dos hijos, Francisco y Juan, no fuera a ser que la muerte se los llevara a ellos también, y con ellos toda la obra de su vida. Su relación con el primero, con quien Hernando nunca se había llevado bien, se hizo más estrecha. Él tenía especial devoción por su madre, que premiaba o estimulaba caprichos y fantasías con todas las indulgencias que podía. Parecía entender, sin necesidad de que las palabras lo formularan así, una verdad bien escondida: después de tantos años de obedecer voluntades ajenas, Francisca tenía necesidad de gobernar, o sentir que gobernaba. Reducida a ceniza la generación de los cuatro hermanos, Francisca resurgía como el fénix entre esas cenizas, que habían sido también las suyas. Si Francisco, su padre, era el fantasma que había tiranizado su vida, Francisco, su hijo, sería por fin el fantasma de ese padre gobernado por ella. Nadie entendió por qué una extraña alegría invadió el semblante de la mestiza. Parecía menos replegada sobre sí misma, más confiada y con algo de la energía de sus años junto a Hernando.

Francisca restableció las relaciones sociales. En sus afectos entró el yerno de Hernando, perteneciente a una familia respetada de Trujillo. La primera mujer de Hernando, Isabel Mercado, se había retirado a un segundo y definitivo convento, el de las clarisas de San Francisco de Trujillo, satisfecha de saber que su hija estaba unida en matrimonio con Fernando de Orellana. Éste, conmovido por la muerte de Hernando, se acercó ahora a Francisca amistosamente. Ella lo acogió sin dobleces. En él confió las misiones notariales cuando hubo necesidad de una firma de terceros. Otorgó poderes a Fernando de Orellana y a su hijo Francisco para que ambos pudieran firmar un contrato matrimonial entre el segundo y «cualquier señora» que él escogiese, con el consiguiente derecho a recibir la dote de 4.000 ducados que Hernando había dejado establecida en las voluntades testamentarias.

Con los nuevos afanes, la vida le volvía al cuerpo, los ojos recuperaban la antigua picardía. Se interesó, para sorpresa general, en acercar los afectos de su hijo mayor a una joven de familia conocida aunque sin fortuna. Fue una decisión sorprendente en una mujer que podía aspirar más alto en relación con el destino marital de su primogénito. Francisco, solícito ante los deseos de su madre, se acercó a la muchacha siempre con modales finos. Bajo ese celestinazgo delicado pero pertinaz, en 1581 el hijo mayor de Francisca aceptó contraer nupcias con la hija del conde de Puñonrostro, un hombre venido a menos y enfrascado en intrincadas batallas legales por su condado, en cuyos vástagos nadie hubiera sospechado un buen partido para el hijo de la princesa mestiza y primera encomendera del Perú. ¿Qué podía atraer a Francisca de una familia cuya posición económica y prestigio social eran varias veces inferiores a los suyos? ¿Por qué estimuló, con un paciente trabajo sobre la sensibilidad de su hijo, la relación con esa familia, que ni siquiera vivía en Trujillo sino en Madrid, donde se respiraba un aire tan distinto? ¿Qué íntimas consideraciones podían mover a doña Francisca —como la llamaban ahora— para una inclinación tan inesperada?

Y precisamente porque la novia vivía en Madrid junto a sus padres, el hijo de Francisca se casó por poderes en los primeros meses de año. El joven estaba más intrigado por lo que podía depararle la vida junto a una mujer a la que apenas conocía que excitado por el nuevo rumbo que tomaría su vida sentimental. Pero le complacía complacer a su madre. El hijo desheredado, la oveja negra de la familia desplazada de la primogenitura sin honores, volvía, de la mano de Francisca, a ocupar su trono. Que lo volviera a ocupa era algo que se entendía. Lo que no se comprendía era por qué la viuda mestiza había escogido esa misteriosa forma de sacudirse la apatía de muchos meses tramposamente resignados.

Juan, hasta entonces el favorito, pero más independiente, no apuraba perspectivas matrimoniales. Trajo al mundo un hijo natural, al que llamó Hernando. Pero a fines de 1581, enfermó. A los pocos días, la descendencia de la pareja del castillo de la Mota quedaba reducida a Francisco. La tragedia volvió a pasear su maldita sombra sobre la cabeza de la mestiza en el momento mismo en que tomaba la decisión más sorprendente de su vida.

Madrid

I

Nadie supo preverlo. Nadie fue capaz de leer en el rostro afilado, de pómulos prominentes y ojos pardos almendrados, en el grácil movimiento de sus gestos, lo que estaba ocurriendo bajo la coqueta pamela que cubría su cabeza. Y lo que estaba ocurriendo nadie, ni su más cercano confidente, hubiera podido adivinarlo y acaso entenderlo. Porque para desentrañar el misterio de una personalidad es preciso conocer por dentro todos los mecanismos íntimos de que se compone una existencia, esa ingeniería compleja de la identidad que van configurando las piezas pequeñas y sucesivas de una vida. El arcano de una existencia se desvela, sobre todo, en las huellas sensibles de los sucesos en el alma y en la psicología de su protagonista. Es posible que ni siquiera la propia Francisca estuviera en condiciones de formular con precisión lo que le ocurría, aun cuando no había en ella una pizca de duda acerca de la determinación tomada.

Treinta años atrás, temblando de emoción y temores, la princesa de la Conquista había cruzado el océano con sueños de alcanzar lo que en sus casi diecisiete años de existencia nunca había experimentado de verdad: la libertad. Una vez resignada a la idea de abandonar su tierra, había soñado con llegar a Madrid, formar parte de la corte y casarse con un caballero digno de su alta alcurnia, pero, como antes, las circunstancias y los hombres de su familia modificaron su destino. Lo que a otros hubiera podido parecer una imposición sobre la resignada heredera había sucedido de modo tal que ella había asumido el apostolado de su padre, la causa familiar, y entregado algo menos de treinta años de matrimonio a un hombre treinta y tantos años mayor que ella, como si se tratara de la decisión más libre del mundo. Mediante el arte de asumir con fervor algo que no nacía de una decisión personal sino de la fatalidad de una herencia, Francisca había vivido la ilusión de que era ella quien daba forma a las circunstancias y los hombres que aherrojaban su vida, de que era su voluntad la que dirigía su propio destino mientras cumplía la misión de resucitar a Francisco Pizarro de una muerte prematura e indigna que se lo había arrebatado siendo ella muy pequeñita. Era un albedrío aparente pero irreal, en el que los signos exteriores indicaban individualidad, pero que, íntimamente, constituía una forma de sometimiento tribal. O al menos de sacerdocio: cuerpo y alma entregados en sacrificio a un ser superior que así lo disponía.

En algún momento de 1581, encerrada en su quietud, la mestiza y viuda Francisca Pizarro, heredera de dos linajes y dos mundos, tomó una decisión para la que, sin saberlo, llevaba preparándose durante casi cuarenta y siete años con sus días y sus noches: ser libre. Sin consultarlo con nadie y sin dar explicaciones, anunció su boda con don Pedro Arias Dávila Portocarrero, el hermano de la mujer con la que había casado a su hijo. Y, sin sonrojarse por dentro ni por fuera, pasó a ser cuñada de su propia nuera. El matrimonio, que escandalizó a Trujillo, tuvo lugar el 30 de noviembre, a cara descubierta y sin complejos, en la iglesia de Santa María la Mayor, joya de la ciudad extremeña, entre un tumulto de chismes que testimoniaban toda clase de amores prohibidos en la vida de Francisca y le atribuían estrategias calculadas por haber casado a su hijo con la hija del empobrecido conde de Puñonrostro antes de casarse ella misma con el hermano de su nuera. Pero lo cierto es que, aunque levantó muchas cejas e imantó a su paso miradas de reojo, la novia entró en la iglesia acompañada por una multitud de vecinos de la ciudad, que no estaban dispuestos a enojar a su ahijada predilecta.

Nadie entendía nada, y a nadie pretendió Francisca explicar nada. Dejó que los hechos hablaran por sí solos, como si no sintiera la necesidad de justificarse. A los pocos días de casada, estaba ya organizando sus cosas para el siguiente paso, que la muerte reciente de su hijo Juan permitía acelerar: la mudanza a Madrid. Había llegado la hora de abandonar Trujillo y a sus muchos fantasmas y cenizas familiares, y de entregarse sin demasiados remilgos de conciencia a la vida verdadera. Esa vida estaba en Madrid, en la corte de Felipe II, junto al hombre que, a pesar de su disminuida condición, podía abrir puertas a la mestiza peruana en su hora de cambio de piel.

No era exactamente lujo lo que quería, porque ya lo tenía, ni fortuna, porque era la encomendera más rica del Perú, la tierra del oro y de la plata. Tampoco pretendía prestigio, porque la heredera de Pizarro lo tenía garantizado allí donde estuviera. Quería otra cosa, que ni siquiera su flamante esposo estaba en condiciones de aprehender en todo su significado: una identidad individual. Eso exigía mudar de residencia y de rutina, pero, ante todo, imponía cambiar la trayectoria de su mirada.

En lugar de dirigirla hacia el pasado, la tendería hacia el hoy y la mañana siguiente. En vez de renunciar a la vida para hacer justicia a una memoria, honraría esa memoria ejerciendo la conquista de su propia vida con las mismas libertad y fuerza de convicción con las que cincuenta años antes su padre había conquistado el Tahuantinsuyo.

Atrás quedó Trujillo, atrás los huesos de Hernando, atrás las últimas voluntades de su esposo, que, en honor de un anhelo de su hermano, había pedido construir una abadía y un hospital en la ciudad. Y, sin embargo, en contra de las malas lenguas, nunca quiso más a su padre que aquel día de 1582 en que, convertida en la señora de Arias Dávila Portocarrero, viajaba hacia Madrid con su flamante esposo, su hijo y su nuera para deshacer, minuto a minuto, su obra de medio siglo.

Compró una casa en la calle Príncipe para ella y su esposo, y otra en los Relatores para sus suegros hasta que les fuese restituido el condado. Y de inmediato se acercó a la corte real. Construyó para sí una vida llena de comodidades y relumbres. Plenamente libre, entregada a su más irresponsable albedrío, sin fantasmas ni conquistadores, exhibió con orgullo su collar de oro con diez gruesas esmeraldas, trece perlas y dieciocho rubíes. De vuelta a casa, la esperaba cada noche una cama de madera dorada con pan de oro, con cortinas corredizas adornadas de escudos de armas y a dos haces. Sobre ella recobraba energías para volver a empezar cada mañana siguiente.

La libertad, la conquista de su soberanía individual, el desenfreno de la opulencia junto a su esposo y su hijo en la Villa de la corte fueron menguando las muchas riquezas de la mestiza, aunque no se tocaron las que estaban comprendidas en el mayorazgo. Sin inmutarse, con la misma capacidad emprendedora que antes había puesto en reunir lo disperso, ahora gastó lo acumulado. Mandó vender fincas y propiedades, y siguió reivindicando su preciosa libertad de la única forma que era capaz y con aquello, el linaje y la herencia, por lo que antes la había sacrificado.

Los años pasaron. Vivió de cerca los acontecimientos de la época. Como todos en la corte, se deslumbró con las obras del monasterio de El Escorial, se estremeció de ira con la rebelión de los Países Bajos y se espantó con la derrota de la Armada Invencible. La corte la había acogido con admiración: el solo nombre del Perú brillaba como el oro en Madrid, aun cuando no todos se habían convencido todavía de que los indios poseían alma. La corte vio ahora a la señora de Arias Dávila Portocarrero envejecer, mientras dilapidaba parte considerable de la herencia en un frenesí que quien no conociera su historia y el significado íntimo de su epílogo tomaría por un acto de verdadero parricidio tardío.

En mayo de 1598, con una salud menos firme, llegó la hora de testar. Impedida por las reglas de la época para disponer de manera directa de sus bienes —por más que se tratase de los ajenos al mayorazgo—, recibió de su hijo una autorización para legar una parte a su esposo. Francisco complacía a su madre en perjuicio propio, pues era el heredero natural de todo. Pero, lo que es más significativo, también se violaba con esta disposición el que fuera sacrosanto principio de mantener el total de la herencia bajo el paraguas del apellido Pizarro. Francisca dejaba a su esposo sus joyas, el menaje de la casa y una renta anual de dos mil ducados mientras durase el litigio por la restitución del condado de Puñonrostro. Le entregaba también un poder, que hacía extensivo a su suegra, para vender o rematar lo que le pertenecía.

II

Doña Francisca Pizarro murió en 1598, el mismo año que Felipe II. Su marido gozó, durante los pocos años que la sobrevivió, de las rentas y los bienes heredados fuera del mayorazgo. Su hijo Francisco recibió el mayorazgo, tal y como estaba previsto. Pero el título de marqués de la Conquista, por el que tanto había luchado Francisca —y que concedió finalmente Felipe IV—, hubo de esperar a la siguiente generación: recayó en la persona de su nieto Juan Fernando. El linaje se agotó en pocas generaciones: la última descendiente directa de la princesa mestiza murió en 1756.

BIBLIOGRAFÍA

BASADRE, Jorge: «La multitud en la Conquista y la primera época de las ciudades españolas en el Perú». *Mercurio Peruano*, año 12, vol. 18, n°s 129-130, mayo-junio de 1929.

BAUDIN, Louis: *La vie de François Pizarre*. París, Gallimard, 1930.

BETANZOS, Juan de: *Suma y narración de los incas*. Madrid, Biblioteca de Autores Españoles, 1968.

BUSTO DUTHURBURU, José Antonio del: «La expedición de Hernando Pizarro a Pachacámac». *Humanidades*, Lima, n° 1, 1967.

CIEZA DE LEÓN, Pedro: *Descubrimiento y Conquista del Perú*. Madrid, Dastin, S.L., 2001.
— *La crónica del Perú*. Madrid, Dastin S.L., 2000.

COBO, fray Bernabé: *Libro primero de la fundación de Lima*. Madrid, Biblioteca de Autores Españoles, tomo 92, 1956.

COSSÍO DEL POMAR, Felipe: *El mundo de los incas*. México D.F., Fondo de Cultura Económica, 1986.

CUNEO-VIDAL, Rómulo: *Vida del Conquistador del Perú don Francisco Pizarro y de sus hermanos Hernando, Juan y Gonzalo Pizarro y Francisco Martín de Alcántara Hernando*. Barcelona, Maucci, 1925.

Fernández, Diego: *Primera y segunda parte de la historia del Perú*. Madrid, Biblioteca de Autores Españoles, 1963.

Fernández Martín, Luis: *Hernando Pizarro en el castillo de la Mota*. Valladolid, Junta de Castilla y León, Consejería de Cultura y Bienestar, 1991.

García, Casiano: *Vida de Cristóbal Vaca de Castro, presidente y gobernador del Perú*. Madrid, Religión y Cultura, 1957.

Guamán Poma de Ayala, Felipe: *Primera nueva crónica y buen gobierno*. México D.F., Siglo XXI, 1978.

Hemming, John: *La conquista de los incas*. México D.F., Fondo de Cultura Económica, 2000.

Huber, Siegfried: *La fabuleuse découverte de l'Empire des incas: Pizarre et ses frères conquérants de l'Empire des incas*. París, Pygmalion, 1977.

Lohmann Villena, Guillermo: *Ideas jurídico-políticas en la rebelión de Gonzalo Pizarro: la tramoya doctrinal del levantamiento contra las leyes nuevas en el Perú*. Valladolid, Seminario Americanista, Secretariado de Publicaciones de la Universidad, 1977.

Lohmann Villena, Guillermo, ed.: *Francisco Pizarro: documentos oficiales, cartas y escritos varios*. Madrid, Centro de Estudios Históricos, Departamento de Historia de América Fernández de Oviedo, 1986.

Martín, Luis: *Las hijas de los conquistadores, mujeres del virreinato del Perú*. Barcelona, Editorial Casiopea, 2000.

Murua, fray Martín de: *Historia general del Perú*. Madrid, Dastin, S.L., 2001.

NARANJO ALONSO, Clodoaldo: *Trujillo, sus hijos y monumentos*. Madrid, Espasa Calpe, 1983.

PIZARRO, Pedro: *Relación del Descubrimiento y Conquista de los Reinos del Perú*. Lima, Edición de la Pontificia Universidad Católica del Perú, 1978.
— *Las relaciones primitivas de la Conquista del Perú*. Lima, Biblioteca Peruana, 1968.
— *Los cronistas del Perú (1528-1650) y otros ensayos*. Lima, Biblioteca Clásicos del Perú, Editorial Centenario del Banco de Crédito, 1986.
— *Perspectiva y panorama de Lima*. Lima, Entre Nous, 1997.

PORRAS BARRENECHEA, Raúl, prólogo y notas: *El testamento de Pizarro*. Barrenechea, París, Presses Modernes, 1936.

Relación de muchas cosas acaecidas en el Perú... en la conquista y población destos reinos. Madrid, Biblioteca de Autores Españoles, 1968.

ROSTWOROWSKI DE DÍEZ CANSECO, María: *Doña Francisca Pizarro: una ilustre mestiza, 1534-1598*. Lima, Instituto de Estudios Peruanos, 1989.

SANTACRUZ PACHACUTI YAMQUI, Joan de: *Relación de antigüedades deste reyno del Perú*. Madrid, Biblioteca de Autores Españoles, 1968.

URBANO, Henrique y SÁNCHEZ, Ana, ed.: *Antigüedades del Perú*. Madrid, *Historia 16*, 1992.

Este libro se terminó de imprimir
en los talleres gráficos de Anzos, S. L.
(Fuenlabrada, Madrid) el mes de febrero de 2003